UNA VIDA EN LA CALLE

colección andanzas

JORDI IBÁÑEZ FANÉS
UNA VIDA EN LA CALLE

TUSQUETS
EDITORES

1.ª edición: enero de 2007

LLLL institut
ramon llull
Esta obra ha recibido el apoyo del Institut Ramon Llull

Diseño de la colección: Guillemot-Navares
Reservados todos los derechos de esta edición para
Tusquets Editores, S.A. - Cesare Cantù, 8 - 08023 Barcelona
www.tusquetseditores.com
ISBN: 978-84-8310-364-7
Depósito legal: B. 410-2007
Fotocomposición: Pacmer, S.A.
Impreso sobre papel Goxua de Papelera del Leizarán, S.A. - Guipúzcoa
Impresión: Limpergraf, S.L. - Mogoda, 29-31 - 08210 Barberà del Vallès
Encuadernación: Reinbook
Impreso en España

Índice

Y cuando las gentes de Nínive lo vieron andar y cruzar las calles con paso natural y seguro, y sin que nadie lo cogiera de la mano,
se admiraron de ello.

Tb 11:16

1

Recuerdo que era una tarde de mediados de septiembre. Acababa de tomarme un café en el Doria, aquella terraza que estaba al comienzo de Rambla Cataluña y que en parte aún sigue allí o ya no, no lo sé. En cualquier caso, me parece que existe con otro nombre, un nombre tan insignificante, para entendernos, que en algún lado, y para que la gente se oriente en este galimatías de locales que cambian (de nombre) de un día para otro, alguien ha puesto «antiguo Café Doria». Sí, la ciudad cambia más deprisa que el corazón de sus habitantes. Pero la cuestión es qué sucede con aquellos de sus habitantes que, por así decirlo, vivimos con el corazón en la boca y nos lo tenemos que sacar cada vez que pedimos alguna cosa en todos esos bares que están siempre en perpetua demolición y remodelación y que se transforman de la noche a la mañana como si fueran las flores más efímeras de una pesadilla vertiginosa y lúgubre en el mar turbulento de las cosas. En esos casos, el espectáculo resulta decididamente horrible: «Pero ¿adónde va usted, hombre, con este corazón tan cochambroso y podrido? ¿No ve que aquí hemos cambiado? ¿No ve que nos hemos renovado? Vamos, vamos, sáquese este corazón asqueroso de la boca, límpiese bien los morros y dígame qué va a ser». Un café. Yo, en el Doria o como se llame ahora, había pedido un café, efectivamente, y después de tomármelo me había puesto otra vez el corazón en la boca, no sé si como un bozal o como una máscara de oxígeno, pero sí con las prisas de quien se siente a punto de morder a alguien y a la vez se está ahogando. Y eso que, en aquella terraza, comoquiera que se llame ahora, siempre me he sentido muy a gusto. Desde allí se puede ver, y casi acariciar, la escultura de la jirafa presumida, y enfrente está aquella especie de castillo encantado que es el edificio de la Diputación. Y del mismo modo que este castillo me ha intrigado siempre un poco (porque uno no puede ver un castillo sin sentir algo así como el impulso de la intriga y del *asedio*), la jirafa en cambio tiene la virtud de ponerme de buen humor como quien dice *ipso facto*, y eso es algo que de verdad se agradece. Ahora mismo, mientras escribo esto y rememoro las tardes pasadas sin hacer otra cosa que contemplar la jirafa presumida y alegrarme de su presunción, recuerdo que tuve por un momento en la punta de la lengua el nombre del escultor de la jirafa presumida, y recuerdo que me vino a la memoria su cara, pero pensé que no podría decir su nombre aunque me matasen, aunque me clavasen un montón de alambres al rojo vivo por todo el cuerpo juro que no lo diría, a pesar de que estaba seguro de que cuando ya no pensara en ello lo diría, siempre me sucede lo mismo, cuando quiero decir un nombre, cuando menos pienso en ello, entonces me viene a la cabeza, cuando ya no sirve de nada recordarlo, cuando ya no lo quieres decir, entonces va y te viene directamente a los labios. Recuerdo que yo debía de ser un niñato, un mozalbete trotador, y solía coincidir en el metro con un hombre que irradiaba, no sabría cómo decirlo, una especie de discreción tan sobrenatural que era imposible no fijarse en él. Yo, en aquella época, no utilizaba gafas de sol, ni me dedicaba a seguir a la gente, pero ahora, si volviera a encontrarme a un tipo tan interesante como aquel hombre, me pondría las gafas de sol y me dedicaría a seguirlo, por lo menos un rato, nada de días, solamente unas horas, para ver adónde va, qué hace, con quién se encuentra, esas cosas, vaya. Aquel hombre tenía un aire como de personaje de ficción, quiero decir que te lo quedabas mirando y pensabas que había salido de un mundo mucho más maravilloso que el que se concitaba en el metro para interpretar el teatrito de las sombras chinescas y macilentas, que es el tipo de teatrito que básicamente se hace en el metro. La gente se cree que se va al metro para ir de un lado para otro, y no sabe que al metro se va a hacer de figurante en un teatrito insoportablemente triste, por eso he abandonado el metro, por eso he eliminado el metro de mi vida y me he purgado de todos los metros de mi vida, porque puestos a hacer de figurante prefiero hacer de figurante en una comedia de superficie en lugar de hacer de figurante en un drama subterráneo. Ahora voy siempre en autobús, soy de los que se han pasado al autobús, por decirlo de algún modo. Aunque la verdad es que hay subterráneos y subterráneos, o *había* subterráneos y subterráneos. En mi caso y en el de aquel hombre, este teatrillo de la figuración metropolitana tenía lugar en la vieja estación de Fontana, que ahora ya no existe, por mucho que la gente crea que sí y se empeñe en meterse en una estación de metro que se llama Fontana. Es inútil que les digas que es inútil, que la estación de Fontana ya no existe, aunque lo cierto es que es así, Fontana no existe, Fontana se acabó hace un montón de años, haría falta mucha arqueología para recuperarla, para recuperar ni siquiera una brizna del tipo de luz que había en aquella estación. Aún tengo en los ojos aquella luz, igual que aún tengo en los ojos a aquel tipo con la gorra y el abrigo, tan insignificante que parecía que fuera a confundirse con el mismo suelo que pisaba. Bien, pues ese hombre era el escultor de la jirafa presumida que está al comienzo de Rambla Cataluña y del buey pensativo que está al final. Eso, claro, lo supe después, y lo pensaba ahora, peleándome mentalmente con un nombre que no me salía ni que me asaran a fuego lento. Veías a ese tipo y te imaginabas la de cosas sin duda apasionantes que debía de traerse entre manos. Yo por lo menos me lo imaginaba cada vez que lo veía, me ponía a imaginar todo tipo de cosas, pero en aquella época nunca pensé que fuera un escultor o un artista, porque cuando era pequeño las palabras «escultor» y «artista» no existían en mi vocabulario. En eso he ido a menos. Puedo haber ampliado mi vocabulario, pero al mismo tiempo debo de haber incrementado mi confusión mental. Años después, posiblemente cuando murió y su fotografía salió en los periódicos, supe que era el autor de la jirafa presumida y del buey pensativo que para mí son las dos esculturas más definitivas, más prodigiosas y fascinantes de toda la Rambla Cataluña. Y no lo digo porque sean las únicas. Podría haber diez mil esculturas más y para mí éstas continuarían siendo las mejores (de hecho, yo creo que incluso son para mí las dos esculturas más fascinantes de toda la ciudad). Y aunque las dos me fascinan por igual, la verdad es que la jirafa me pone siempre de buen humor, mientras que el buey despierta en mí un fondo de tristeza, una especie de *raptus* melancólico. Aunque, claro, la parte final de Rambla Cataluña no es un lugar para demorarse mucho en él, a lo sumo sirve para pasar por él con prisa porque vas a algún sitio o vienes de algún otro sitio. De modo que todas las veces que he pasado por delante del buey pensativo y lo he saludado mentalmente, sin detenerme nunca (en parte por miedo a quedarme intoxicado por culpa del humo de los coches de la Gran Vía, que es menos perfumado, digan lo que digan, que el de los coches de la Diagonal, y en parte por miedo a distraerlo de sus pensamientos), todas estas idas y venidas mías de ave de paso por delante del buey filósofo no son nada comparadas con las horas que he dedicado a la presunción de mi querida jirafa. Llueva o haga un sol mortífero, rodeada de miles de ciudadanos o muerta de asco completamente sola un 15 de agosto a las tres de la tarde en medio de la ciudad desierta, ella no deja nunca de mirarse en el espejo, atrapada por su monomanía narcisista, autofascinada por su quietud, por su propia perseverancia. Pobre buey. Ahora pienso que seguramente él, y en las condiciones más extremas (nieve, canícula, granizo), tampoco dejará de pensar nunca, que su actitud de monomanía hiperreflexiva es también una forma de perseverancia contra viento y marea, contra los elementos y contra todo. Y eso me admira. De veras. Es algo que de pronto también produce una gran admiración. Y quién sabe si en esta ciudad de presumidos él sea el único que mantiene siempre encendida la linterna del pensamiento, el farolillo de la verdad, ese viejo buey de mi escultor compañero y vecino de metro. Pero supongo que eso de que la filosofía esté a los pies de la calle y la presunción en su, digámoslo así, en su cabeza, debe de significar alguna cosa. No hay nada que no sea de un modo u otro significativo (pensé, igual que lo pienso ahora). Y no hay nada que sea porque sí. Que por el lado del ala apolillada de esta elegante avenida (y hablo en clave, ya lo sé: en clave *local)* se piense con gran estrés y con una relativa tendencia al pasmo, mientras que por el lado de las polillas aladas simplemente se curiosee sin una gota de estrés ni de pasmos, eso, a mí por lo menos, que en algunos asuntos funciono como un sismógrafo tirando a enfermizo, siempre me ha llamado la atención y siempre me ha impresionado. No puedo evitar imaginarme que de haber sido al revés las cosas en general habrían ido de otro modo, no diré que mejor. Sólo que esta ciudad hubiera sido otra completamente distinta, y no porque la filosofía merezca una suerte mejor, sino porque el buey en cuanto animal, que es una bestia admirable y formidable, merecería una atención menos residual, menos escatológica, que la que parece merecer con esta ubicación. No sé quién decidió poner el buey al final de Rambla Cataluña, en el punto más ingrato, y la jirafa al comienzo, en el lugar más privilegiado, por así decirlo. La jirafa, bien pensado, es bastante menos interesante e inteligente, en cuanto animal, que el buey. Otra cosa son las personas-jirafa y las personas-buey, naturalmente. El asunto, ahora me doy cuenta de ello, parece haber sido una cuestión de longitud de cuellos. Quiero decir que eso de determinar qué escultura iba al comienzo y qué escultura iba al final de una calle tan comercial y tan bien puesta, con su deliciosa pendiente y sus tilos despeinados, supongo que fue una decisión en la que las personas-jirafa, una vez más, se impusieron a las personas-buey.

El hecho es que mi escultor compañero de vagón de metro hizo dos esculturas de lo más inteligentes, y ahora no entraremos en el compromiso de tener que decir lo que significan, porque creo que es evidente, como paráfrasis y como lo que son por sí mismas. Las dos son de una evidencia abrumadora, hasta el punto de que uno no sabe si echarse a reír o a llorar. Pero después vino alguien a tomar medidas, para estar seguro de la rentabilidad de una ubicación u otra. La cosa está clara, en el fondo basta con fijarse un poco. Yo mismo, si lo pienso bien, he sido víctima de las consecuencias de esta decisión extraña y me he aficionado a la jirafa, es decir, me he mostrado débil ante un cuello largo que se retuerce para contemplarse mejor en el espejo, cuando en el fondo quizá también mi vida hubiera podido ser otra, no diré una vida mejor, pero sí diferente, si me hubiera aficionado al buey y me hubiera mostrado más sensible a los grandes cogotes y a los pensamientos vigorosos y persistentes (profundos o no, eso es otro cantar). Pero ni yo ni esta calle hemos sido así, no hemos salido a *eso*, porque no sólo se sale a un padre o a una madre, yo creo que también se sale a una idea, a un sentido, y en el fondo ni esta calle ni yo hemos salido a los gruesos cogotes que cogitan y perseveran, sino a los largos cuellos que se alargan y se alargan y acaban con la cabeza muy nublada. Me temo que esa especie de plaga de dolores de espalda que asola la salud de los ciudadanos de esta ciudad debe de venir de eso, de la manía predominante de alargar el cuello más que las ideas, por así decirlo.

Sea como fuere, y aunque en el fondo todo sea muy lógico, la jirafa siempre ha tendido a ponerme de buen humor, aunque se trate de un buen humor superficial, espumoso y volátil. Pero aquel día, aquella tarde de septiembre en el Doria, los efectos benéficos de la jirafa debieron de actuar con una onda de frecuencia muy baja, porque me parece que no le hice mucho caso. Yo estaba de repente ocupado por lo que se suele llamar una idea fija. Y aquella idea fija estaba en parte en mi cabeza y en parte en el fondo de mi taza de café. Y en parte también (por qué no decirlo) en el corazón que llevaba cogido en la boca igual que un perro llevaría un periódico, y puedo asegurar que la comparación no es gratuita. A veces pienso que lo peor de morirse es que no podrás leer el periódico de mañana, sobre todo ahora que la política se ha vuelto tan divertida. En el fondo me pregunto si en lugar del corazón, lo que realmente llevo en la boca es el último cotilleo y el último rumor y el último recorte de periódico (mi pequeña gran compulsión: recortar periódicos). En cualquier caso, lo cierto es que yo miraba el poso de azúcar y café del fondo de la taza y pensaba en todo lo que puede llegar a verse en una especie de paisaje tan impenetrablemente chino como éste, y levantaba los ojos y veía y *no* veía el castillo encantado de la Diputación. Y volvía la cabeza y veía y *no* veía a la pobre jirafa que torcía eternamente el cuello para verse mejor en el espejo. También yo les retorcía el pescuezo a mis pensamientos y les helaba el corazón a mis ideas y me devanaba los sesos con todo tipo de estrategias mentales para intentar ver claro en lo que de pronto se desplegaba dentro de mí, no sabría si llamarlo una especie de paisaje o de idea, o las dos cosas a la vez. Quizás era eso: una idea de paisaje, o un paisaje en forma de idea. Pero tampoco. La palabra «tampoco» es exactamente la apropiada. Quiero decir que un jardín y un árbol en un jardín no forman exactamente un paisaje, pero la cosa va por ahí, en el sentido de que *tampoco* son un jardín y un paisaje.

Y fue así como me encontré pensando en el asunto de las líneas de la vida, quiero decir de los dibujos que hacen las vidas, como si cogieras un lápiz en el momento de nacer y no lo dejases caer hasta el momento de morir, o como si se pudiesen ver, igual que las rayas que hacen los patinadores en el hielo, estas alambicadas volutas de la vida desde que empieza hasta que acaba. Realmente emociona imaginarse una imagen así y supongo que yo debí de emocionarme, aunque fuese a mi manera, sentado en el Doria o como ahora se llame, y preguntándome de pronto por los dibujos de la vida, de mi vida, pero también de las vidas de las personas que había conocido, quiero decir personalmente o de oídas. Las líneas que forman las vidas, pensaba yo, son tan diferentes. Pueden ser líneas sinuosas, rectas, elípticas, líneas que se cruzan, líneas en zigzag, dentadas o eternamente circulares, líneas de un abril enloquecedor o de un enero estafador, líneas de agosto con una luz que lo calcina todo (la gran luz de agosto, ya se sabe), líneas de tempestad o de anticiclón, indescifrables y compactas isobaras bailando un baile tan sinuoso como, en el fondo, perfectamente orientado hacia la nada, hacia la descarga o hacia el aplazamiento, hacia el sí o hacia el no, hacia el quizás o hacia el no sé, hacia el instante en que toda una vida, en medio de la más enmarañada madeja de líneas, de *rayas,* qué caramba, dice «éste ha sido mi sentido, mi dibujo, reconozco la figura, sé a lo que he venido». Pero la vida no habla y sus líneas son ciegas, por mucho que nos deslumbren. Líneas que siguen la corriente dominante. Líneas que se oponen, que se añaden y que se distinguen. Líneas imposibles y líneas horrorosamente previsibles. Líneas de esclavitud y de servilismo y de libertad y de revuelta. Líneas que un dios ha de completar en otra parte y líneas con las que mantienes a distancia cualquier idea deslumbrante sobre algún Dios. Realmente, eso de las líneas (y he aquí un pensamiento que pensé enseguida) debe de ser un tema de nunca acabar. Las líneas de los mapas y las de las manos, las líneas del frente y las de la frente que se arruga, las líneas de salida y las líneas de investigación. Las líneas aéreas, las líneas de teléfono, las líneas de flotación. Las *skylines* y las *deadlines* y las *peeplines* y las *songlines*. Las líneas de los que se van y las líneas de los que llegan. Líneas, todo son líneas, me dije. Llegados a un cierto punto todo en realidad son líneas, rayas, garabatos, qué importa. Vuelos de moscas no euclidianas en el vacío de una vida desplegada como un papel en blanco primero y después, de pronto, completamente lleno de garabatos terribles. Se miren como se miren, los garabatos de *cualquier* vida son y serán siempre terribles, porque son garabatos que sólo se pueden reinterpretar u olvidar, no puedes coger la goma y borrarlo todo y decir «vuelvo a comenzar». Y todas las líneas, todos los garabatos, confluyen en el enigma del dibujo, en la imagen *propiamente dicha*, porque siempre hay una imagen que se desprende de todas las cosas, un emblema, un enigma, algo que cuando lo ves ya puedes decir que has dejado de verlo.

Realmente, cómo me había puesto con una simple taza de café. El hecho es que di con eso de las líneas un poco como quien no quiere la cosa, ésa es la verdad. O quizás eran las líneas las que se habían puesto a pensarme a mí. La madeja de mi propia vida de pronto había mostrado una cierta tendencia, una inclinación, había mostrado un indicio de dibujo, un atisbo, como si dijéramos, y ante aquel atisbo el corazón me había dado un vuelco, me había quedado azorado y tocado por el ala de un frío interior que me hacía sentir que las cosas son así, no «así» en un sentido fatalista, pero sí «así» en un sentido ferozmente lúcido. Me di de bruces con lo visible indecible, con el abismo lunar de lo profundo e impensable, etcétera, etcétera. Y entonces comencé a ver las cosas claras. No diré que vi las cosas completamente claras, porque eso me parece que sólo ocurre cuando ya no las ves, pero en parte comencé a aclararme sobre algunos puntos oscuros con respecto a mí y al mundo en general. Era como si pudiera decir «ahora lo entiendo» sin acabar de entenderlo del todo bien, o en realidad entendiéndolo menos que nunca, pero viendo claramente que ni siquiera entiendes, por así decirlo, lo que ya entendías a medias. Ya sé que esto suena como un auténtico embrollo mental, pero yo ya me entiendo, y es posible que alguien me entienda también. A veces, lo más importante no es entender las cosas. Quiero decir que hay maneras y maneras de entender las cosas, pero hay una con la que te quedas completamente azorado y acongojado en la silla, si estás sentado, o azorado y acongojado de pie, si estás de pie, o azorado y acongojado allí donde la visión te pille, porque en realidad se trata de una especie de visión. Y no hablo de una visión de tipo místico, sino de un tipo mucho más prosaico y a la vez más intenso. Hablo de una visión particular, de una visión casi privada. Y lo declaro así, sin reservas, porque a pesar de que en la vida he llegado a estar dispuesto a sentirme como un fósil de caracola y siempre me había resistido a ser alguien reconocible por sí mismo o por los otros como el sujeto de alguna historia, como el sujeto de alguna decisión llamémosle moral, aquella visión, de pronto, me hizo tomar una especie de conciencia de mi propia conciencia, valga la redundancia, todo lo cual me dejó patidifuso y asombrado.

El hecho es que aquella tarde en el Doria o ex Doria quedé al descubierto ante mí mismo, enfrentado a las rayas y a los garabatos de mi vida de animal de superficie, repentinamente visibles en el fondo de una triste taza de café. En situaciones así hay que aceptar que uno tiende a aguzar el oído y a afinar la vista ante cualquier indicio de sentido. Incluso los posos del café pueden ser elocuentísimos cuando se tiene ganas de saber cosas. ¿Y las tenía, esas ganas de saber cosas? ¿O eran más bien las cosas las que me asaltaban para saberme a mí, para *saborearme* a mí? Quién sabe. Pongamos que sí, que en parte era así. Quiero decir que, de acuerdo, eran las cosas mismas las que acudían a saborearme y a saberme, lo cual viene a ser lo mismo, y yo de pronto sabía eso, veía eso, saboreaba eso. Quizá también comenzaba a tener ganas de saber algunas cosas que eran como la sombra de otras cosas que creía saber demasiado bien. Siempre he admirado aquella historia del tipo que perdía su sombra, el gran Peter Schlehmil. No sé si eso puede aclarar en parte lo que me sucedía, o quizá no, lo mismo da. Quizá simplemente quería adentrarme en la madeja impenetrable de una vida vivida cabeza abajo, que era como yo había vivido hasta esa tarde de septiembre en Rambla Cataluña, y como de hecho he seguido viviendo después, las cosas como son. Quiero decir que los grandes cambios, los cambios de verdad en esta vida, siempre acontecen por dentro, nunca por fuera. Pero la verdad es que quién sabe algo de todo eso, quién sabe algo de estos momentos de azoramiento y asombro y patidifusión metafísica aguda que te asaltan como si el cuerpo te quisiera avisar de una especie de horrible desasosiego interno y en realidad, aunque no te avise, tú ya estás acongojado y te dices «ya está, ya me está avisando de alguna cosa, debe de ser el cáncer que ya comienza». Son momentos en los que incluso una pésima iluminación te deslumbra.

El hecho es que levanté los ojos de la taza y vi ante mí una imagen que me dejó atónito, literalmente me tiró por los suelos, y tuve que volver a levantarme, como cuando haces equilibrios empujando hacia atrás el respaldo de una silla y calculas mal y te caes de espalda, impulsado por la propia tendencia, innata y consustancial, al desequilibrio. Todo fue una cosa mental, lo sé. Fue un *proceso* mental, como si dijéramos. Pero aquella imagen me tiró por los suelos igual que si yo hubiera intentado tirar demasiado atrás el respaldo de mi silla, lo juro. Tenía ante mí, literalmente frente a mí, ya no el castillo de hadas de la Diputación, sino una especie de recuerdo por delegación. Con eso del recuerdo por delegación quiero decir que era la imagen de una situación que yo no había vivido directamente, pero que ahora veía como si fuera el encargado de transmitirla, no leyendo entre líneas, en plan comentarista, sino rellenándola con todo tipo de comentarios interlineales hasta lograr el mayor de los enredos. Era una situación tan perfectamente trivial como cargada de todo tipo de connotaciones excesivas, por lo menos para mí y en aquel momento. Y me refiero no únicamente a aquel momento de la tarde, sino también a aquel momento de mi vida. Pensé, viendo lo que veía y lo que se me tiraba encima, que quizá no estaría mal, en aquel futuro post-Doria, tomarme no solamente un café, sino incluso un whisky. Aunque teniendo en cuenta los efectos que me había producido un simple café, arriesgarme y adentrarme en el territorio del whisky era (y fue), lo reconozco, una temeridad. Pero tiré la casa por la ventana y me saqué el corazón de la boca y le pedí al camarero, que en aquel instante pasaba por ahí, que me sirviera un whisky con mucho hielo. El chico iba a retirarme la taza de café y «¡nooooo!», le grité cuando ya la tenía cogida con sus garras, que eran como las dos patas de un ave rapaz (a veces los camareros van más deprisa que los pensamientos). Tuve que saltar sobre mi taza igual que un tigre sobre la luna. El chico dio un paso atrás, impulsado por la perplejidad y un ligero espanto, y me cedió la posesión de la taza. Le dije que quería apurar el fondo de mi café y me miró, evidentemente, como si estuviera loco. Por un momento temí que el pequeño forcejeo en torno a la taza hubiera hecho desvanecer *la* imagen, aquella imagen que parecía que podía ser el punto de donde arrancaba todo, mi renacimiento y mi final, no me hagan decir en qué sentido, pero aquella imagen en aquel momento lo valía todo para mí. Uno no siempre se da de bruces con una cosa *así*. De modo que cogí la taza temiendo, como se suele decir, lo peor, y le di unas vueltas suaves, muy suaves, y puesto que tenía los ojos llenos de líneas (llenos de *rayas* y *garabatos*, qué caramba, no vamos a hacer que las cosas parezcan más hermosas de lo que son), fijé de nuevo la mirada en aquella rebaba azucarada. O quizás ésta no sea la palabra, quizá tendría que haber dicho aquella recontramalababa hecha de azúcar y restos de café y que es lo queda en el fondo de la taza cuando te has acabado el café. Me la quedé mirando no sé cuánto rato, el suficiente para que los garabatos que me llenaban los ojos se ordenasen de nuevo en aquella imagen que me había sorprendido y que ahora volvía a estar allí, igual que los espejismos que engañan a los que se pierden en el desierto o en las alturas y que vuelven una y otra vez para hacerse más pérfidamente creíbles. El camarero, que había demostrado ser un chico más que diligente, no tardó nada en servirme el whisky. Por mi parte, era evidente que todavía arrastraba los vicios de la escuela de la ambigüedad en la que he sido educado. Y sentado en el Doria, frente al caserón neogótico de la Diputación, y cerca de la jirafa presumida, puede decirse que me sentía como en casa, y eso quiere decir que me sentía lo suficientemente vigilado para no bajar la guardia ni un segundo ni dos. De modo que no me abalancé sobre el whisky, no dejé entrever ni remotamente la sed feroz que me consumía. Y si comparo aquella imagen del poso del café con un espejismo no es tanto para sacar a colación mi condición de náufrago urbano como para poner en duda la sustancia propia de aquella especie de visión, su capacidad de resistir en el fondo caramelizado de mi taza de café, que esta vez el camarero se había mirado de reojo, posiblemente para ver si me la había acabado ya o qué, y qué historia me estaba montando. Al menos esta vez aquel rayo con forma de camarero no intentó llevárseme la taza.

La imagen que yo había obtenido del fondo azucarado era la imagen de un árbol. Evocar un árbol como el emblema de las líneas que hace la vida ya sé que resulta poco original, pero tampoco creo que pueda decirse que es algo vulgar. Quiero decir que muchas historias empiezan como una especie de gran árbol colocado en el centro del mundo, y en este punto mi historia no quería ser menos, a pesar de no ser, en realidad, ninguna historia. En cualquier caso, y motivaciones literarias aparte, fue literalmente así, vi un árbol, se me apareció la imagen de un árbol ante mis ojos. Y la prueba de que digo la verdad es que el árbol que se me apareció y de donde se derivaba todo no era un árbol del tipo de árbol que yo hubiera escogido, por así decirlo, por gusto o por el placer de poner un árbol concreto al comienzo de un mundo mental concreto. De hecho era incluso un árbol cuyo nombre me creaba (y me sigue creando) algunos problemas, eso puedo asegurarlo. Es un nombre que tiendo, como de hecho tendía, a pronunciar en contadísimas ocasiones por una razón de discreción y buen gusto, porque es una palabra que me confunde y que imagino que debe de confundir a los demás, a pesar de que quizás haya gente que perciba en ella una determinada poesía, porque ya se sabe que eso de la poesía de las palabras es de lo más subjetivo. La imagen primera del árbol, en cualquier caso, convocaba a su alrededor más imágenes, como un verdadero remolino hecho de recuerdos e imaginación. Era una especie de constelación de imágenes que acababan cristalizando en un recuerdo más complejo, en el recuerdo real y concreto de un hecho que yo no pude presenciar pero que alguien supongo que me habría explicado en algún momento. Quizás al final resulte que me lo he imaginado todo, pero la verdad es que eso me importa muy poco. Estoy hablando de sitios reales y de personas reales, si dejamos a un lado los detalles. La imagen del árbol digamos que me transportó a un punto no muy alejado del delta del Ebro, un lugar que denominaremos Santo no porque fuera especialmente santo, sino porque era una especie de San Nosequé que ahora no viene a cuento. Un hombre y una mujer avanzaban por el suelo de grava de un jardín. Las dos figuras pasaban por la parte trasera de la casa, detrás de un murete que les llegaba a la altura del cuello, de forma que en realidad sólo se veían dos cabezas, la de la mujer y después, como si fuera una sombra, la del hombre. Más allá de este murete (o más acá, desde la perspectiva irreal de mi recuerdo, porque yo estoy *fuera* de la escena, como un diosecillo mirón) había un gran campo de melones y sandías, todavía lo veo ahora, a pesar de que en realidad sólo oigo las palabras, y esto me sucede ahora mientras evoco aquella tarde en el Doria de Rambla Cataluña y me sucedía mientras contemplaba el poso de mi café en aquella terraza. Digo campo de melones y sandías y creo entrever alguna cosa, pero en realidad sólo *oigo* unas palabras que me imagino que tienen algo que ver con una imagen inmóvil, a pesar de que no sé si es la apropiada o la correcta, quizás ahora todo se ha ido transformando en otra cosa, en el embrollo de mis ideas. Pero cuando veo aquel campo de melones, y digo aquel campo de melones (no digo *aquel melonar,* por ejemplo: eso no lo digo), me viene a la mente una imagen de la cubierta de un libro que creo que era de Ray Bradbury, juraría que eran los *Cuentos espaciales.* Si alguien tuviera en la cabeza aquella cubierta de la vieja edición española o argentina de los *Cuentos espaciales* vería el campo de melones tal como yo lo veía y de hecho lo veo ahora, y pensaría «vaya campo de melones más marciano», que es lo mismo que yo pienso ahora. Pero vayamos a las figuras. Vistos así, y desde el lado de aquel campo de melones y sandías, aquel hombre y aquella mujer quedan reducidos a dos cabezas silenciosas que se desplazan por detrás de un murete construido de tal modo que las tejas que lo forman parecen las escamas de un pez. Me imagino que la casa, el muro hecho de escamas de pez y quién sabe si incluso aquel campo rojizo y marciano, con sus melones y sus sandías, siguen allí, esperando a que yo vaya (cosa que no haré) para confirmar estos detalles sin importancia.

El hombre y la mujer pasan entre el muro y la casa, los veía como si yo estuviera en el campo, como si yo fuera el campesino de turno, y me divertía sentirme así, sentado en la terraza del Doria con mi whisky, en la parte alta de Rambla Cataluña, ejerciendo al mismo tiempo de encargado de vigilar cómo van los melones. Yo, el guardián de los melones. Yo, *the catcher on the melon,* por así decirlo. Veía las dos cabezas desplazándose tras el muro de escamas de pez. Y si no fuera que aquí los símiles se deshacen en la gravedad del aire espeso de julio (la imagen tiene una fecha aproximada), del aire irrespirable del horrible mes de julio (después, ya lo dice la canción, «en agosto las cosas se nos arreglan y en septiembre las camisas recuperan los botones y en octubre llegan las americanas y en noviembre las gabardinas y en diciembre bufandas y corbatas para estrangularnos de puro arrepentimiento, y vuelta a comenzar, tralarí tralará...»), las dos cabezas podrían pasar por dos figuras de un reloj suizo, dedicadas a marcar las horas indiferentes del día o, incluso, el hombre y la mujer de aquellos barómetros con aspecto de casita alpina, cuya aparición alternante señala el buen tiempo (la mujer) o la proximidad del arabesco lejano de las tormentas (el hombre). Aunque allí, en Santo, y según creo recordar, no llueve ni por equivocación. Pero en la ingravidez trémula provocada por el bochorno, las figuras son lo que son. También están a punto de marcar una hora importante, una hora decisiva. Se deslizan como fantasmas o autómatas por encima de la grava, el hombre con la mirada puesta en el suelo y las manos cogidas en la espalda, y la mujer mirando hacia los pies del hombre y vagamente apoyada en su brazo. La mujer lo acompaña hasta el gran árbol de hojas aceradas que ensombrece la parte posterior de la casa, y que no es otro que mi árbol del comienzo, mi árbol innombrable. Caminan por el jardín como se suele andar por un jardín: ahora agachándose para arrancar algún hierbajo que crece fuera de lugar, ahora acercándose para oler una dalia o una mata de margaritas (a pesar de que creo recordar que ni las dalias ni las margaritas huelen a nada), ahora cogiendo con la punta de los dedos, como si lo fueran a pinzar, el tallo incipiente de un nardo que florecerá ya entrado septiembre, cuando los de la casa habrán tenido que marchar porque «las vacaciones no son para siempre o no serían vacaciones». Yo veía al hombre y a la mujer desde fuera del espacio que ocupan, del aire que respiran, desde una perspectiva ajena a lo que dicen, ellos situados en el centro de un silencio infinito, como si fuera una grabación sin sonido, al fondo de un espacio de ingravidez donde nada se oye, donde ni siquiera es posible oír el crujir de los pasos sobre la grava del jardín, ni el murmullo de la retama o de las adelfas peinadas por la brisa que a ratos llega desde el mar cercano. Ni siquiera se oye el rumor lejano de los coches circulando por una carretera principal que pasa a medio kilómetro escaso de la casa. Por no oírse, no se oye ni la brisa de la tarde en las hojas del árbol, ese frufrú incesante y a veces ensordecedor. Y lo peor de todo (pues no deja de sorprendernos tanto silencio mezclado con esta sensación de espejismo trémulo, como de visión de país de los muertos) es que tampoco se oye la brisa en las ramas de un sauce llorón que no ha sido podado en todo el invierno y que ahora, decididamente, se ha convertido en una cosa excesiva, en una especie de animal inquietante que se agita con una pereza y una laxitud feroces, como si negase la realidad de cuanto le rodea.

Todo sucede, pongamos por caso, un primer día de vacaciones, a mediados de julio. Pero es un verano extraño, como suele suceder cuando los veranos y las cosas en general ingresan en la crueldad de los hábitos. Veo al hombre, que debe de rondar los setenta. Veo a la mujer, que también hace tiempo que ha cumplido los sesenta. Después de haberse detenido ante los tallos de los nardos, los veo avanzar hacia el árbol gigantesco y monstruoso (bueno, eso de que los veo es un decir, no sé si se puede decir que viera realmente algo, y la verdad es que, ¿hay alguien que pueda ver algo aquí? Ahora que todo parece helarse, agrietarse, deslavazarse, pienso, lo pensé sentado en la terraza del Doria, me dije: «Pero ¿qué es esto que estás viendo, qué triste película mental te estás pasando por la cabeza?»). La mujer, de pronto, se coge los brazos con las manos, como si quisiera abrazarse a sí misma, abrigarse los brazos desnudos ante un repentino ataque de frío, completamente incomprensible en este calor bochornoso, en esta canícula espantosa y devastadora. Dice algo que no se oye, es imposible imaginar lo que dice, imposible oír nada. Ahora el silencio produce casi la náusea típica del vértigo, del mareo ante lo radicalmente impensado e inesperado. Por lo que respecta a esta escena, yo pertenezco a la otra esfera, decididamente a un mundo aparte, como si fuera un muerto contemplando el mundo de los vivos, o un vivo contemplando un mundo de los muertos, y eso puedo asegurar que produce un efecto como de vacío interior, de abismo interior que se abre de golpe, como aquellas trampillas que en las películas de dibujos animados se tragan en un visto y no visto a los malhechores o a los héroes, pum, y esta sensación de caída interior fue lo que me dejó hecho trizas y lo que me desmoronó. Estaba sentado en mi silla del Doria y tuve que cogerme las manos, que me temblaban de un modo vergonzoso, me estaba poniendo fatal. Cuando sentí que la cosa iba mejor me bebí de un trago lo que me quedaba de whisky y me puse a masticar hielo, compulsivamente, mecánicamente. El ruido del hielo crujiendo entre las muelas acabó de quitarme de la cabeza aquel resto de silencio espantoso, con sólo recordarlo ya vuelvo a encontrarme fatal. Y con el crunch-crunch y el crec-crec del hielo en mi boca, armado y enmascarado como quien dice con aquel ruido retumbando en mi cabeza y conjurando todos los silencios de este mundo, pude enfrentarme de nuevo a aquella imagen, pude retomar otra vez el hilo de mi recuerdo, la película de mi recuerdo por delegación, para ver si aquel silencio horrible de la mujer se correspondía con alguna cosa, con algún gesto por parte del hombre. «Habla, café, habla», decía yo. «Háblame, taza, háblame. Dime lo que sigue.» Y, en efecto, vi que seguían más cosas.

El hombre del recuerdo (al que llamaremos padre Amadeo) también parece estar escuchando aquel silencio, y luego agacha la cabeza. No como suele hacerse en algunos casos para no tener que mirar a ningún sitio, sino para mirar en su interior. Lo hace quizá también para no tener que mirar el árbol terrible, cuyo nombre se me atraviesa en la garganta como cuando intentas tragarte un tenedor, aunque ya sé que ahora sí debería decirlo, debería intentar escribirlo. El hombre mira el tronco del *algarrobo,* el punto exacto en el que el árbol emerge del suelo. Entonces la mujer se vuelve hacia el hombre, le pasa el brazo por la espalda, el brazo izquierdo por el hombro izquierdo del hombre, mientras con la mano derecha coge el brazo derecho del hombre, que, y eso es algo que apenas puede llegar a verse, está llorando o rezando o intentado recordar alguna cosa. Todo esto se intuye porque después de haber mirado el tronco del *algarrobo* ha escondido el rostro entre las manos. Ignoro si le hubiera sucedido lo mismo ante el tronco de un abeto, de un simple pino, o de cualquier otro árbol que no se llame *algarrobo,* de un almez o de una encina. Hay palabras que producen un desconsuelo insoportable. Pero eso ya es decir demasiado. Desde fuera de la escena, desde la lejanía del Doria, desde la escritura y la lectura, no se puede decir que aquellos espectros ingrávidos, trémulos como un espejismo, aquellos fantasmas venidos de la nada y de paso hacia el todavía-menos, hicieran posible la diferencia que existe entre rezar y llorar, entre ver algo e intentar recordar algo, o que pudieran darle un contenido al gesto de cubrirse el rostro con las manos. Ni siquiera puede decirse que fueran conscientes del peso de la palabra «algarrobo», de todo lo que esta palabra conlleva, de su belleza arisca y silvestre. Eran, únicamente, las figuras de un recuerdo. Y para ser precisos, no eran ni siquiera eso. El presente y el pasado se confunden, se mezclan; lo cercano se confunde con lo lejano. Se mezclan ahora en mi cabeza igual que se mezclaban aquella tarde en el Doria, yo mismo a punto de iniciar mi descenso privado hacia una imagen pública de la cosa en sí (y lo escribo así, arriesgándome a la máxima opacidad, con el fin de ser lo más franco posible).

El poso de la taza de café mostraba al padre Amadeo emocionado al recordar bajo el algarrobo a los muertos de aquel año, indefectiblemente vinculados a aquel árbol, que ahora para él dejaba de ser el símbolo del origen del mundo para convertirse en el símbolo del final de un mundo. Andreu Martínez Martí, mi progenitor, el amigo muerto en febrero de aquel año, y Jordi Sendra, finado también en mayo de aquel año, aunque aquí el acabamiento tiene otro sentido. Mi progenitor había ido de una vida a otra, o del todo a la nada. Pero Jordi Sendra, el viejo amigo del padre Amadeo (y de mi progenitor), se había pasado de un amor a otro, y por lo tanto, pensaba yo mirando la maraña de ramas en el pozo de mi taza, de una imposibilidad a otra, de un anhelo a otro y de una frustración a otra. Y veía, yo también, a aquel Jordi Sendra que hasta hacía poco había sido, al igual que el padre Amadeo, un *padre* Juan, el cual, a sus sesenta más que cumplidos, no hacía todavía ni un año que había dejado plantado el convento clavando una patada en el culo de la ignominia conventual, y por lo tanto más enfadado que otra cosa, y se había lanzado a los brazos móviles de una mujer. El padre Amadeo, el célebre historiador de la teología, el amigo de la familia, el *Hausfreund,* como si dijéramos, el sabio seráfico, para entendernos, recordaba bajo aquel algarrobo, que ahora más que dar sombra parecía concitar a su alrededor los fantasmas de un atardecer espectral, recordaba a dos amigos en cierto modo perdidos en un mismo año, en el brevísimo lapso que va de un febrero a un mayo: Andreu Martínez Martí, que mientras vivió se paso los veranos como quien dice viviendo bajo aquel algarrobo, durmiendo al raso bajo sus ramas a causa del calor, y el padre Juan, nacido como Jordi Sendra, que siempre lo acompañaba en aquella visita de comienzos de vacaciones a la casa de Carmen Martínez Martí, la hermana de Andreu Martínez Martí, mi tía por lo tanto, y una vieja amiga también del padre Juan, ahora ya simple y civilmente Jordi Sendra, que (no lo he dicho, pero casi) se había casado aquel mismo mes de mayo (hablo siempre del año del algarrobo, del último año del que tengo noticias de Santo, después todo se pierde, se difumina, digamos que la rama familiar se rompe, las hojas se las lleva el viento y los frutos caen sin madurar). Se casó, en efecto, alguien diría que para rematar su patada al convento. Jordi Sendra, según el sermón que el padre Amadeo leyó en la falsa (o no tan falsa) misa de nupcias, habría considerado que nunca es demasiado tarde para reconocer la fuerza del otro amor, cuya santidad también palpita, como el corazón de un gorrión atrapado en una red invisible, en el seno de este otro amor, sobre el cual, realmente, el padre Amadeo no tenía en el fondo una consideración más aguda o más profunda que la técnica o la moral, para entendernos, aunque ésta pasara por ser, según todas las apariencias, suficiente e indispensable para aconsejar a los matrimonios de creyentes que se acercaban a él, ansiosos por las profundas perplejidades que las confabulaciones de la vida producen en las personas de buena fe (ia él, que en realidad no sabía nada de aquel *otro* amor y sólo podía hablar del amor sin demostrativos y sin paliativos, en un sentido amplio y general, y que en él, o para él, encima, adoptaba el carácter de un auténtico amor intelectual a Dios! Lo que hay que ver...

Todas estas cosas me asaltaban mentalmente, me asaltaron como una especie de alud con aquel recuerdo por otra parte no vivido por mí mismo sino simplemente evocado por la visión abstracta y emblemática de aquel árbol de nombre incómodo. «¡Árboles, quién os ha visto y quién os ve!», dije me temo que en voz alta, como quien declama un verso de pacotilla, mirando los tilos de Rambla Cataluña que se agitaban sobre mi cabeza sacudidos por el rugido sordo y profundo de la gran ciudad. (Parece imposible que a propósito de esta gran ciudad pueda decirse lo que acabo de decir, pero es evidente que estaba en vena, y esto quiere decir que tenía mi tarde poética número uno del año.) De modo que pensé que quizás había llegado el momento de un segundo whisky, y no desaproveché el paso casual del camarero para decírselo: «Oiga, creo que ha llegado el momento de un segundo whisky». El chico no me hizo saber si estaba o no de acuerdo con mi observación, pero al poco rato ya tenía mi segundo whisky en la mesa. Volví a mirarme la taza de café. *Speak, cup of coffee*, le dije (en inglés barcelonés, naturalmente). Y entonces vi en el fondo de mi taza un pinar (y siempre que digo pinar canturreo durante unos segundos aquella canción francesa que no sé qué dice de *l'odeur des conifères*, y digo durante unos segundos porque sólo sé canturrear eso del *odeur des conifères*, no sé qué viene después, nunca he sabido qué pasaba con este *odeur des conifères)*, veía, como he dicho, un pinar con el padre Amadeo rodeado de una pequeña multitud de jóvenes parejas estupefactas. «El amor es una cosa tan compleja», decía alguien. «Tanto...», añadía la misma voz, tras una leve pausa. Y él, el padre Amadeo, venga a hablar de paciencia, venga a hablar de comprensión, venga a hablar de atenciones, y venga otra vez a hablar de paciencia. Recuerdo que yo, que era pequeño y tenía a mis progenitores lejos (creo que de viaje por Grecia, los hay con suerte, pero esto entonces yo no lo pensaba, eso de la suerte, porque Grecia era para mí una palabra vacía de todo significado, y eso de la suerte lo pienso ahora como lo pensaba aquella tarde de septiembre en el Doria), de modo que yo, solo y sin padres, como digo, recuerdo que sufrí un repentino ataque de incontinencia montaraz, por expresarlo de algún modo, y comencé a saltar de un lado para otro, como un gamo en apuros, y a pesar de mis brincos y mis gestos de niño mudo y desesperado (mudo no porque no pudiera o no quisiera hablar, sino porque no osaba, no osaba interrumpir aquella conversación sublime) aquellas jóvenes parejas en torno al padre Amadeo no me hicieron ni puñetero caso, ellos con su amor y yo con mis extravagancias emprendimos, ya en aquel entonces, caminos opuestos. Pero, en realidad, ¿acaso hay algo que pueda acontecerle a uno a los cinco o seis años en pleno bosque y que sea inteligible *también* para la gente librada a la sublimación del drama cotidiano mediante una raíz cuadrada de amor, paciencia y caridad? ¡Caridad! ¡Sí! ¿Oí allí por primera vez, yo y mis emergencias selváticas, corriendo de árbol en árbol sin saber dónde meterme, aquella palabra? Ah, sea como fuere, ahora la saludo como quien saluda el olor de las coníferas después de un invierno entero de trabajo y narices tapadas. Y sí: el buen padre Amadeo hablaba de caridad con aquella gentil caterva de jóvenes matrimonios desorientados mientras yo me perdía en lo más profundo del bosque. Supongo que en aquella época una parte de la Iglesia ya comenzaba a reformular el negociete mezquino de las indulgencias y lo remodelaba hacia una especie de mercadeo continuo con el arte de vivir. Todo progreso es siempre a peor, como dijo no sé qué sabio. Pero eso lo pienso ahora, no entonces, a los cinco o seis años, con mis urgencias montaraces y con la palabra «Grecia» dándome vueltas por la cabeza como un moscardón demasiado abstracto como para hacerle caso de verdad. Lo pienso ahora, escribiendo, y lo pensaba aquel día viendo al padre Amadeo en el fondo de mi taza de café, con su rostro de liebre, asediado yo, como si dijéramos, por un montón de urgencias urbanas dispuestas a empujarme hasta lo más hondo de la ciudad. ¿De qué hablarían en aquellos círculos matrimoniales sentados bajo los pinos? ¿De verdad que hablaban de amor y de caridad? ¿Les recordaba el padre Amadeo aquel trozo prohibido de san Pablo, aquel fragmento que cualquier persona de sensibilidad mediana ha mandado de vacaciones porque el desgaste, el abuso al que ha sido sometido, lo ha vuelto insoportable, aquel pasaje de la Epístola a los Corintios sobre que si el amor es paciente, que si el amor es generoso y qué sé yo cuántas cosas más? ¿Les citaba ese tipo de frases que son como un cuchillo para cortar la doble moral a rodajas y servirla para que los críos de la casa crezcan fuertes y sin sombra de mala conciencia? ¿Convertía el físico amor intelectual a Dios en una forma neurótica de amor moral a la institución del matrimonio? A pesar de la fascinación que años después la figura del padre Amadeo despertó en mí, la verdad es que no creo que les hablara de estas cosas, o no a este nivel por otra parte tan desolador. Me habría pasado horas hablando de teología con él, pero ni un solo segundo sobre mi vida llamémosle sentimental o sexual. Claro que la vida matrimonial puede no tener nada que ver con la vida sentimental (yo, por ejemplo, que no me he casado nunca, he tenido una vida sentimental intensísima y agotadora, y no hablo de la sexual: se me cae la mano de puro cansancio de sólo pensar en ella; si mi capacidad sentimental fuera el aforo de un cine o un teatro haría tiempo que habría colgado el cartel de LOCALIDADES AGOTADAS, y cuando digo agotadas lo digo en el sentido de exhaustas). Por otra parte, el catolicismo ha sido siempre una especie de disciplina de la derreflexión, un arte para dejar de pensar o para no pensar demasiado, y menos por uno mismo (eso es lo peor desde el punto de vista del catolicismo: pensar por uno mismo). No quiero decir que éste fuese el caso del padre Amadeo o del padre Juan. Hablo de tipos que iban completamente a su aire, de seres indómitos (a pesar de su aspecto apacible y bonachón) que no encajaban en la norma dominante, que no se sometían más que a lo que ellos querían someterse (*pour le plaisir, pour la foi, pour l'amour*), hablo de tipos decentes que no servían en absoluto para la formación de cuadros, para entendernos, sino más bien para desencuadrarlo todo. Y así les fue. Seguro que lo muchísimo que el padre Amadeo había leído y pensado a duras penas le servía para aportar cuatro clichés sobre la dramaturgia de la convivencia y el enigma de los afectos. Pero dejando todo esto aparte, el padre Amadeo era un vanguardista en cuestiones teóricas, mientras que el padre Juan era un vanguardista en cuestiones prácticas. Por eso me impresionaba tanto aquel par de compinches monacales. Por eso me impresionaba tanto la imagen del padre Amadeo *casando* a su amigo de toda la vida, a su *confrate* de toda la vida, que había decidido probar el asunto del *otro* amor ahora que el amor de dentro del convento se había convertido en una farsa hipócrita e insoportable. *Obras son amores,* y los amores no sólo son sentimientos, no sólo son votos, sino lo que se hace y no se hace en nombre de estos amores, de su naturaleza variopinta, de su criminal y cruel incompatibilidad, de su reveladora, avasalladora oportunidad. El amor es un estado de revolución permanente, es la capacidad de vivir cada instante de la propia vida como un estado de pura revuelta y revolución. De modo que supongo que en realidad eso de pasar de un amor a otro es lo de menos, y que lo importante es no estropear, no falsificar esta parte activista que el amor imprime en lo que se hace y en lo que se vive, sea en un refectorio comiendo aprisa y en silencio, o en el lecho abrazando a otro cuerpo.

Lo cierto es que el padre Amadeo no había querido negarle aquella misa a su amigo ex monje, que el derecho canónico sí le negaba. El padre Juan, entonces ya simple y civilmente devuelto a la condición de Jordi Sendra, se casó tomando el amor de Dios por testigo, no la institución de Dios. ¿Quién osaría decir aquí que se toma el nombre de Dios en vano? El padre Amadeo no había podido en conciencia ni había querido de corazón negarle aquella misa nupcial a su amigo, no había querido negarse a invocar la autoridad suprema de Dios para unir a Jordi Sendra, el ex padre Juan, y ex sacerdote por lo tanto, con una mujer. Era un gesto consecuente de amistad, de amor y de vanguardismo mental que las retaguardias diversas y los que viven según las reglas de la amistad condicionada y del amor a tanto la pieza desaprobaron, naturalmente, con fruncimiento de entrecejo circunspecto y mala cara en general. Realmente, yo no sé si el padre Amadeo era de fiar en los años setenta cuando ejercía de consejero matrimonial bajo los pinos. Pero acertó de lleno casando a su amigo de toda la vida en contra de las prescripciones de sus superiores y siguiendo lo que le dictaban la razón y el corazón. Y por mucho que aquel gesto magnífico hubiera soldado la amistad más allá de las metamorfosis y de los abismos y de los precipicios que a veces las mujeres imponen a los hombres (o viceversa, porque la conversión de la vida en pareja en una secta à deux requiere, como su nombre indica, que los deux formen parte de la secta, con independencia de quién adopte el rol de gurú y quién el de seguidor), lo cierto es que bajo aquel algarrobo aquel hombre tuvo que notar de repente la doble ausencia de los dos amigos que en un sentido o en otro se podían dar por transitoriamente perdidos. Y si digo esto de transitoriamente es porque, en primer lugar, el amor es reversible y, en segundo lugar, la muerte es compartible. Todo depende de lo que separe un lado del otro, o de la actitud que adoptemos ante lo que nos separa.

Y a propósito de obstáculos, estaba aquella mujer. Quiero decir que el padre Amadeo no casó a su amigo con una idea, por muy revolucionaria, por muy generosa que fuera, del amor, sino que lo casó con una mujer de carne y hueso. Más exactamente, con «una loca peligrosa», si hemos de hacer caso de la expresión con que el mismo padre Juan se había referido a ella mucho antes de ni siquiera imaginar que al final «caería en sus garras». Todo eso son modos de hablar, que según cómo no vienen al caso y según cómo sí vienen. Porque, en fin, ya sabemos que a menudo la presunta locura de las mujeres es un reflejo monstruoso del deseo de los hombres. Y también hay que reconocer (a pocos de entre los iniciados en los arcanos de aquel asunto se les escapaba este detalle) que aquella mujer, con sus hipotéticas garras y sus presuntas monomanías de santurrona aficionada a las sotanas, no era, al fin y al cabo, nada más que el trozo de madera que el padre Juan había escogido para saltar y salvarse del lento, para él insoportable y de hecho inacabable naufragio de aquel lugar que aquí llamaremos Montserrat, aunque qué importan los nombres, nombres intercambiables, nombres que para unos quieren decirlo todo y para otros no quieren decir nada, los nombres de los lugares, la sombra aurática de los lugares según cómo la ha vivido cada cual. Yo, por ejemplo, digo Montserrat y no noto nada, no siento nada, toda mi vida ha sido una vida absolutamente desvinculada de la palabra «Montserrat». Y si he ido, quiero decir que si he *subido* a Montserrat, habrán sido a lo sumo media docena de veces y siempre acompañando a alguna novia que se llamase Ulrike o Dagmar o Carola o Arlette o Shanon o Friederike, y siempre he vuelto a bajar absolutamente indemne, es una casualidad como cualquier otra pero me sirve a la hora de escribir Montserrat sin que me tiemble el pulso ni me palpite el corazón más deprisa de la cuenta. Y me vale también a la hora de ver al padre Amadeo y al padre Juan, o ex padre Juan, con unos ojos capaces de captar al hombre y prescindir del monje y del hábito. Sí, es cierto que habría podido escribir Montsalvat en lugar de Montserrat, pero para qué, para qué liarlo todo. Enmascarar la cosa equivale a darle más importancia de la que tiene, y me hace gracia recordar que todas mis novias extranjeras (cuando me dedicaba a eso de tener novias extranjeras y *novias en general)* se empeñaban en ir a Montserrat conmigo cuando venían de visita, porque se imaginaban que aquella excursión debía de tener mucha trascendencia para un catalán, y yo iba porque me imaginaba que aquella excursión despertaba en ellas una legítima curiosidad turística, sobre todo si eran wagnerianas (yo siempre me he buscado novias un poco wagnerianas, es una simple cuestión de gustos). Y la verdad es que los mejores amores se ligan con los mejores malentendidos. Pero casi siempre, y ahora eso sí que lo diré, mis novias me dejaban, o yo las dejaba, poco después de aquella excursión ritual a Montserrat. Se producía siempre una decepción extraña y sutil que yo ya no lograba quitarme de encima o que ellas ya no lograban superar. Es algo realmente extraño, quiero decir este fenómeno que igual sí que me hace identificar Montserrat con la decepción y con el final de mis amores, wagnerianos o no, y quizá valdría la pena que estudiase un poco el fenómeno, aunque no lo haré. ¡Hay tantas cosas que dejaré por estudiar! Pero quizá sí, ahora que lo pienso, quizá sí que la Montaña tenga un cierto poder sobre las personas, incluso sobre aquellas que como yo viven completamente de espaldas a ella y que siempre que ascienden a sus cumbres turgentes saben que suben para llevarse la decepción de turno, para desengañarse con la novia de turno, sea o no sea wagneriana.

En cualquier caso, para Jordi Sendra, que realmente no puede decirse que viviera de espaldas a la Montaña, la mujer fue el pretexto para huir de ella, a diferencia de mí, para quien las mujeres han sido siempre un pretexto para acercarme a ella. Creo que puede decirse que en ambos casos la Montaña significó una decepción y un desengaño. Y en los dos, de alguna manera, tanto él como yo descendimos de ella convertidos en náufragos. O quizás habría que decir que descendimos un poco más náufragos de lo que éramos antes.

Debo confesar que siempre he sido un poco adicto a las historias de náufragos. Lo pensé mientras me acababa mi segundo whisky y me levantaba como impulsado por un muelle, porque había una parte de mí que ya estaba harta de estar sentada en el Doria o *antiguo* Doria, aunque otra parte de mí se hubiera quedado allí como quien dice hasta que me expulsasen de la silla, como si fuera una simple pluma o caca de paloma. No sé qué hora sería, quizá las cinco y pico o las seis y pico. Ni idea de la hora, en cualquier caso. De modo que decidí comenzar un descenso pausado, como quien no quiere la cosa, Rambla Cataluña abajo. Es sabido que esta calle tiene la inclinación óptima para las mañanas de gran resaca o para cuando vuelves de un gran viaje mental que te ha dejado exhausto y quieres estirar las piernas. En estos casos no hay otra calle, al menos en esta ciudad, como la Rambla Cataluña: te das un leve impulso al comienzo (a la altura de la jirafa y del Doria) y es como si las piernas andaran solas. Será por la pendiente, que hace que con un pequeño impulso inicial andes casi sin esfuerzo, no exactamente como si flotases, pero sí como si rodases suavemente hacia el mar (en este sentido, ir en patines o en bicicleta por esta calle siempre me ha parecido una redundancia, pero ya se sabe que hay mucha gente que vive instalada en la redundancia). El arte del descenso por Rambla Cataluña consiste en no acelerarte y en no bajar tan deprisa que no te enteres de nada. Quiero decir que se trata de una calle en la que es fácil coger velocidad, de modo que todas las posibilidades del callejeo contemplativo se convierten en una visión como de calidoscopio descontrolado, en una imagen mareante, que es lo que siempre acaba sucediéndome (y hablo de mí y sólo de mí) en las Ramblas de más abajo, donde realmente acabas accidentándote con una facilidad estremecedora no por lo acelerado de la gente que se ve en las Ramblas, sino por cómo tiende uno a apretar el paso ante la visión de determinada gente. A las Ramblas (no a Rambla Cataluña, sino *a las Ramblas)*, en cualquier caso, sólo se puede ir en el momento de la salida del sol, como todo el mundo sabe, ni un minuto antes, ni un minuto después. Y no lo digo por el romanticismo sino por la belleza (hay una gran diferencia), y también porque con menos gente te aceleras menos, miras más dónde pones los pies. Por otra parte, las siete de la mañana es también la hora *absoluta* de Rambla Cataluña. Váyase un día claro de junio a las siete de la mañana y será cosa de no creérsela, es imposible que alguien crea que pueda haber una calle más conmovedora y más emocionante que ésta, por lo menos en esta ciudad y a estas horas. Y es incluso más emocionante, si se me permite afinar todavía más, ir un domingo de agosto también sobre las siete de la mañana, o incluso antes: sobre las seis, máximo seis y media. Nada que ver con un día entre semana de septiembre hacia las siete de la tarde, en cualquier caso.

Pero, curiosamente, las lágrimas que he derramado en Rambla Cataluña de pura conmoción ante tanta, tanta y tanta belleza, siempre a las siete de la mañana, quieto, clavado, casi fijado en un banco, se han quedado enterradas bajo mi costado ágrafo, como si dijéramos. Y aquella epifanía un poco de pacotilla y francamente enredada de aquella tarde en el Doria con el café y los whiskies y el algarrobo vi que estaba dando sorprendentemente de sí, a pesar de que no sabía dónde me iba a llevar. Nunca he sabido, de hecho, dónde me lleva esta calle. No lo he sabido bajándola y mucho menos subiéndola. Casi siempre he acabado encontrándome en algún sitio al que de hecho no tenía la intención de ir. Eso debí de pensarlo, como lo pienso ahora, delante de la fachada del Banco de Sabadell, en la esquina con Rosellón: una fachada de puro hormigón forjado, si puede llamársele así, y que siempre me ha dejado ligeramente abrumado.

Aquella visión tan aplastante me hizo volver a pensar intensamente en la cuestión de los náufragos. Ha habido épocas en las que coleccionaba historias de naufragios. Si se está un poco atento, no hay semana en que los periódicos no lleven alguna. Pero entre tantas historias de hombres y mujeres ateridos, exhaustos, vagando durante días por la infinita soledad del mar sobre un minúsculo trozo de madera, o nadando hasta el límite de sus fuerzas, si tuviera que escoger una, me quedo, a pesar de que hay una gran literatura donde escoger, me quedo con el pobrecito Pip que Melville hizo caer de puro miedo al agua desde una lancha ballenera en *Moby Dick*. Me lo dije pasando por delante de la iglesia de la Madre de Dios del Monte Sión. No puedo pasar ante esta fachada incalificable sin detenerme un instante. Es como para decirme que las cosas siguen en su sitio, sean cuales sean estas cosas, sea cual sea la política que gobierna las cosas. La verdad es que no me lo he preguntado nunca, pero ahora que lo pienso podría reflexionar un poco sobre ello, quiero decir que podría pensar en la política de los hombres como si pensase en la *física* de los hombres, y viceversa: en la física de las cosas como si fuera la *política* de las cosas. Pero aquí mandan los hombres de piedra, eso siempre lo he tenido claro. En este tramo de Rambla Cataluña siempre he sentido de un modo peculiar y de hecho con una intensidad casi insoportable, el peso de los hombres de piedra. Y todavía más ahora que la zona se ha desecado notablemente. Antes, aquí mismo, era posible ir a tomar una copa en el Victory, bastaba con meterse por el pasaje de la Concepción, que es el que se abre ante ti cuando le das la espalda a la Virgen del Monte Sión. Pero ya no existe (no quiero decir el pasaje, que sí existe todavía, sino el Victory). Aquí ni siquiera le queda a uno el consuelo de ir a un sitio que se llame *antiguo* Victory. Aquí el escamoteo ha sido total y no ha dejado más rastro que el de la memoria. De manera que en realidad, ahora que lo pienso, las cosas ya no están en su sitio ni mucho menos, y puedo decir aquello de *cease and fall* y *fall and cease,* que es lo que se dice en los dramas shakespearianos cuando las cosas se ponen feas, lo que básicamente quiere decir que a la mierda todo, a hacer puñetas todo.

Pip, sin embargo, era otra historia. ¿Quién no recuerda este pasaje de *Moby Dick*? El pobrecito Pip, el negrito de Alabama, salta al agua presa del pánico desde la lancha ballenera al sentir la sacudida de la ballena arponeada y se queda flotando solo en medio del océano. ¿Cuántas veces no hemos sido nosotros mismos unos aprendices de Pip? Bueno, si hay alguien que diga que *no lo ha sido,* yo sí diré que lo he sido. Por ello Pip es uno de mis no sabría si llamarlos héroes literarios preferidos, pero sí uno de mis fenotipos de referencia, uno de los santos de mi iglesia portátil. Y tengo bastante claro que, al fijarme en el pobrecito Pip, lo que en realidad estoy haciendo es conjurar toda tentación de querer parecerme, aunque sea de lejos, al loco Ahab, y querer así arponear la parte de sentido más extraña y poderosa de mi propia vida, la que se escapa y me destruiría si me acercara demasiado a ella. Pip es mi salvavidas, mi excusa, mi distracción. Y el pasaje que relata su pequeño y particular naufragio se ha convertido en una de mis oraciones laicas más recurrentes: «Pero todos nosotros estamos en manos de los dioses. Y Pip volvió a saltar... Pip se quedó flotando en el océano, como el baúl de un viajero sin prisas». Siempre me ha fascinado esta comparación: un baúl abandonado flotando en medio del mar. Pobre Pip. Pobrecito Pip. Bien, el hecho es que los compañeros de Pip optan por seguir con la persecución de la ballena. «Pip ya había sido avisado una vez de que no se detendrían para salvarlo si volvía a saltar impulsado por el pánico», y el muchacho se queda atrás, flotando solo en la inmensidad del océano Pacífico. Y Melville dice: «Era un día sereno, hermoso y generoso; la mar reverberaba, serena y fría, y se extendía plana alrededor». En inglés eso suena de un modo formidable, maravilloso y fenomenal: «It was a beautiful, bounteous, blue day; the splanged sea calm and cool, and flatly stretching away, all round, to the horizon...». Pobrecito *little negro* de Alabama. «En tres minutos», sigue mi oración, «toda una milla de océano sin límites separaba a Pip de los demás. Desde el centro del mar desierto el pobre Pip volvía su cabeza negra y rizada hacia el sol, el otro náufrago solitario, aunque más alto y más brillante.» Bueno, realmente aquí Melville da un resbalón. Es propio de los grandes escritores que resbalen desde muy arriba, y él resbala nada más ni nada menos que desde la altura del sol. Pero ahora viene la reflexión, y eso según cómo es lo que cuenta: «Con buen tiempo, nadar en alta mar es tan fácil para un nadador experto como cabalgar en tierra en un carruaje con muelles. Pero la soledad espantosa se hace intolerable. La concentración intensa en sí mismo, en medio de esta inmensidad inhumana, ¿quién podría explicarla? Fijaos en los marineros cuando en los días de calma chicha se bañan en alta mar, fijaos en cómo no se separan del barco y nadan a lo largo de sus costados». Y la oración acaba así: «Pero sucedió que las otras lanchas no se habían percatado de Pip y en cambio atisbaron unas ballenas no lejos de ellos por un costado, de modo que viraron y se pusieron a perseguirlas; y entonces la lancha de Stubb [donde iba Pip] se encontraba ya tan lejos, y él y toda la tripulación estaban tan pendientes de la caza, que el horizonte que rodeaba a Pip comenzó a convertirse en una miserable extensión vacía a su alrededor. Por pura casualidad, fue el propio barco [el *Pequod*] el que lo rescató, pero desde entonces el muchacho negro vagó por cubierta como un idiota, hasta que al final los hombres de la tripulación dijeron que lo era. *[They said he was]*».

Las historias de náufragos siempre acaban con esta especie de perplejidad que consiste en haberse encarado uno mismo con la inmensidad, y he dicho encarado pero hubiera podido decir perfectamente *aclarado*. Acaban por así decirlo con el conocimiento no de los propios límites físicos, sino de los límites de la propia esperanza. Un idiota como Pip, errando por la cubierta del *Pequod*, uno que ha visto demasiado, que ha vivido más allá de lo que es razonable, o simplemente creíble, da, a mi entender, la viva imagen del náufrago para siempre, mi fenotipo de referencia, mi línea de sombra. Y cuando pienso en las líneas que hace la vida pienso en el surco errático sobre las olas que puede a veces dejar un ser enfrentado a su propia insignificancia, a su propia inanidad, alguien que ha hecho el camino que va de la vacía inmensidad del desierto a la buhardilla de su vida mental, donde ha decidido quedarse. Y entre todas estas historias de náufragos están siempre las de los náufragos en tierra. El ex padre Juan es para mí uno de los representantes más conspicuos, rotundos y exactos de esta otra clase de náufragos. Es lo que podríamos denominar, con toda la vulgaridad y dureza de que es capaz a veces el idioma, un náufrago de secano. Pido perdón por escribir una cosa así. En cualquier caso, y por lo que respecta al padre Juan renacido ya como Jordi Sendra, la jugada era bien clara. La decisión de casarse se podía explicar por el amor de la otra clase, y a la vez se podía explicar por el desamor de siempre, por el hastío ante las intrigas, las envidias, los celos, las suspicacias que reducen una comunidad dedicada a mantener viva la luz del mundo a un grupo de hombres tan o más a oscuras que los que se conforman con la luz del sol y de la razón. El padre Amadeo se casó, ante Dios, y posiblemente no con la mujer idónea pero sí con una mujer tan oportuna como cualquier otra, tan oportuna como puede serlo la peor madera para el mejor náufrago, al padre Juan, a ojos de la Iglesia ahora ya, *entonces ya* ex padre Juan. Y entre el amor terrenal y el amor divino aparece el tercer vértice del triángulo, el formado por el amor que dos amigos pueden llegar a desarrollar, y que no tiene nada que ver ni con votos monacales ni con garras, por así decirlo (esto es, de una manera un tanto esquemática). Y aquel hombre, que se había dedicado en febrero a glosar el amor en los funerales de su amigo Martínez Martí, y también después, tres meses más tarde, en la boda de su amigo el ex monje Jordi Sendra, ex padre Juan, había vuelto a glosar el amor, el padre Amadeo había vuelto como quien dice a celebrar una misa para glosar el amor.

Y los dos discursos, la oración fúnebre por el alma de Martínez Martí y el sermón para la boda de Jordi Sendra fueron después puestos en relación por más de un asistente que había ido a las dos ceremonias, celebradas con tan poco tiempo de diferencia (ya que tres meses no son nada), fueron puestos en relación, como digo, con una sola idea sobre el amor, una interpretación con un aspecto de partida muy básicamente paulino, al estilo de la fórmula «Dios es amor», y después, porque decir esto es como no decir nada, es como hablar de una trama sin trama, después esta idea se había ido desarrollando con unas ramificaciones y unas connotaciones muy propias del padre Amadeo, de su cosecha, como si dijéramos, que es, o era, una cosecha no solamente producida por el cultivo de la teología fina, sino sobre todo por el cultivo de una generosidad espontánea, de una flexibilidad intelectual y de una imaginación moral de primer rango.

Si en los funerales de Martínez Martí el padre Amadeo había hablado de la curiosidad infinita ante la muerte que podían sentir los hombres de buena voluntad y con una vida redonda a sus espaldas, los mismos asistentes, los mismos círculos que como círculos borromeicos sostenían esta sociedad, pudieron oír, en el sermón para Jordi Sendra, cómo se hablaba de la generosidad infinita del amor, «sea cual sea la forma que adopte este amor». Y nadie, o nadie con dos dedos de frente, no dejó de percibir un paralelismo, o incluso una dimensión perversa en las posibilidades del paralelismo, como si los armónicos fueran los únicos sonidos atrapados en el extremo de lo audible que pudieran dar razón o sentido a una melodía inaudible. De manera que el padre Amadeo, que en el fondo de su corazón sólo podía, sólo sabía hablar del amor intelectual a Dios, había sentido en las sombras espesas del aire siempre extraño y áspero que los grandes algarrobos convocan a su alrededor el frío de la soledad, la tristeza de la separación, la dureza de los finales, la crueldad de aquella misma identificación que él, subrepticiamente, y por culpa de dos discursos tan cercanos en el tiempo, de dos pérdidas o *tránsitos* tan seguidos, había dejado que se escabullera en determinadas conciencias, entre lo que podríamos denominar una generosidad infinita y lo que bien pudiéramos entender por una curiosidad infinita. La brisa en las ramas y las hojas del algarrobo debió de producir el efecto de barrer y esparcir toda aquella curiosidad infinita, toda aquella generosidad infinita, y el padre Amadeo tuvo que ocultar su rostro entre las manos. Seguro que sucedió así. Seguro que el gesto de recogimiento del propio rostro deshaciéndose en lágrimas, la ocultación de la mueca de quien no llora con facilidad, sobrevino en aquel instante, en el punto álgido de aquella certidumbre cruel.

Vi eso, y no vi nada. Y me imagino que él también lo vio, y al mismo tiempo no vio nada. Vi lo que él debió de ver, aquella nada estremecedora llena de soledad y abatimiento estival, la imagen imposible que yo buscaba, la figura de las líneas de la vida. Y podía imaginarme, como si yo también estuviera delante del algarrobo, detrás de mi tía (cuya alma se nubló poco tiempo después por un golpe del ala fría de la edad), detrás del padre Amadeo, podía ver cómo Carmen Martínez le pasaba al padre Amadeo amistosamente, amorosamente, el brazo por la espalda, la luz, el estremecimiento. «Volvamos adentro. Te prepararé un whisky con coca-cola.» ¿Fue eso lo que dijo mi tía? ¿Podemos suponer que dijo eso y no otra cosa? Carmen Martínez adoraba coronar los atardeceres con uno o dos vasos de este brebaje, que le daba la energía suficiente para después poder consagrar noches enteras al bridge y a las novelas de Simenon, sus dos grandes pasiones: el bridge y los Maigrets, los Maigrets y el bridge. Ella misma solía decir que no sabría qué escoger si la condenasen a escoger, porque unos días sentía que sin el bridge era como una persona sin norte, y otros días decía que leerse un Maigret en una noche era como su sur espiritual. ¡Su «sur espiritual», aquellas novelas caladas hasta los huesos de lluvia, niebla, frío y pasiones secretas en lo más enmohecido de las provincias! Pero a mi tía le gustaba expresarse así, de modo que cuando el padre Amadeo se conmovió ante aquella congregación de la nada en las hojas y las ramas del algarrobo, mi tía verdaderamente hubiera podido decir cualquier cosa, pero estoy secretamente convencido de que dijo: «Vamos a prepararnos un whisky con coca-cola». Y ya sé que esta frase no significa nada aunque para mí lo signifique todo. Lo cierto es que para el resto de la humanidad no significa nada, sería absurdo pretender lo contrario. E invertir una literatura entera en convencer a la buena gente de lo contrario sería una tarea completamente intempestiva, si es que la buena gente, sea ella misma lo que sea (nunca he logrado elaborar una teoría ajustada al respecto), puede no ser considerada una imagen intempestiva.

En cualquier caso, la manera en que mi tía debió de decir «vamos a tomarnos un whisky con coca-cola» es algo que sólo yo ahora estoy en condiciones de reconstruir, y no pienso perder el tiempo para convertir eso, esta entonación que sólo yo me sé, en nada parecido a una escritura. No es éste el asunto que me ocupa. Lo único que puedo añadir es que aquellos whiskies con coca-cola generalmente se los tomaba ella sola, y que el resto de sus invitados o acompañantes, fuera quien fuera ese resto, la acompañaba con whisky sin coca-cola o con un zumo de tomate o con una cerveza (y todo eso son palabras, por qué no decirlo, que nos transportan a zonas distintas no sólo del paladar, sino también de la memoria, de una memoria común y al mismo tiempo nunca compartida). Los hechos más insignificantes se instalan en el interior de las historias con el fin de que tengamos la ilusión de estar ante una historia nueva, pero las historias son siempre un eco de todas las otras viejas historias que se han dicho en el mundo, las que todavía se recuerdan y las que se han olvidado, las que todavía alguien se ha de inventar y las que ya hemos leído u oído demasiadas veces. Mucha gente sabe de qué hablo al mencionar estos brebajes. Algunas personas, muchas menos, saben también de quién hablo cuando menciono nombres, nombres que sólo son nombres, y que sin embargo llevan en su interior la sombra de un aliento, el eco de una voz, algo que no sabría cómo explicar. Pero el hecho es que llegará un día en que esto será una historia completamente opaca, será otro asunto oscurecido por el ala helada de los años, porque si ahora fuera a visitar a mi tía y le hablara, no sabría ya de qué ni de quién le hablo, es exactamente así. Quizá me tomaría por un antepasado suyo, o por una sombra más llegada del país de las sombras. Y también llegará un día en que nadie sabrá quién soy igual que ella ahora si me viera tampoco sabría quién soy, no me reconocería, me miraría sin reconocerme, seguro, se quedaría completamente sorprendida de que alguien fuera a verla para hablarle de algarrobos y de whiskies con coca-cola, le parecería sin duda una excentricidad de lo más inesperada. Pero quién sabe si en el fondo no tendría razón. Quién sabe si en realidad no soy el abuelo de mi propia tía o simplemente una sombra sostenida por los hilos frágiles de la razón, tan fácil de desgarrar, y tan precaria. Pero se mire como se mire es una verdadera suerte que no te reconozcan. Es verdad que el reconocimiento debe de producir un gran placer, pero que no te reconozcan creo que todavía debe de producir más placer todavía, el incógnito es el placer máximo que puede producir la conciencia de una personalidad propia, de eso no tengo la menor duda, y lo digo por los pobres desgraciados que estiran el cuello con el fin de ser reconocidos. Casi espero ese día con impaciencia, ese día en que definitivamente ya no seré nadie, ni siquiera el cazafantasmas que ahora soy (yo mismo un fantasma), porque ahora ya sé que la vida va completamente por otro lado, en una dirección com-

pletamente diferente de lo que es, por ejemplo, la persisten-
cia de la memoria, de lo que es saberse reconocido por las
calles, por los árboles, por el aire del lugar donde vives desde hace ya demasiado tiempo.

Cuando Carmen Martínez le ofreció un whisky a un conmovido y de hecho abstemio padre Amadeo (realmente no
sé si mi tía podía vivir sin el bridge o sin los Maigrets que
monopolizaban su honesta y modesta biblioteca de vacaciones, junto a los libros dedicados al cultivo de las tubero-
sas, pero la gran pregunta era si podía vivir sin su whisky con
coca-cola del atardecer), el mundo que a mí me hizo lo que
ahora, a pesar de todo, todavía soy y era todavía aquella tarde de septiembre bajando por Rambla Cataluña, enfrentado
cara a cara con el embrollo de mi existencia, tomó el mejor
de los caminos que pueden tomar las cosas, ese mundo,
como digo, tomó el camino delicado y ascendente del gamo
y el corzo y el ciervo y la cabra montesa, el camino de las
alturas, el camino del águila, el camino de una elevación que
es a la vez una extinción y una desaparición, como suele a
veces suceder con las ascensiones y con la rareza del propio
salvajismo. Recordar eso me permitió entender cuál era este
camino para mí. No lo digo con una actitud de trascendencia. Lo digo simplemente así, teniendo muy presente cómo
son las cosas, cuál es la política de las cosas y la física de los
hombres. Hablo de *mi* camino hacia *mi* whisky con coca-
cola que de pronto había decidido tomar en homenaje a
Carmen Martínez Martí. Y pensando dónde narices podría
tomarme aquel *whisky-coke,* quiero decir dónde me lo pre-
pararían sin convertir las proporciones de la cosa en un espanto, me dispuse a cruzar hacia el lado izquierdo, hacia el
lado norte (por así decir) de la calle, porque estaba a punto
de cruzar Provenza y no puedo pasar por Provenza sin detenerme ante el escaparate de Groc, que me limito a mirar
durante un rato y con los ojos bizcos, porque en realidad lo
que hago es buscar un pretexto para darme de bruces con el

escaparate de Sargadelos, que está, nada, dos metros más allá, y que siempre me conmueve, de hecho creo que es la palabra «Sargadelos» la que me magnetiza y hace que se me dispare la imaginación emocional, que es la facultad más viva y difusa que tengo. Con sólo decir «Sargadelos» ya siento que se me arregla el día. Es una cosa como de magia. Y por ello mismo, porque lo previsible es lo previsible y nada más, encuentro mucho más excitante comprarme alguna traducción al gallego de los *Sonetos a Orfeo* que entrar en Groc y atracar la tienda simulando que soy un loco peligroso que necesita urgentemente unos pantalones. Ésta sería una especie de dimensión objetiva del placer que me ha sido negada (atracar Groc, por ejemplo), o que yo mismo he echado a perder, de modo que prefiero la dimensión subjetiva del displacer (entrar en Sargadelos y pedir si tienen los *Sonetos a Orfeo* en gallego). Como diría nuestro antiguo Presidente, alias el Principito, me entrego a lo que me supera, y si no me supera hago que me supere de alguna manera. O también: «Nada puede esperarse del hombre que lucha solamente por su vida y no por la eternidad». De modo que yo ante el escaparate de Sargadelos me sentía como si estuviera ante la eternidad. Sargadelos es una palabra que me abre al infinito. Soy de aquella clase de gente que ha de montarse historias cuanto más complicadas mejor para encontrar placer en las cosas corrientes. Y será por eso que acabo siempre enredado en medio de verdaderos galimatías, pero lo hago por ese culto sutil al abismo que se abre. Groc, que para mí es la pura finitud, me produce ansiedad. Sargadelos, en cambio, a pesar de ser para mí el puro infinito en forma de palabra, me sosiega. Voy siempre al chaflán de Provenza con Rambla Cataluña con la intención aparente de mirar el escaparate de Groc, pero en realidad lo hago para tener mi pequeña descarga de ansiedad y poder llenarme los pulmones del opio mental que me ofrece el escaparate de Sargadelos. Desde hace mucho tiempo me he acostumbrado a superar los ataques de ansiedad que me produce el escaparate de Groc dando un par de pasos hasta el escaparate de Sargadelos. Y ojo, porque tengo más opciones. Groc está muy bien flanqueado. Porque aparte de Sargadelos está, conforme se está mirando a Groc y a mano derecha, como si dijéramos, un gran portal muy impenetrable y muy regio donde se puede ver la placa de una empresa que se llama Centrum Solutionum S.L., y pienso siempre que un día mis problemas y yo deberíamos traspasar este portal y disolvernos en algún despacho con moqueta color crema y aire acondicionado. Me refiero, claro está, a los mismos problemas que me impiden entrar en Groc sin producir tensión entre los dependientes y la clientela, porque yo ya sé que no estoy hecho para Groc, que un tío ansioso como yo no puede entrar en una tienda así a probarse ropa, basta con que me mire, con que vea reflejada en el cristal del escaparate mi silueta para darme cuenta de que no soy el típico ciudadano que entra en Groc, porque los clientes de Groc seguro que entran con un estilo fluido, y yo entraría con un estilo entrecortado, haría una entrada del tipo «esto es un atraco», y aunque sólo quisiera comprar unos simples calcetines seguro que mi actitud ansiosa emitiría otro tipo de señales (la del atracador que no me atrevo a ser, por ejemplo). Y eso que a veces me gustaría estar hecho para Groc, no porque me guste lo que veo, sino porque sí, porque no estaría mal, desde cierto punto de vista y desde la perspectiva de una vida que no viviré, ser un tío que viste en Groc. Quiero decir que la parte de la ciudad que puede ir directa al grano con respecto a Groc y no percibir siquiera la posibilidad de Sargadelos y de comprarse un Rilke en gallego o alguna cosa de Álvaro Cunqueiro, esta parte que ni siquiera llegará nunca a pensar que el Centrum Solutionum podría ser la Meca de sus problemas, esta parte de la ciudad y yo no formamos parte de la misma parte.

Pero aquella tarde no perdí mucho el tiempo ni delante de Groc ni delante de Sargadelos. Llevaba el *whisky-coke* metido entre ceja y ceja y me sentía como si tuviera que ir dándole el pésame a la ciudad, a las calles, a las plazas (bueno en Rambla Cataluña no hay plazas, pero ya nos entendemos). De pronto todo producía el efecto de ser tan insignificante, tan desprovisto de cualquier aura o de cualquier humanidad... Realmente no es como cuando te encuentras, como yo me he encontrado alguna vez, en una casa digamos que de Viena o Madrid o Londres o Lisboa o París (y hay que fijarse aquí en qué itinerarios espaciales y mentales estoy planteando, es como si cubriera de rayas un mapa de Europa con un zigzag enloquecido), no tiene nada que ver con cuando vas por una calle que te ha visto pasar desde que eres un niño, un infante que pasa, un infante itinerante y vagante y errante, no tiene nada que ver si lo comparas con cuando en alguno de estos lugares, no recuerdo en cuál, quizás era incluso en Sevilla, no lo recuerdo, tienes tu epifanía particular, que consiste en saber que nunca, nunca has estado ahí y nunca, nunca jamás volverás a estar ahí: una casa o un hotel de Viena o de Sevilla, sí, sí, también sirve Sevilla, o Granada, o Mondoñedo, cualquier lugar vale, un hotel al comienzo o al final de Arturo Soria, o una casa al comienzo o al final de la Kantstrasse, una segunda planta de una casa en Notting Hill o un pabellón en el valle del Marne, o por lo menos muy cerca. Lugares, huellas de lo que ya no eres. Y si digo lugares, si digo huellas de lo que ya no eres, pienso también en una música imposible de describir aquí, la música que oigo siempre en algunos lugares, y que alguna parte de mí reconoce como la música que oyes cuando el lugar te expulsa, no antes. La gran epifanía, sin embargo, ¿fue en Viena? ¿Fue en Sevilla? Juro que ya no lo sé. Lo único que sé es que fue como un relámpago en un día de abril a las seis de la madrugada. Salía el sol. Precisamente cuando hablas de los sitios, cuando reflexionas sobre la naturaleza de los lugares, éstos se esconden. Sucede al contrario que con el tiempo, que cuando lo piensas se presenta como un huracán y rompe las puertas y las contraventanas y hace que te tengas que proteger en la parte más oscura y arrinconada de tu cabeza. Los lugares en cambio se evaporan, juegan a confundirse entre ellos. Y en aquella ocasión la música surgió de muy adentro, y lo dejó todo en un estado de ingravidez. El hecho es que, como suele decirse en estas ocasiones, lo vi todo claro. Sí, es verdad: *Vi las cosas claras*. Aquella música indescifrable adquirió un sentido que de repente me llenó con una especie de gran consuelo y de serena alegría: los lugares son todos santos, santas son *estas* calles, santas *estas* plazas, santo *aquel* algarrobo cubriendo de sombras aquellas ausencias reconocidas como ausencias, como lo que son, ni más ni menos. Pérdidas irreparables, solemos decir, y no nos damos cuenta de la irreparabilidad de lo que decimos cuando decimos una cosa así. Supe esto, que los lugares son santos y que nosotros los profanamos con la condición de transeúntes, de habitantes, de mortales. Los lugares son las formas vacías de los que ya no volverán, congregadas en una forma vacía, como puros espectros. Los lugares tampoco tienen la culpa de las cosas que suceden en ellos. También pensé en eso. Ah, los nombres de los lugares, como diría Proust. Y creo que fue aquel momento milagroso, al que yo por otra parte no le daría la mayor importancia, el que me permitió aclarar las redes, las telarañas demenciales en que me había ido enredando y que veía (más de una vez me lo había dicho a mí mismo) como las cadenas de un Sansón ciego que ni siquiera podía recordar la traición de Dalila, y que sólo veía a su alrededor una muchedumbre de minúsculos filisteos personificando la inercia de las cosas, como si dijéramos. Pero yo no tenía ninguna intención de profanar el lugar de mi suplicio, no me quería vengar de mis filisteos, y ciertamente tampoco deseaba que me creciera el cabello para arrastrar en mi desgracia las columnas de un palacio idiota. Yo prefería recuperar la vista, con independencia de la longitud de mis cabellos. Sabía, lo supe muy claramente aquella madrugada de abril, y lo sabía ahora una tarde de septiembre, que mi fuerza radicaba en mi vista. Y quien ve, comprende. Y quien comprende, me dije, se ahorra el gasto del castigo. Ver las cosas claras, ésta es la tarea, más explícita que nunca, más ardientemente asumida que nunca. Entender el dibujo de la vida, éste era el objetivo. No en el sentido de un mapa astral, no en el sentido del dibujo de las estrellas, sino en el sentido de las pisadas de los pies, ahora uno, ahora el otro. Piedad para los lugares, ésta era la consigna. Y ahora que lo contemplo todo con distancia, ahora que la educación de los ojos ha hecho su camino, inconstante en un sentido y constante en el otro, pienso que el ingreso consciente y deliberado en una especie de escuela de la visión, del ver y percatarse al máximo de las cosas con el fin de salir del laberinto de las telarañas y de las zonas brumosas donde me había ido metiendo, me ha servido no únicamente a mí (quiero pensarlo así), sino a todo cuanto veo, porque las lecciones que se obtienen de la escuela de la mirada no son nunca lecciones solitarias, y en cualquier caso son siempre lecciones cargadas de piedad.

«Vamos a tomarnos un whisky con coca-cola.» Imaginemos pues que mi tía hubiera dicho esto para quebrar de algún modo la fuerza intensa que irradiaba aquel árbol. Como palabra iniciática y como santo y seña lo de «vamos a tomarnos un whisky con coca-cola» servía perfectamente. Yo ahora mismo no concebía, no imaginaba poder vivir ni medio minuto más si no me metía entre pecho y espalda alguna reedición de aquel brebaje. Entré en el primer antro que encontré bajando por la acera izquierda y pedí un whisky con coca-cola. «Por favor, un *whisky-coke*», dije. Y lo que me pusieron delante era un versión suficientemente digna de lo que yo me imaginaba que debió de preparar mi tía celebrando el regreso de las sombras y haciendo tiempo para la partida de bridge o para el Maigret de la velada. De hecho, aquella tarde frente al algarrobo Carmen Martínez hubiera podido decir: «Entremos en la casa», o bien: «Vayamos a por los pitillos». Todo esto también hubiera valido. Lo importante es quién dice las cosas más que las cosas en sí, de acuerdo. Pero yo estoy seguro de que dijo «vamos a tomarnos un whisky». Bebiendo ahora mi propio whisky con coca-cola, la verdad es que no podía aceptar que hubiera dicho otra cosa. Pero por si acaso encendí un cigarrillo. Ensanché el campo de juego del ritual, por decirlo de algún modo. Es muy posible que mi propia tía aceptara o incluso añadiera lo del cigarrillo como fórmula complementaria. Y eso que yo no recordaba haber visto nunca al padre Amadeo encender un pitillo (a diferencia del padre Juan, que fumaba constantemente, una verdadera chimenea, un fumador en cadena). Hay gente a la que no le basta el aire para respirar. De modo que eso del cigarrillo, quizás, o (más probablemente) eso del whisky mi tía lo dijera en una actitud que significaba «entremos en casa», lo cual seguramente quería decir: «Basta de llorar por los ausentes y basta de algarrobo». Y de hecho ahora empezaba a estar convencido de que lo que había querido decir era: «Entremos en la casa, Amadeo, donde estaremos más cómodos para hablar». Y entraron. Si acudió al whisky o al tabaco como santo y seña para entrar en la casa (yo apuesto por el whisky), eso es lo de menos, quiero decir en un sentido literal, porque cuando me imaginaba la escena yo sabía que la cuestión decisiva era que la palabra, fuera «cigarrillo» o fuera «whisky» o fuera «coca-cola», hacía de clave de acceso, y cuando me imaginaba la escena también me imaginaba a mí como a un niño inserto en ella, como alguien que todavía no tiene acceso ni al tabaco ni al whisky ni (y eso era lo que más me atormentaba) a ciertas conversaciones que tienen todo el aspecto de ser decisivas.

Al padre Juan le he perdido el rastro, y no únicamente a él, la verdad, porque lo cierto es que me he ido convirtiendo en un perfecto perdedor de rastros. La última vez que lo vi yo bajaba en coche por la calle Balmes, a la altura de la plaza Molina. Él estaba completamente solo, agitando los brazos como si quisiera extraer toda la frenética sonoridad de alguna especie de orquesta interior, como si se agitara en medio de una gran tormenta mental. Y eso era lo que en realidad parecía sucederle. Era un hombre en lucha con alguna tormenta interior. Me impresionó mucho verlo así, agitando los brazos de aquel modo en plena calle. Y no importaba que se tratase de un domingo a primera hora de la tarde y en la ciudad vacía. No importaba que fuera una especie de día tirando a odioso en la hora deprimente por excelencia. Porque lo cierto, lo que cuenta, es que aquel movimiento, aquella braza agitada y frenética, parecía completamente fuera de lugar, sobre todo en una ciudad como ésta en la que todo está siempre tan en su sitio, por muy campechana que parezca la ciudadanía, y donde es tan fácil salir borroso por culpa del más leve de los movimientos. Pobre Jordi Sendra, pobre ex padre Juan. Esta imagen suya de director de orquesta sin orquesta me dejó francamente afectado. Me alarmó aquella pérdida de sentido del ridículo (hablo por supuesto del tipo de sentido del ridículo que se puede presuponer desde la perspectiva del cruce de la calle Balmes con Vía Augusta, y por lo tanto desde la perspectiva de la plaza Molina), aquella forma de perder el mundo de vista (porque nadie se pone a agitar los brazos completamente solo en medio de la calle si no está del todo desesperado, a no ser, claro, que crea ilusamente que nadie lo verá) era espantosa. Quizá sí que en aquel momento, aquel domingo a las cuatro de la tarde, el único coche que bajaba por la calle Balmes era yo. Quizá fuera incluso un fin de semana de buen tiempo primaveral, de modo que la ciudad, o por lo menos ciertas zonas de la ciudad, podían considerarse tan desiertas como el océano Pacífico visto desde la perspectiva de Pip, el solitario nadador de Alabama. Un ex monje puede sentirse en la plaza Molina un domingo a primera hora de la tarde tan perdido como un negro de Alabama en medio del océano Pacífico, de eso estoy completamente convencido. La calle Balmes desierta, con los unos de fin de semana y los otros como quien dice hincando el diente en el rosbif familiar de los domingos, y yo bajando en coche, posiblemente más lento de lo que bajaría por una calle como la calle Balmes vacía, y pataplum, de pronto veo a un hombre solo en la acera de la derecha justo después de la plaza Molina, bastante antes de la Clínica del Pilar, antes incluso de la calle de San Eusebio, un hombre que agita los brazos como si quisiera llenar el espantoso vacío del domingo con algún acto desesperado, y resulta que es ni más ni menos que el ex padre Juan, el señor Jordi Sendra. Es posible que aquel Juan renacido para el país de los Jordis pensase que nada, que debo agitarme aunque sea dos segundos, nadie me verá, aunque esté en la mismísima calle Balmes tocando a plaza Molina debo hacerlo *ahora mismo*, porque si no reviento. Y en aquel *ahora mismo* pasé yo, hijo y sobrino de amigos, de demasiado buenos amigos para alegrarme de pasar precisamente en aquel *ahora mismo* que, a pesar de producirse en la calle Balmes, era tan vertiginosamente íntimo, tan asfixiantemente privado, que yo, invisible dentro de un coche que no iba ni siquiera a sesenta, sino posiblemente sólo a cuarenta, deseé de pronto ponerme a ciento sesenta, pero no lo hice. Soy demasiado fisgón para no mirar una cosa así, y demasiado indiscreto o discreto, según, para acelerar de golpe y huir de aquella visión terrible. De modo que pasé, y cuando ahora lo rememoro me parece una escena de una lentitud insoportable, pasé y lo vi todo, lo mucho y lo poco que había que ver, y que en cualquier caso ya entonces me pareció demasiado, igual que ahora continúa pareciéndome un exceso. El gesto desesperado del ex padre Juan (y no querría ahora extrapolar las cosas, pero lo haré) se me quedó grabado y me sirve todavía hoy, como me servía aquella tarde de septiembre bajando por Rambla Cataluña, para ver como quien dice de un solo vistazo la desesperación de aquellos tiempos, quiero decir la desesperación de aquellos tiempos para mí, no me refiero a aquellos otros y otras que en aquel mismo instante podían estar encargando un arroz frente al mar o diciendo tonterías en casa de los suegros o simplemente mirando el despertador después de una noche de farra total y pensando «buf». Tampoco pretendo extrapolar mi desesperación y ensuciar la autosatisfacción a la que esta ciudad es tan propensa, esta ciudad tan ingenua, tan fácil de contentar, tan proclive a empujar gigantescos carros de heno, a creerse las mayores movidas teledirigidas y a prestar sus manos de verdad para formar grandes manos de mentira que se cogen para simular que quieren pacificar el mundo. En cualquier caso, yo, cuando sorprendí al ex padre Juan en aquel pésimo momento (en aquel *trance)*, podríamos decir que yo también estaba en el centro mismo de una hiperconciencia circular, que en mi caso era bastante viciosa, pero no quiero avanzar acontecimientos porque como quien dice todavía no he encontrado la voz que debería darme derecho a hablar de ello. Por otra parte, al tomar yo la figura de aquel hombre en las cumbres de la indignación y la desesperación, no pretendo tomar la parte por el todo y con ello insinuar que el todo estuviera tan jodido. Realmente esta ciudad puede ser ciclotímica y envidiosa, pero no es ni una ciudad dramática ni canalla ni vociferante, cosa que se agradece. Los ruidos que se oyen en esta ciudad son los ruidos que hace la ciudad como máquina, no los ruidos de sus ciudadanos, los cuales, si al final acaban gritando (y es fácil encontrarlos berreando en un restaurante y que estén a la vez convencidísimos de ser la gente más discreta), es con tal de hacerse oír en esta gran máquina un poco manicomial y la verdad es que muy, muy enervante. De modo que no pretendo confundir las cosas. No es una ciudad de bajos fondos y tampoco es, desgraciadamente, una ciudad de locos. Algunos locos sí que tiene, claro (porque en todos los barrios, igual que en todas las familias, hay siempre de todo), pero son como algo que sale en otra película que siempre hacen en otro cine. No, realmente, y desde todos los puntos de vista, yo no sólo *no* tenía que haber visto al pobre Jordi Sendra agitando los brazos como un loco solitario, en medio de la calle Balmes, sino que desde los puntos de vista más característicos de esta ciudad se puede decir que *no lo vi.* Yo debía de estar desesperado y él es muy posible que estuviera desesperado, y su desesperación debió de hacérseme evidente a mí, que estaba desesperado, sin que mi desesperación ni su desesperación fueran extrapolables, ni en aquel entonces ni ahora, a la buena fe y la saludable disciplina colectiva de esta ciudad. Y esto es la historia de una voz, de una sola voz, nada de lo que diga aquí tiene más valor más allá del hecho de que sea dicho por mí, de que sea yo quien lo diga. Por otra parte creo, y a esto no pienso darle muchas más vueltas, que mi voz, la que aquí mana venida de no sé dónde, y la visión que el padre Amadeo tuvo delante de un algarrobo, así como la conversación con whisky que siguió a aquella conversación profundamente melancólica y (me lo puedo imaginar) profundamente emocionante (ya sé que en el lenguaje de plástico que se habla hoy en día sería más adecuado decir «emotiva», pero yo diré *emocionante),* pueden tener el mismo valor para esta ciudad que el que tendría una hoja de plátano o de tilo o de gingko que se desprendiera de una rama un día ventoso de otoño y planeara, con una especie de remolino elegante y discreto, hasta el suelo. Del mismo modo que para mí la ciudad, esta ciudad, no es pensable sin esta hoja, tampoco me vi capaz de pensarla, la verdad, sin aquella visión del padre Juan, cuando ya era el ex padre Juan, dejándose llevar por un transitorio ataque de locura en medio de la calle Balmes. Me supo mal verlo, me entristeció sorprenderlo en aquella llamémosle cima privada de la desesperación, y si lo escribo, si escribo ahora esto, es para darle de alguna manera la oportunidad a aquella imagen, que ahora enturbia y distorsiona todas las otras imágenes que conservo del padre Juan, de no haber llegado a producirse nunca realmente, de no ser nada más que un embuste de escritor. Y también porque creo que la escritura suministra un flujo de intangibilidad no sé si conciliadora (aunque no lo creo; la escritura es de hecho negatividad total), pero en cualquier caso sí vivificadora, capaz de meterse en los espacios y las rendijas y los entresijos y los movimientos producidos por las contradicciones irresolubles que la existencia humana deja en forma de grandes fallas tectónicas o de insondables heridas abiertas. La escritura, sin curar nada, sin arreglar nada, sino simplemente haciendo visible lo invisible y transitable lo intransitable, endereza y vuelve habitable esta agitadísima y revolucionada geología conceptual que nos perturba y trastorna convirtiéndose a la vez en la máxima posibilidad de nuestras vidas.

Jordi Sendra, el ex padre Juan, agitándose como un loco en medio de la asfixiante quietud de una tarde de domingo, en el tramo exacto de acera que va de la plaza Molina a la calle San Eusebio, fue para mí como la visión del algarrobo para el padre Amadeo, ahora me doy cuenta de eso. Quién sabe si en una cierta dimensión, en otro plano, como si dijéramos, las dos visiones coincidieron en algún agujero del tiempo. Ya sé que no, pero nunca se sabe. Carmen Martínez Martí acaso tuvo aquel estremecimiento de frío y tuvo que cogerse los brazos en el mismísimo instante en que Jordi Sendra se peleaba a puñetazos con la nada. O el padre Amadeo se tuvo que cubrir los ojos en el mismísimo momento en que yo veía aquello que no debería haber visto, una perfecta, una completa expulsión del paraíso. Y ahora veía, como lo veo ahora mientras escribo esto, al padre Amadeo y a mi tía Carmen Martínez deshaciendo el camino del jardín, alejándose del agujero negro del algarrobo, me los imagino subiendo los tres escalones que llevan al porche de la entrada, se los podría ver subir tres escalones de obra cualquiera, pero yo los veo subir aquellos tres escalones concretos, y no otros, y los veo pasar por el porche, espectros de un tiempo espectral huyendo de sus propios fantasmas, como yo entonces aquella tarde de septiembre en Rambla Cataluña, alérgico y al mismo tiempo adicto a los fantasmas, y los veo entrar en la casa a través de una cortina hecha con nudos o lazos de cordel. Yo de pequeño pensaba que estaba hecha de cepillos para desatascar rifles, si es que los rifles se atascan, cosa que ignoro, y si es que con cepillos para desatascar rifles pueden hacerse cosas como por ejemplo una cortina que *rasque* la piel. Pero éste sí que es un hecho incontrovertible: pasar por aquella cortina sudado en verano y en bañador suponía pasar por una pequeña exaltación del dolor y el suplicio, la piel quemada y sudada por el sol se adhería a aquellos cordeles, que me dejaban completamente arañado y lacerado y desollado, como si fuera un pequeño mártir entregado a la arena de esta nada que es la infancia, librado al grito infamante de todos sus sueños miniaturistas. Ahora, mientras yo mismo contemplaba el vaso vacío de mi *whisky-coke* en aquel bar que parecía de hecho una especie de pastelería o de charcutería (¿pero era posible que me estuviera tomando un whisky en una pastelería?), veía a mi tía, veía al padre Amadeo, los veía entrar en aquella casa, que como todas las casas que llegué a conocer de Carmen Martínez desprendía un aroma compactado de cigarrillo rubio recién encendido, de pelo de perro y de pastas saladas ligeramente rancias. Los veía entrar, como los veo entrar ahora y como los podré ver entrar siempre que quiera, me basta con cerrar los ojos y buscar la imagen: primero mi tía, y luego, cabizbajo y meditabundo, el padre Amadeo. Y los veo desaparecer al otro lado de la cortina de cordeles, hacia la fresca oscuridad de la casa, hacia el whisky, hacia los cigarrillos, hacia la más terrible de todas las conversaciones. Entraron aquella vez y entran de hecho todas las veces, y yo me quedo fuera todas las veces, también aquella tarde cuando salí a la luz tardoestival de Rambla Cataluña, cuando salí para dejar que aquella claridad me impregnara el ánimo y me quedé unos segundos de pie en el umbral de una nueva puerta oscura. Acababa de tomarme el whisky con coca-cola que me habían servido en aquella especie de pastelería, y tenía ante mí (mentalmente, quiero decir) el whisky con coca-cola que debió de tomarse aquella tarde de julio mi tía, y que yo no me tomaría nunca, por mucho que lo pensase, por mucho que me lo imaginase. Era un whisky no sólo imposible, sino prohibido. Igual que aquella conversación no era sólo una conversación imposible para mí, sino también prohibida. Veía al padre Amadeo y veía a mi tía entrar en un territorio prohibido para mí, una especie de *coto vedado,* por así decir. Las dos figuras me llevaban hasta al fondo de mí mismo, hasta el fondo de todos los enigmas de mi vida. Dejé, una vez más, que aquella conversación fuera para mí una suerte de insondable elipsis. Y del mismo modo que morirse debe de ser una especie de elipsis, aquella conversación y aquella cortina de cordeles son para mí un límite que me permite representarme lo infranqueable, una imagen que la brisa de la tarde mueve suavemente como la piel de un animal que se acurruca para hibernar (o morir). Y veo aquella agitación en el cáñamo de la cortina, y quién sabe si todavía estoy a tiempo de intuir más que de ver, de envidiar casi, las sombras que se escabullen hacia el interior. Me refiero al padre Amadeo, a Carmen Martínez, a la multitud silenciosa de los ausentes, de los fantasmas, al silencio infinito y trémulo de los que pasan por arriba o aparecen únicamente en la inalcanzable lejanía de las visiones. Ellos dentro, y yo fuera.

2

El hecho es que el asunto de las líneas de la vida se me metió entre ceja y ceja. La visión del ramaje denso e impenetrable de un árbol (de un algarrobo, sí, ni más ni menos) me había dado un argumento para creer que alguna especie de fatalidad interesante y especial me retenía aquella tarde en aquella calle *hasta el final*. Y hasta el final de qué, pues eso, la verdad, yo no lo podía saber, de eso yo no tenía ni la más remota idea. Por lo demás, que tamaña visión y ocurrencia me asaltaran entre tilos, eso también tenía su gracia, pero era una gracia que a mí no me hacía reír. Los grandes algarrobos desprenden un olor como de semen. Pero yo no lo he notado nunca, a pesar de que también es verdad que cuando vivía «entre algarrobos» y ejercía de niño salvaje no sabía cuál sería el olor del semen. Y entonces, en medio de Rambla Cataluña, pensé que qué caramba estaba yo haciendo allí, embarcándome en un viaje mental sobre el tema de las líneas de la vida y a partir de un árbol que encima huele a semen. Sentí que mi vida entera era una gran contradicción, y seguí bajando, me dejé llevar por el río untuoso y aromático de la gente (del *gentío*, de la *muchedumbre*, sí), bajé hasta la altura de la calle Mallorca, donde está aquella tienda tan entusiasmante de vestidos de novia, y de repente me asaltó la imperiosa necesidad de detenerme. ¡Detente! (me dije, y mentalmente recité: *Un árbol se erigió de pronto y todo calló...*). Fue exactamente así, y no de otro modo. Un árbol blanco. Un majuelo. El blanco majuelo de Proust. Aunque no exactamente. ¿En qué estaba yo pensando? ¿Cómo podía relacionar una imagen que para mí era el compendio de la invisibilidad misma, el algarrobo, el algarrobo seminal, como si dijéramos, con la sencillez y transparencia que yo pensaba que debería proyectarse en el asunto de los dibujos que hacen las vidas? ¿Cómo podía confundir la blancura del majuelo con la espesura del algarrobo? La verdad es que veía aquel algarrobo y *no* veía la vida de Martínez Martí, con sus luchas, con sus ambiciones, ni veía la vida de Jordi Sendra con sus naufragios de ex padre Juan librado a las tormentas de la vida matrimonial. Pero veía, en cambio, al padre Amadeo escondiéndose el rostro entre las manos, y veía los brazos arrugados, agrietados y oscurecidos por el sol como un neumático viejo, de Carmen Martínez Martí cogiendo, ofreciendo como si dijéramos una porción de calor humano al padre Amadeo, de pronto tan desvalido, de pronto entregado al abismo del dibujo terrible de su propia existencia. Y sé (lo supe aquella tarde de septiembre, y lo sé ahora, un montón de años después, o unas horas después, qué importa, porque ahora, de pronto, y en los últimos tiempos, todo va tan deprisa, todo resulta tan vertiginosamente veloz, ahora que mi colección de dibujos de vidas, de líneas de vidas, ha crecido lo suficiente en mi cabeza, en mis papeles, para no tener como quien dice más remedio que ponerme a escribirlas, a describir estos dibujos terribles que nunca he sido capaz de dibujar y que están al principio de todo, al principio y final del conocimiento de todas las cosas), supe, o mejor dicho, vi la constelación de mi propia verdad convertida en la visión más incierta, más inesperada y remota, en aquel recuerdo del algarrobo en casa de mi tía en Santo. Ignoro si el algarrobo sigue allí. No he vuelto nunca a Santo (demasiada santidad, demasiado pasado), hace más de veinte años que no he vuelto y creo que nunca volveré a ir por allí. Pero con o sin algarrobo, de alguna manera el dibujo de mi propia vida se me hizo también visible, no diré comprensible, pero sí visible. No diré que fuera una imagen agradable, pero sí que era una imagen inteligible al menos para mí. Y la imagen del padre Amadeo rezando por los muertos o llorando por los ausentes ante el algarrobo del jardín de mi tía se me presentó de golpe (exactamente así: *de golpe)* como el signo y la advertencia, como la aparición milagrosa y en mayúsculas de una conversión a mí mismo, a mi inexistente, infundada y antidogmática religión hecha, a lo sumo, de la fe de los demás. Tendrías que hacer vida de eremita, pensé, casi echándome a reír. O simplemente deberías estar atento, las veinticuatro horas del día atento a lo que los demás olvidan o dejan de lado. Sin saber todavía exactamente qué cosa a lo largo de los próximos años, meses, horas, estaba a punto de saber ya para siempre, decidí llegar hasta el final de aquella tarde, así, simplemente, decidí ir hasta el fondo de la calle, hasta el fondo mismo de todo, hasta el buey pensativo, y acercarme al ala apolillada de Rambla Cataluña, al sector apolillado, como si dijéramos (y ya vuelvo a hablar en clave local, qué desastre, ese imán del localismo, del catatonismo), no como quien pasa de largo, sino yendo hasta allí expresamente, para verme reflejado en los ojos profundos, sí, profundos y negros de aquel pobre animal filosófico, de aquel triste buey disfrazado o encarnado en un nuevo pensador situado mucho más allá del pensador de Rodin (y el nombre de cuyo escultor no podía recordar ni que me asasen en una parrilla a fuego lento).

El camino que baja y el camino que sube son el mismo camino, dicen. Pero aquella tarde las leyes del saber y de lo que se dice me parecían sometidas a una especie de estado de excepción. No podía haber ningún camino de subida que igualase en nada a aquel camino de bajada. Quiero decir que hay lugares a los que *sólo se desciende,* y lugares a los que *sólo se asciende,* con independencia de lo que digan los sabios. ¡Hay que darles una patada en el culo a los sabios! Yo, de hecho, estaba momentáneamente dispuesto a darle una patada en el culo a lo que fuera, pero el ataque se me pasó enseguida, fue cosa de una fracción de segundo. En aquella tarde de miel no había lugar para los ataques de ira, abierto como yo estaba, en realidad (y eso lo sé ahora, no entonces), a los ataques de amor. Aquella tarde de finales de septiembre, descendiendo como una cabeza más entre el torrente de cabezas que se deslizaba lentamente, pausadamente, por Rambla Cataluña, en dirección a ningún sitio, o en dirección al final de otro verano, sentí que estaba a punto de cruzar una línea importante, un nudo o una rugosidad decisiva de mi propio dibujo, que ahora que se me había vuelto visible (y no diré lo que veía, no podría decirlo aunque quisiera) y amenazaba con destruirme. Durante demasiado tiempo había vivido despreocupado por los dibujos que hace la vida, pero esta despreocupación en realidad no había sido otra cosa, ahora me daba cuenta de ello, que una especie de preocupación latente. Había vivido convencido de que la línea divisoria entre lo que convencionalmente podría llamarse una vida lograda y una vida malograda se reduce en algunos momentos a la existencia de una especie de línea sutil que puede seguirse con la íntima intención de no saber por qué, por qué así y no de otra manera. Y ahora esta línea se me aparecía como una parte de un dibujo mucho más complejo que el que permite distinguir entre el fracaso y el éxito. Una vida fracasada, una vida exitosa. He aquí los dos conceptos más sutiles que uno pueda imaginarse. No diré los más relativos, que podría. Me conformo con decir los más *sutiles,* pues ¿qué mente se atreve a usarlos con todo el riesgo que implican sin estrellarse contra el techo de su propia capacidad? Sí, lo que separa la sutileza de la grosería es algo tan blando e informe como la vida misma, ¡y son tantas las mentes que usan estos dos conceptos con toda la grosería disponible en una mente dispuesta a ser grosera! La carrera contra uno mismo y todas estas patrañas, cuya gramática verdadera sólo controlan los cínicos, los que no tienen más escrúpulos que la satisfacción de su propia vacuidad. La satisfacción de los deseos, qué ilusión más grande. ¿No lo decía ya nuestro presidente citando en realidad a Saint-Exupéry? ¿No lo decía ya nuestro Principito local? «Nada. Esto es todo lo que se puede esperar de un hombre que trabaja para su propia vida, no para la eternidad.» La carrera contra uno mismo. ¿No es esto la carrera de la nada hacia la nada? El lugar donde trabajé, la única vez en mi vida en la que he trabajado (y fue, por suerte, por poco tiempo, quiero decir que duré muy poco tiempo), un lugar que podría llamar la nave de los locos (y quien tenga el cuadro del Bosco en la memoria, aquel que se encuentra en el Louvre –creo–, puede ver muy bien de lo que estoy hablando; siempre que veo este cuadro veo a mis antiguos compañeros del trabajo, a mis colegas, como si dijéramos, con sus esfuerzos, sus manías, sus quimeras, retratados con una precisión y una anticipación deslumbrantes, mordisqueando sus propias ideas colgadas de un hilo), en aquel lugar, pues, en aquella nave de los locos, eso de «la carrera contra uno mismo» se estilaba mucho. De hecho, era el deporte principal de la casa. ¡Malditos cínicos! Volvía a tener un verdadero ataque de furia. Ah, cómo me hubiera gustado tener a alguno de aquellos cochinos cínicos atado de pies y de manos, completamente desnudo (la desnudez los aterroriza, los mata de miedo, lo último que desea un cochino cínico es la desnudez), absolutamente aterrorizado y lloroso y tembloroso y mantecoso, y decirle al oído: «Venga, cabronazo, no te detengas, es sólo una pequeña carrera contra ti mismo». Y azotarlo (fuerte, nada de golpecitos, sino dándole fuerte de verdad) y oírlo chillar, oír sus chillidos de cochino petulante: Iiiihhh, iiiihhh. Ah, creo que incluso lancé alguno de estos chillidos en la Rambla Cataluña, pues a falta de cochino petulante para mi comedia mental, yo mismo me pongo en todos los papeles. Sí. Éstos son los verdaderos placeres prohibidos, y yo sí que sé de dónde vienen: de la mala leche convertida en buen humor. Los ataques de furia a mí me ponen de un humor total y magnífico. Pero dejemos esto. La carrera contra mí mismo evidentemente la perdí. Hice como el protagonista de *La soledad del corredor de fondo*, aquella película fantástica en la que un pobre desgraciado, un muchacho de un reformatorio inglés para el que todo son garrotazos y cochinadas, descubre que corre bien y que aguanta bien, que corriendo la milla es imbatible, vaya, y que los garrotazos se acaban de pronto y pasan a convertirse en palmaditas (hipócritas, naturalmente) en la espalda. ¡Reptiles, arribistas, hienas, parásitos, filibusteros! ¡El mundo está lleno de cochinos con forma humana! (Me estaba sulfurando, me estaba poniendo a mil, en medio de la Rambla Cataluña, clavado entre la gente como una peonza ardiendo.) Pero como decía, llega el día de la gran carrera del año, la carrera de la milla por excelencia, y el chaval corre fantásticamente bien, como un lebrero pero sin necesidad de liebre. Naturalmente corre y se sitúa el primero, de modo que *va* primero, sí, pero cuando llega a la meta, *va* y se detiene, se queda clavado, el muy cabrón los manda a todos a la mierda (es una forma de hablar, porque la verdad es que se queda muy quieto, muy digno, muy en una actitud como de tío auténtico de verdad y el resto son imitaciones). Sí, manda a la mierda al hijoputa de su entrenador, al hijoputa del entrenador del reformatorio, a todos los cochinos que le daban primero latigazos y luego convirtieron los latigazos en palmaditas en la espalda (sin cambiar de mano, sin lavarse la mano, sin *cortarse* la mano). Les dice (y se lo dice sólo con la mirada y sin abrir la boca, que es como los tíos auténticos de verdad dicen las cosas), les dice: «Meteos vuestra meta y vuestra carrera por el culo». Pues sí señor: yo hice esto mismo, lo único que, para entendernos, yo no estaba llegando el primero a la meta. Pero hice exactamente lo mismo. «Meteos vuestra carrera contra vosotros mismos por el culo.» No sé si llegué a decirlo exactamente así, pero los efectos fueron los mismos. Desde entonces llevo una vida contemplativa, gandula y errática. No conozco otro modo de servir a lo que me desborda y a lo que me supera que la holgazanería y el nomadismo mental. Yo, por lo menos en esto, sigo bastante al pie de la letra las consignas del Principito. Por supuesto, él se fijaría en lo que nos desborda y nos trasciende. Pero yo me fijo más en cómo *no* enfrentarme a eso que me supera y ensancha mis horizontes. Verdaderamente, el asunto del éxito y del fracaso es algo del todo inexplicable. No se trata de enarbolar la banderita del *viva el perder*. Pero sí de hacer algunas distinciones, de tener los ojos un poco abiertos sobre qué cosas valen y cuáles no, qué cosas tienen un sentido sólido y cuáles tienen un sentido que es como echar sal al agua: te quedas sin sal y sin agua para beber. La sal de la vida. Eso mismo. Y lo dominante (o lo que yo he visto, por lo menos a mi alrededor, dominando las actividades de los que calculaban sus acciones exclusiva y compulsivamente en términos de éxito y de fracaso), lo dominante, como digo, no era una noción centrada en la eficacia o en el propio rendimiento, sino en el arte de dormir los asuntos, como si ésta fuera la única forma que tienen los cochinos arribistas de estar despiertos y con los cinco sentidos atentos. Primero adormeces el trabajo (las responsabilidades del puesto) y luego vigilas para evitar que el trabajo te distraiga de tus ambiciones arribistas, para que la silla que ocupas no se mueva bajo tus asentaderas. Realmente darte cuenta de este tipo de cosas hace que te conviertas en un escéptico, que te lo mires todo con una sonrisa y como desde la distancia. Mis progenitores eran todavía de la época en la que se creía que la lucha y la tenacidad daban algunos resultados plausibles. Había, claro está, la gente con «mala suerte». Pero en aquel mundo reinaba por lo menos la idea de la economía de la recompensa, y esto funcionaba (no diré ni la idea ni la recompensa como tal, pero sí el tinglado), de acuerdo que muy posiblemente con mezquindad, pero funcionaba al fin y al cabo, o la gente se creía que funcionaba, que el esfuerzo daba sus frutos. Era un sueño, sin duda, que fácilmente se convertía en pesadilla. Pero todo el mundo dormía ese mismo sueño. Era un sueño moral compartido. Había una lógica (tan onírica como se quiera) que se podía anticipar y transmitir en la educación de los hijos. Ahora ya no. Ahora vivimos en el imperio del coge el dinero y corre. Los padres deben de volverse locos a la hora de decidir qué valores transmiten a sus hijos. Si les enseñan o no a usar los codos, si les dicen que los codos sirven tanto para clavarlos en la mesa del esfuerzo como, cuando convenga, para clavarlos en las costillas del adversario, y qué digo del adversario, del *amigo,* si hace falta. Me pregunto qué deben explicarles de los codos los padres de hoy en día a sus hijos. Supongo que los hijos notarán que tienen codos y preguntarán: «¿Para qué sirven los codos, papá?». Ésta es una pregunta que a mí, personalmente, me dejaría sin saber muy bien qué responder. Reconozco que me considero más de la época del azar y del golpe de suerte que de la época del esfuerzo y del codazo. El azar hace que veas la línea divisoria entre el éxito y el fracaso como una puerta de cristal que no sabes si se abrirá hacia dentro o hacia fuera y que temes que no se te abra en absoluto. Lo temes, claro está, si es que esperas algo de esa puerta. No es mi caso. Yo me había retirado de todo esto. De hecho, yo ya ni siquiera existía para mí mismo. Lo que me apasionaba era mirar a los demás, observar a los demás, qué me importaba yo a mí mismo. Nada, no me importaba nada. Yo ya había perdido el tren. O mejor: me había bajado del tren. No me compensaba tanta velocidad, tanto traqueteo. Más vale ir a pie, me había dicho. Yo era como Pip, o como el ex padre Juan. Pero sin pánico ni desesperación, sin ballena, sin esposa, sin océano y sin tormenta interior (es un decir). Sentía un gran placer, un inmenso placer en el hecho de ser únicamente un ojo solitario que divaga y que mira y que ata cabos, nada más. Fascinado y a la vez intrigado por la razón de que tantas vidas contempladas de cerca resulten del todo increíbles con respecto a su éxito, y tantas otras vistas igualmente de cerca resulten del todo increíbles si se atiende a su fracaso. La economía del premio y de la recompensa está completamente desencajada, completamente pervertida. Ahora ya no ganan los buenos y pierden los malos. Ni siquiera es al revés. Quiero decir que todo está fascinantemente mezclado. La humanidad se muestra tan desnuda, tan trémula y conmovedora en la expresión de sus ambiciones, de sus anhelos. Pero ojo: yo no hablo de la gente que hace cosas o resuelve problemas, no hablo de los carpinteros que hacen mesas o de los conductores que conducen autobuses de un lado para otro de la ciudad. No hablo de esta parte productiva, para entendernos, de aquellos hombres y aquellas mujeres que curan, hacen casas o logran que los trenes lleguen a la hora (más o menos). Hablo de los que baten la espuma de los días, de esta parte en absoluto minoritaria y que está en todas partes, en todas las esferas y sectores de la vida activa. Hablo de los que baten el tambor del ritmo del trabajo *de los otros*, de los que montan la nata que lo pringa todo, de ésos y no de los otros. La gente de hoy en día vive en medio de una gran juerga hecha de espuma (o sucedáneo de nata). ¿No había una película fantástica que acababa así, con todo el mundo sumergido en una inmensa montaña de espuma? El arte de dormir los asuntos, el arte de batir la espuma, de montar la clara, éste es el gran arte de hoy en día. Y cuando lo piensas dos veces siempre te acabas diciendo que todo resulta tan lógico en el fondo. Que la línea del dentro y del fuera, del éxito y del fracaso, es la más justa, la más exacta, porque sólo la arbitrariedad hace avanzar a las sociedades, no la justicia. Una sociedad perfectamente justa sería la cosa más aburrida del mundo. Yo por lo menos no tendría ningún agujero por donde mirar, no tendría el placer fisgón de leer los periódicos, la alegría por la desdicha ajena que me producen los periódicos, la constatación del ascenso y el descenso completamente irracionales de los valores, las caídas en desgracia, los desplomes, el desenmascaramiento de los farsantes, las coronaciones de falsos reyes, las decapitaciones de los nunca del todo inocentes y los procesamientos de los tiranos. En los periódicos ves clarísimo quién está dentro y quién está fuera, ves el *in* y el *out,* te das cuenta de cómo funciona todo como una rueda apasionante de seguir siempre que no seas tú quien está pedaleando dentro, como un ratón atrapado en la jaula de la crueldad de algún niño. Dentro y fuera son dos conceptos mágicos sobre los cuales volveré, o no. De hecho, vaya pereza si lo pienso dos segundos. Las obviedades me agotan. A pesar de que es verdad que las líneas de la vida no se entienden, como casi nada en esta vida, si se las contempla como un espacio o como una superficie (no como un tiempo, y ahora todo es espacio, todo son lugares, el tiempo ya no vale nada). Nada es comprensible sin un dentro y un fuera que lo articule. Hay ignorantes que se creen que el juego está entre un arriba y un abajo. No han entendido nada de nada. Lo que tiene valor es el dentro y el fuera. El éxito y el fracaso no son, en el fondo, términos tan esotéricos e intercambiables como el azar y el destino. Y sin embargo tampoco son términos tan transparentes. Todo depende del cristal con que lo mires. ¡Ja! Hay que conocer las reglas del juego dominantes en un *dentro* para no descubrir que estás haciéndole un hueco al *fuera,* excepto que se opte, como lo hice yo, por ser un ojo que mira y basta, por ser uno que está voluntariamente, sistemáticamente, perseverantemente *fuera.* Mi carrera dejó de ser una carrera contra mí mismo para convertirse en una carrera hacia fuera, y ahora me doy cuenta de que bajando aquella tarde por Rambla Cataluña, o pensando en cosas tan quiméricas como un algarrobo o el dibujo que hacen las vidas, yo no hacía más que perseverar en mi carrera hacia fuera. Es la mejor vida que conozco, la más filosófica, la más poética, la más política. Aquella tarde de septiembre en Rambla Cataluña acabé de tenerlo claro. Ésta no es únicamente la vida que hago, me dije, sino también la vida que quiero hacer. Y de pronto, mientras contemplaba los vestidos de novia en el escaparate del chaflán con la calle Mallorca, me vino a la cabeza, como un relámpago, una frase de san Agustín: «Ama et fac quod vis». Ama y tendrás fuerzas para lo que quieras. Quien piense que esto tiene truco, como cuando Petrarca sube al Mont-Ventoux y abre las *Confesiones* de san Agustín en cierto y oportunísimo lugar, pues que se lo piense, pero se equivoca. Yo no pretendo demostrar nada. Simplemente fue así. Oportunísima y absurdamente así. *Ama et fac quod vis*. Ama y haz lo que quieras. La traducción literal es terrible. Pero ¿por qué de pronto aquella frase? Podía haber sido cualquier otra. El mundo y mi cabeza están llenos de frases. Pero me sobrevino y me asaltó precisamente ésa. Es el tipo de frase que me viene a la cabeza cuando pienso en la religión. Ah. La religión para mí es la infancia. Pero yo no pensaba en la religión en aquel momento. Yo estaba encantado con la visión de los vestidos de novia, y esto es por así decirlo la vida adulta. De modo que no sé cómo narices la infancia (en forma de cosa religiosa) se entrometió en la vida adulta (en forma de cosa matrimonial), aunque en realidad supongo que, al no vivir yo ni en la una ni en la otra, la mezcla se produjo por generación espontánea. La cosa religiosa, en todo caso, me sobrevino como cuando te cae una maceta en la cabeza. Tengo asumido que sobre religión no sé decir muchas cosas. *Ama et fac quod vis* y poca cosa más. Y lo que yo deseaba en aquel momento era sentarme en algún sitio y tomarme alguna cosa, algo fresco y agradable para el paladar, la garganta y la mente. Pero aquella visión tan blanca de los vestidos de novia me retenía, no sé por qué. Realmente en algunos aspectos yo mismo me elevaba a las capas estratosféricas del amor (sin acabar de ser consciente de ello), mientras en otros aspectos estaba penetrando en el orden de lo real, de los excrementos y de los residuos (sin acabar de querer darme cuenta de ello tampoco). Quiero decir que por un lado me sentía repentinamente conmovido por aquellos figurines de seda blanca y por el otro pensaba que toda mi vida sólo valía para echarla a rodar Rambla Cataluña abajo, por esa calle tan elegante, tan categórica, tan catatónica, también. Lo más real son los deseos, y por eso son también lo más irrealizable. *Deus ens realissimus est*, me parece que dice la vieja teología. Ahora me vendría muy bien tener a mano al padre Amadeo para que me lo confirmara, para que me dijera cómo entender esto. Verdaderamente, abrir la caja de la religión es como abrir la caja de los truenos o la caja de Pandora o la caja fuerte de una familia muy venida a menos. Uno se enfrenta al ruido del propio vacío. En cualquier caso, a mí no me hacía falta ascender al Mont-Ventoux para sentirme en las alturas. Yo, modestamente, tenía otro recorrido. Para sentirme en una tormenta de alta montaña sólo necesitaba dejarme llevar por el embrollo delirante de las ideas. *Sehet, Jesus hat die Hand, uns zu fassen, ausgespannt. Kommt. Wohin. In Jesu Armen.** También me vino esto a la cabeza, otro de mis mecanismos mentales con la religión. En mi mal alemán nunca sé si esta frase dice que hay que ir a los pobres de Jesús o a los brazos de Jesús, porque realmente los *Armen* sirven para las dos cosas, para los brazos y para los pobres de Jesús. Pero vayas a donde vayas, hagas lo que hagas, la imagen vuelve a entrar por la puerta trasera. No hay escapatoria ni escondite. También en este punto hablar más de la cuenta sería como deshacerse de las mejores cartas antes de saber en qué consiste el juego, antes de saber si tienes que quitártelas de encima o debes guardar-

---

* «Mirad, Jesús ha abierto su mano para acogernos. Venid. ¿Adónde? A los brazos de Jesús.» Aria n.° 70 de la *Pasión según san Mateo*, de Juan Sebastián Bach. *(N. del E.)*

las hasta el final, ya que las lógicas de los juegos son a menudo lógicas inversas desde el punto de vista de las estrategias, y a mí no me interesa ganar o perder, me interesa la belleza de las estrategias, de los dibujos de las estrategias, y por lo tanto me interesa la belleza o la fealdad de los que se interesan en ganar, no su victoria. Y si aquí, *en todo esto,* hay algo parecido a un juego, a mí me tenía que venir del arte, *de la otra posibilidad,* de la de los que no son buenos para nada, los *bons pour rien,* la otra parte maldita del gran pastel de la vida.

Entre la religión de la infancia y el matrimonio de la vida adulta a mí siempre se me aparece el arte. Sobre arte, en comparación con la religión, sé algunas cosillas, aprendidas más a partir de casualidades persistentes que no a causa de algún interés sometido a una disciplina. Por ejemplo, está la casualidad (no sabría llamarla de otro modo) de que en casa cuando yo era pequeño me prohibieran todo tipo de lecturas que no fuesen libros con letra impresa y nada más, es decir, nada de cómics, nada de lo que leían la mayoría de mis coetáneos y compañeros de colegio, de modo que el único acceso que tenía a las imágenes (al bendito descanso de la letra impresa) eran aquellas monografías de artistas de la editorial Noguer-Rizzoli, son libros que todavía flotan, como restos de un naufragio, en las playas que a veces son las librerías de lance. No entiendo cómo la gente no se abalanza sobre ellos, y todavía entiendo menos que la gente se desprenda de estos libros de lomo negro con la franja blanca y que siempre me miraré con una simpatía básica, espontánea e instintiva, ya que fueron los únicos libros ilustrados que pude tener en mis manos antes de los trece o catorce años, cuando ya te espabilas por tu cuenta y comienzas la degeneración de la vida preadulta. Fue entonces, supongo, cuando empecé a confundirlo todo, Tintín con Piero della Francesca, Flash Gordon con Delacroix, las aventuras de La Cosa con Picasso. Y fue entonces también, *sólo entonces,* cuando el concepto de arte y de artista comenzó a perfilarse en mi mente, no a partir de Manet, por ejemplo, sino a partir de Tintín. Por lo tanto, estos volúmenes tan queridos, y que yo estaba convencido de que habían sido escritos todos ellos por un sabio llamado Noguer-Rizzoli, fueron el único descanso para mis ojos de la pesada y absorbente tarea de la lectura, y fueron también mi educación retinal inconscientemente artística, porque yo los miraba para descansar (o excitarme), pero no para sentir nada parecido a una especie de goce estético, y supongo que esto alteró de un modo profundo y radical mi relación con el arte. Me formé y me deformé a la vez. Tanto leer por poco me dejó ciego, no porque leyera mucho, sino porque siempre he leído de un modo endemoniadamente lento y deteniéndome para hacer vivac en cada palabra, en cada frase, sopesando la cosa. De modo que estos libros de pintura del sabio Noguer-Rizzoli fueron también la salvación de la ceguera y, de rebote, la única visualización (aunque bastante deslumbrante, por cierto) del deseo, de aquella ansiedad en la boca del estómago que te asalta cuando eres niño y no sabes de dónde narices viene y que yo, lo lamento mucho, asocio a ciertas visiones de Ingres o Rubens. Todo esto es lo que me educó el gusto y me preparó para descubrir detrás de los cuerpos el escalofrío siempre nuevo de un arma palpitante, la apertura siempre amenazadora y prometedora de las alas de mariposa antes de un nuevo vuelo, antes de una nueva catástrofe.

Es posible que sobre la religión tenga poco que decir, pero lo poco que tengo que decir vale alguna cosa, mientras que sobre el arte igual tengo más que decir, o incluso bastante más que decir, pero este más o este bastante más valen más bien poco, por no decir casi nada. Seguramente todo venga de mi formación deforme. Quiero decir que sobre el arte ni siquiera se me ocurren frases como esa de *ama et fac quod vis* o *Deus ens realissimus est* ni puedo ponerme a pensar en Bach o a canturrearlo. Casi me produce una satisfacción reconocerlo. Cuando comencé a pensar en las líneas de la vida me habría podido sentir tentado, conociéndome como me conozco, o como me conocía en aquella tarde de septiembre, a buscar ilustraciones o incluso texturas. Ahora casi me avergüenzo de mi antigua pasión por las texturas. Aquella tarde de septiembre di el salto al pensamiento abstracto, ahora lo veo. Y ahora comprendo también que sólo así pude *acceder* al último nivel en la escuela de la mirada, que ha sido siempre mi escuela. Si se me permite decirlo así: mi *rejodida* escuela, eso es. Sólo la abstracción permite ver lo que es. Sólo la abstracción permite que las cosas afloren como lo que son. El arte era para mí como una marea que se retira. Las formas aparecían desnudas, los cuadros que me habían impresionado, las esculturas, los objetos, parecían figuras de cera deshaciéndose en un incendio. Hay una película de Fellini, *Roma,* que tiene una escena inolvidable, una única escena, sí, y todos los que han visto esta película recordarán esta escena, que tiene lugar en las prospecciones y perforaciones del subsuelo romano para hacer los túneles de un metro completamente improbable. No hay más que pensar en el subsuelo romano para entender en qué consiste la imposibilidad de una línea de metro. El reino de los arqueólogos no puede ser el reino de los ingenieros. Un mundo saturado de pasado no puede agujerearse en nombre del futuro. *A ciascuno il suo,* ¿no? Pues bien, el caso es que en esta escena aparece un grupo de gente que van en una especie de tren minero capitaneados por el director de las perforaciones, un tipo con aires de viejo romano escéptico, un tipo que está de vuelta de todo y que sabe que su metro es un metro altamente improbable. Le acompañan un ayudante y una pareja de nórdicos muy interesados en la imposibilidad del metro romano, o por lo menos en los hallazgos que corroboran esta imposibilidad, esta quimera absoluta. La pareja de nórdicos no para de decir oh, ah, caray, y esas cosas. Y como suele suceder en las películas, el hallazgo con el que tropiezan es un hallazgo formidable, un hallazgo como para caerse de espaldas, a pesar de que evidentemente ha sido simulado con los decorados de Cinecittà (toda la película es de un cartón piedra sentimental insoportable, con franqueza). Pero ahora vamos a hacer como que nos lo creemos. Resulta que perforan un muro con un taladro de dimensiones colosales y que de repente aparecen, por casualidad, los frescos de una antigua casa de patricios romanos. Y entonces sucede lo que era previsible cinematográficamente hablando (y por lo tanto también un poco *demagógicamente* hablando): que el aire nuevo que entra por el agujero destruye y literalmente disuelve los frescos, que se deshacen como si acercásemos la llama de un soplete a una figura de cera. Las figuras de la familia patricia se desvanecen, se borran ante la desolación y las exclamaciones de los intrusos, corrompidas por el aire corrosivo y contaminado de la historia. Los aires modernos velan las verdades del pasado. Pero también se puede pensar que hay cosas que son por naturaleza inaprensibles. Sucede lo mismo con los peces de colores: fuera del agua empalidecen y se destiñen.

Mi paso a la abstracción, si bien en parte se puede ilustrar con esta escena demasiado obvia y al mismo tiempo inolvidable, fue en buena medida mucho más complejo. Los cuadros que tengo en la memoria, y no diré nombres, no hablaré de Velázquez ni de Zurbarán, no hablaré de Vermeer ni de Rembrandt, tampoco de Giorgione o Manet, no diría ninguno de estos nombres aunque me torturasen (como de hecho continuaba sin poder decir el nombre del escultor de la jirafa presumida y del buey pensativo, a pesar de que, aunque no lo parezca, no dejaba de pensar en él), pues estos cuadros, estas imágenes que me acompañan mentalmente a cada instante, a cada hora, fue como si se me deshicieran bajo una lluvia de aguarrás o de disolvente. Me puse a verlos así, y desde aquella tarde los veo siempre así, como una acuarela fresca bajo una ducha. Es una imagen desoladora que incluso puede hacerme saltar las lágrimas, y en su lugar no aparece la gran pintura abstracta que podría aparecer y que en efecto parece ser el resultado de todo tipo de diluvios y desolaciones y desesperaciones proyectadas sobre el campo de batalla de una tela. La imagen del fresco romano deshaciéndose en *Roma* de Fellini es una imagen literal de lo que *veo* cuando quiero ver las cosas claras, cuando me pongo a atar cabos. La retirada de las formas hace comparecer sus espectros, que yo nunca denominaría estructuras, para entendernos. Si digo espectros es algo muy diferente de si digo estructuras. Si a lo que queda de las formas una vez éstas se retiran y se deshacen yo lo llamo, por ejemplo, sentido, el sentido de las formas, o la fuerza de las formas, y no las estructuras, y si de hecho me horrorizo ante la posibilidad de llamarles estructuras, es porque no quiero, ni de hecho conseguiría aunque quisiera, imaginarme el espectro de las formas como un diseño estático, sino como una especie de orientación sobre el lugar a donde van las formas cuando desaparecen, sobre qué hacer con el vacío, con la huella o con el rastro que dejan en la memoria. Quizá por ello mi interés por el arte, que me ha mantenido vivo en tantas ocasiones, me ha acabado reconduciendo, una vez salvado, una vez recuperado, a la literatura, a la voz, a trabajarme el derecho a la voz. Quiero decir que la música por ejemplo me puede haber hecho sentir vivo en épocas anodinas, pero de la música siempre voy al silencio. En cambio, del arte y de las imágenes voy a la palabra, voy al discurso. Supongo que también se entiende aquí mi paso a la abstracción, que en términos convencionales es el paso a la voz, a la literatura. El arte y la imágenes me han apartado tantas veces de la muerte, tantas veces con una mano fraternal me han dicho: por aquí no. *Por aquí no.* Qué lema más fantástico. Si tuviera un palacio, un caserón señorial, en la puerta haría poner la inscripción POR AQUÍ NO. Con ese lema no lograría entrar nunca en la casa, y de este modo asumiría perfectamente la condición de caballero errante. Sería como el encuentro del *quo vadis*. Realmente, la realidad, ese teológico y metafísico *ens realissimus*, siempre te sale al traspié, a la vuelta de un camino, en un chaflán, como el de la calle Mallorca con Rambla Cataluña. *Quo vadis, domine?* A hacer el trabajo que tú te quitas de encima, Pedro, so caradura. «*Quo vadis*, Jordi?» «No lo sé. Miraba estos vestidos de novia, tan blancos, tan conmovedores. Pero la verdad es que no sé adónde iba. O sí, ahora me acuerdo: iba a ver el buey pensativo.» «Pues vamos, vamos, apresúrate para llegar antes de que oscurezca.» ¿Que oscurezca? ¿Que oscurezca, con esta luz de septiembre, esta claridad de miel inundándolo todo, bañando los tilos con su lentitud dorada, recalentando el asfalto de la calle con sus reflejos de bronce? ¿Que oscurezca, con estos vestidos de novia bailando a mi alrededor como si fuera la fantasmagoría de todas mis novias pasadas, como sombras asediándome en la parte más recóndita de un laberinto, a mí, a su Minotauro ya olvidado, ya superado, ya desenmascarado? Por un momento temí que me fuera a poner sentimental. Uno no puede lamentarse del pasado. Ni puede ni debe.

Sí, las imágenes siempre me remiten al trabajo pendiente, al trabajo de la voz porque (esto es lo que pienso) si yo no digo lo que tengo por decir, por poca importancia que tenga lo que quiero decir, entonces, ¿quién lo dirá en mi lugar? Viviré silenciosamente, moriré mudo, y todo lo que tengo por decir quedará *indicto*, malogrado, desaprovechado. Lo *indicto* vale para mí lo mismo que los *invictos* de Faulkner. La tarea de un *invicto* es la de *no callar*. Un *invicto* no tiene motivos para esconderse en el fondo más profundo de su abismo interior. No tiene que ofrecer el falso consuelo de hacer creer a los demás que este abismo es un abismo vacío, y es necesario que diga, conocedor del *por aquí no*, es necesario que diga aquello que amenaza con quedar *indicto*, es necesario que lo que tiene que ser sea, y por lo tanto que lo que tiene que ser dicho se diga. Las imágenes, por lo tanto (y nunca la música), son las que me han enseñado este camino del *invicto* hacia la *dicción* de lo *indicto*. Ellas han sido mi guía. Y pienso, al decir esto, que con la música es diferente, que la música ha sido siempre una especie de intensificador de la vida que no ha provocado ningún tipo de desplazamiento, sino únicamente silencio, silencio y más silencio, mientras que las imágenes han sido siempre indicadores para la vida, y lo han sido deshaciéndose, con gran dolor de mi alma, deshaciéndose en indicios, en signos volátiles, o en el dibujo de un chal, como en aquella escena prodigiosa de *La historia inmortal*, de Karen Blixen, cuando Elishama, el secretario de Mister Clay, convence a Virginie para que se entregue a la realización de la inmortalidad, la cual sólo podrá producirse mediante una inesperada realización del amor. Inesperada y tardía, muy retardada de hecho, casi póstuma. Y también pienso, a propósito de esto, que las imágenes contienen la llave de todo lo que es posible, por mucho que la música nos exalte para emprender o para sentir que somos capaces de emprender gestas que siempre acaban en nada, si es que no acaban directamente en desastres, en catástrofes, y que el arte sólo vale para mí ya como una opción vital, y que esta opción sólo me la pueden proporcionar las imágenes. Si pienso en la imágenes ya sé por dónde hay que ir, sé lo que quiere decir *por aquí no por allá sí*, es como la invisible mano de un ángel que me guía, y todo esto no estoy en condiciones de demostrarlo o de insistir en ello, solamente puedo decirlo, solamente puedo decir que es así, que ha sido así, que la verdad que para mí vale es ésta, y que esta verdad es la que me llevó a aquella visión del algarrobo y al padre Amadeo y a mi tía Carmen como a un ovillo con el que estoy condenado a jugar igual que un animal salvaje (es decir, sabiendo únicamente una cosa: *por aquí no)*, igual que una tejedora (es decir, sabiendo una sola cosa: *para abrigarse, hay que tejer)*.

Recuerdo que pasé una época dedicada a devorar, quiero decir a leer compulsivamente, todo tipo de relatos de supervivencia, los testimonios de los campos de exterminio y aniquilación, pero también los libros de las grandes expediciones a los límites del mundo, historias de supervivencia en condiciones extremas, relatos de escaladores que se pierden a ocho mil metros de altura y al final vuelven con medio cerebro congelado pero llenos de grandes ideas sobre el mundo. No quiero hablar otra vez del pobrecito Pip y de mi obsesión por los naufragios, pero sí de una variante de esta obsesión. Ahora puedo decir que en aquellos libros yo no buscaba la totalidad de un dibujo de la vida, sino más bien el equilibrio extremo y a la vez imperceptible, la confabulación de lo ininteligible que hace que una vida pase por la cuerda floja sobre el abismo de la muerte sin precipitarse en la nada, pero que al mismo tiempo quede marcada para siempre por esta visión, por este contacto espantoso con el vacío absoluto. Ya sé que las aventuras que tendría para explicar, por mucha épica que se les eche, son una muy pálida aproximación a estas gestas. Pero eso no quiere decir que no haya llegado a verle por lo menos la punta de los pelos al bigote de la nada. Claro que, y a propósito de los tránsitos exitosos sobre el abismo, estaba *El Puente de San Luis Rey*, un libro al que yo había ido a parar a partir de algunos pasajes de los diarios parisinos de Jünger, este libro que me salvó (Jünger, no Wilder) tras tocar fondo una primavera, este montón de páginas deliciosas, todo hay que decirlo, *demasiado* deliciosas incluso, y en las que la enigmática y funesta cristalización del azar aparecía perfectamente expuesta, siempre con ese estilo exquisito de *dandy* entomológico tan característico de Jünger, y que tan parecido lo hace a un gran escritor. Pero bien, eso es otra cuestión que aquí no viene a cuento. Hablaba del enigmático instante en el que, a pesar de tener todas las circunstancias *en contra,* la vida apuesta por sí misma. En el libro de Primo Levi, por ejemplo, aquel sobre *si esto es* un hombre, este instante aparece desdibujado bajo las sombras de cinco días de febrero, en el hospital que los rusos improvisan en el mismo Auschwitz, y que Levi explica cómo los cinco últimos días en los que la muerte concluye su trabajo ingente, o para decirlo más exactamente la muerte, como una potencia desatada y más allá de cualquier (e ilusorio) control industrial, acaba el trabajo que los nazis habían comenzado y dejado precipitadamente, con la sopa de patatas a medio cocer, la jarra de cerveza a medio beber y la lista de los últimos presos gaseables pendiente para después de cenar. Así concluye, y no de otro modo, el infierno en la tierra: con un bodegón que no significa nada. Los que tenían que morir lo hicieron durante estos cinco días de febrero. Levi siente aquí, con una nitidez estremecedora, que la vida ha apostado por él y que la muerte ha perdido la partida. Siempre me he preguntado por la forma de este momento. Por su visibilidad. Bueno, no sé si siempre, pero sí lo hice por lo menos, y de un modo muy intenso, aquella tarde en Rambla Cataluña, mirando todavía, aunque posiblemente ya no viendo, aquellos vestidos de novia, que ahora eran como figuras de un gran tablero de ajedrez en el que yo me había quedado sin piezas para defender a mi rey. El ajedrez suele estar lleno de estos momentos decisivos. Puedes escribir el número de la jugada en cada partida en la que un jugador pierde y el otro gana. Eso convierte el ajedrez en una actividad apasionante y conmovedora. Pero la vida no va así. El instante decisivo en el que todo cambia para siempre en un sentido o en otro es en realidad un confuso abigarramiento de instantes. Ya sé que puede haber gente que se aferre a un solo instante, pero esto es un error. El dibujo no tiene un único centro de gravedad, sino muchos. Y no tiene una única línea, sino muchas. Sin embargo, con los relatos pasa un poco como con el ajedrez. El momento de la jugada decisiva se destaca por encima de los otros.

Un ejemplo del instante enigmático en el que la vida apuesta, contra todo pronóstico, por sí misma, aparece con mucha más claridad en las *Crónicas del mundo oscuro* de Paul Steinberg, el Henri de *Si esto es un hombre*, aquel adolescente que va salvajemente a su bola y de quien Primo Levi hace un retrato lleno de resentimiento y ambigüedad (ay, pobre Levi, ¿acaso es porque era *ton semblant, ton frère?*): «Oggi so che Henri è vivo. Darei molto per conoscere la sua vita di uomo libero, ma non desidero rivederlo».

Henri, en realidad, se había convertido en uno de los muchos hombres-ostra que volvieron de Auschwitz, *del mundo oscuro,* como leemos en la traducción castellana de Montesinos de este libro suyo casi póstumo. Y fue una ostra hasta que, sintiendo que su vida llegaba al final a causa de un cáncer, se abrió y dejó caer la perla de este libro excepcional, porque no se trata de dar ninguna respuesta, no es ningún testimonio, a duras penas es la discreta aclaración de un hombre que, después del infierno, consiguió rehacer su vida de una manera aparentemente plausible. Al final de esta vida explica cuál fue su particular estancia en el infierno. Y lo explica no para descargar su odio o su mala conciencia, sino para hacernos a todos partícipes de una voz más, de una mirada más, de una experiencia más, y que encima no pretende ni adoctrinarnos ni ser representativa de nada más que de sí misma. Esta mirada llega hasta nosotros para ofrecernos un momento extraordinario, un momento espléndido, que además precede a otro momento terrible del libro, a la casi muerte de su protagonista. Auschwitz ha sido liberado, y el campo ha acabado de vomitar a todos los espectros que quedaban en él. Pero después del infierno viene el purgatorio, a veces mucho más infamante e irritante que el infierno mismo, porque acabas pensando que la guerra, la destrucción, la crueldad, la arbitrariedad y la violencia son de hecho una constante en la vida, y que las posibilidades de lo humano se convierten en una condición, en una naturaleza coagulada en su estado más miserable. Este purgatorio es el largo retorno a través del laberinto de la Europa en ruinas (que Levi explica en *La tregua)*, el retorno desde el infierno *del lado oscuro* a aquel mundo que para muchos será el infierno *de un aquí* igualmente imposible de soportar o de hacer compatible con la memoria. Esta sacudida sísmica en las líneas de la vida impulsará a unos a la escritura, a otros al suicidio, también a un silencio cancerígeno a muchos de ellos. En cualquier caso, y sea como sea, Steinberg escribe, habría que decir que *describe,* si hablásemos con propiedad, dos momentos decisivos para comprender los misterios que se producen en los giros, en los pliegues, en los nudos de las líneas, y dos momentos que tienen también el aire entero de un milagro. No puedo hacer más que transcribirlos, primero el uno, después el otro.

Paul Steinberg se encuentra en un tren que viaja lentamente en dirección sur y escribe: «Cuando hubo anochecido, el tren se puso en marcha a poca velocidad. A menudo se detenía para dejar paso a convoyes militares. Yo me encontraba en un estado comatoso. Nadie hablaba. En la parte superior del vagón abierto había dos muertos cubiertos por la nieve que iba cayendo, y nosotros esperábamos el momento oportuno para lanzarlos a la vía. De madrugada se produjo la única situación de la que conservo un recuerdo, un recuerdo preciso, meticuloso y conmovedor. Habíamos llegado a las afueras de Praga y el tren avanzaba con lentitud por un tramo de vía en el que había una gran cantidad de puentes metálicos. Era la hora en la que los obreros iban al trabajo. Pasaban por encima de nosotros y contemplaban aquel espectáculo del horror. Aquellos vagones llenos de seres vagamente humanos, ni muertos ni vivos, descarnados, y que elevaban hacia ellos una mirada vacía. Entonces, como un solo hombre, aquellos obreros checos abrieron sus macutos y sus bolsas y nos lanzaron sus bocadillos: no se habían puesto de acuerdo, fue una cosa elemental y básica para ellos, para todos ellos. A aquellos trabajadores, a sus descendientes, a su generosidad total por unos seres humanos que habían experimentado la barbarie absoluta, les dedico estas líneas. Sentí cómo aquel calor humano, fugaz y anónimo, descendía sobre nosotros con el pan». Y yo me imagino una lluvia de panes blancos en la claridad gris de la mañana cayendo sobre los vagones abiertos, como pan entre la nieve, lloviendo sobre el tren que avanza muy lentamente por debajo de unos puentes metálicos llenos de trabajadores que se desprenden de su desayuno para dárselo a aquellos hombres venidos de la nada, de la aniquilación más absoluta y bárbara. (Por otra parte, en el vagón la reacción no tuvo nada de mística, no fue el Pentecostés de una nueva sabiduría insuflada con un pan en la cabeza en lugar de una llama, pero eso lo puede leer cualquiera que acuda al libro de Paul Steinberg.)

El segundo momento culminante de este retorno terrible es la llegada a Buchenwald, un campo atroz también, pero (si es que cabe hacer matices en este asunto) por lo menos no tan ostensiblemente dedicado a la industria del exterminio como lo fue Auschwitz. Paul Steinberg describe así su llegada al campo en las afueras de Weimar: «Los presos políticos, que formaban la población de Buchenwald, nos vieron llegar. Aunque ellos mismos habían tenido su propia ración de espantos, nunca olvidarían aquel espectáculo. Conozco algunos que todavía hoy están obsesionados por lo que vieron. Los harapos con los que iba vestido se habían ido descosiendo y desgarrando y los trozos sueltos de ropa me colgaban sobre los zapatos, de modo que al andar arrastraba aquellos trozos de ropa, que me hacían tropezar cada dos por tres. Eso, de haber tenido fuerzas para andar mucho más. Porque el hecho es que ya no podía tenerme en pie, me sentía mareado y la cabeza me daba vueltas, y fue allí donde, por primera y última vez, pensé que todo se había acabado. Acepté mi muerte. Me dejé caer sobre una mata de hierba, me acurruqué en mis harapos de payaso trágico, y cerré los ojos. La nieve me iba cubriendo como si fueran pétalos de flores blancas. Algunos compañeros se me quedaron mirando. Alguien, no sé quién, alguien a quien quizá yo le había hecho un favor en otra vida, alguien que quizás era un amigo de la época de los amigos, me sacudió el hombro y me dijo, insistiendo para que no me dejara llevar por aquel sueño fatal: "No, no lo hagas". Y en aquel preciso instante un recluso de Buchenwald, un preso político, con su triángulo rojo, se acercó a nosotros y nos dijo: "Levantaos. Os daremos alojamiento y comida"». La lluvia lenta del pan, la lluvia lenta de la nieve, la lluvia de las voces, otra vez unos brazos que se alargan más allá de una vida individual: levántate, no te duermas, no debes ceder ahora. *Sehet, Jesus hat die Hand, uns zu fassen, ausgespannt.* En algún lugar Steinberg dice que llegó a Buchenwald con la guardia mucho más baja que durante los primeros meses en Auschwitz, que llegó allí con un pie dentro ya de la gran noche y el otro a punto de entrar. Yo también me sentía, salvando todas las distancias, con un pie dentro de la noche y el otro al borde del crepúsculo. Y pensaba en todo esto ante el blanco de los vestidos de novia, pensaba en las voces, en la nieve, como si todo fueran flores blancas, en los panes blancos en la madrugada gris, en los puentes metálicos negros, en la oscuridad de lo humano perdida al fondo de los vagones, en el brillo de los ojos. Todo son imágenes que ayudan a entender mejor las indicaciones, el sentido de entrada y de salida en esta zona limítrofe. Sin ellas posiblemente no habría habido motivo para no acabar de entrar en la gran noche. Pero en el fondo no eran más que viejos pensamientos míos que sólo ahora, y precisamente ahora, podían adquirir algún sentido a partir de un centro para mí mucho más poderoso. De hecho, se trata de un centro procedente de la ficción, aunque no de un centro ficticio, o no para mí, no para mi dubitativa aunque insistente filosofía de la vida.

Este *otro* centro es una extraña imagen para una igualmente extraña idea que se encuentra en un cuento de Henry James, *La figura de la alfombra*. De hecho, al pensar en el asunto de los dibujos que hacen las vidas aquel día bajando por Rambla Cataluña, al igual que ahora, tuve que pensar también, como he de pensarlo ahora otra vez, casi como si fuera una especie de automatismo mental, en esta historia de Henry James. Y si pienso en el cuento de James, debo pensar, *ipso facto*, en el cuento de la historia inmortal de Isaak Dinesen. Una cosa me lleva a la otra. El cuento de James me marcó del mismo modo que la forma precisa y exacta de una ausencia dejaría su marca en algo siempre cambiante. El cuento de Dinesen, en cambio, me marcó como te marca el aprendizaje de los chirridos inaudibles que hacen las puertas de la vida y la muerte al abrirse y cerrarse. Que sean inaudibles no quiere decir que no te perforen el alma. La circularidad del cuento de James me obsesionaba y me obsesiona al igual que me obsesiona la forma en arco y flecha del cuento de Dinesen. Si he de decir alguna cosa con pies y cabeza sobre James permitidme que guarde silencio y mire a otro lado. Pero si me dejáis hablar confiado y si se me permite desbarrar *en famille*, diré que este cuento es mi antinovela de formación, mi *antibildungsroman* por excelencia (y dejadme añadir que después de haber pronunciado esta palabrota de falsa sabiduría literaria haré como los invictos de Faulkner: iré a lavarme la boca con jabón). De modo que, como decía, la historia de James es para mí como un círculo mágico que se mueve en espiral hacia la nada, el enigma se engrandece, se vuelve vertiginoso, y a la vez se empequeñece, se afila y se clava como una aguja en el corazón para convertirlo todo en algo meramente mortal. Pero nunca se resuelve, he aquí la gracia del asunto. Es la historia *mortal*, si se me permite jugar con falsas simetrías, sin la cual no se entiende la posibilidad de otra historia *inmortal*. Cuando crees que ya has logrado salir de ella te vuelve a abrazar como un pulpo y te aspira de nuevo hacia su enigmático centro. ¡Y ya lo creo que es mortal, esta historia, porque por mucho que pasara de boca en boca, aquello de lo que habla ya sólo lo saben los muertos! Por si alguien no la ha leído, la recordaré brevemente. Y quien la conozca bien, que se duerma durante las próximas página y media.

El narrador, «que había hecho unas cuantas cosas y ganado unos cuantos peniques» en el campo de la crítica literaria, se ve confrontado, por culpa de una crítica dotada de una «punta de inteligencia» del último libro del célebre, célebre escritor Hugh Vereker, a una perversa confidencia por parte del propio Vereker. Éste le viene a decir que toda su obra está construida alrededor de un «pequeño detalle». Ese detallín lo es todo, la clave y la razón de ser de toda su obra. Verker llega incluso a confesarle que se siente un fracasado porque este «pequeño detalle» parece haber pasado desapercibido ante los ojos de todo el mundo, de todos sus lectores, incluso de los más sagaces (aquí el narrador se siente interpelado y descalificado a la vez), cuando de lo que se trata en realidad es de «la alegría de su alma», de la «intención general» de toda su escritura. De modo que, a pesar del éxito y la admiración cosechados, que nadie se haya dado cuenta de este pequeño detalle, «tan palpable, una vez se ha visto, como el mármol de esta chimenea», a Vereker le produce una profunda insatisfacción y un agudo escepticismo con respecto al éxito de su propia obra. Digamos que el escritor no piensa que su obra sea *manquée,* pero sí que le ha tocado vivir un éxito en cierto modo *manqué.* Tal frustración se ve compensada por la perversa y tristemente divertida espera de ver si algún día aparece por fin un crítico capaz de descubrir el gran secreto. «Vivo casi solamente para ver si alguien llegará un día a detectarlo», le dice Vereker a su joven admirador. Vereker no vive ya por la escritura (que considerará en cierto modo fracasada hasta que alguien le reconozca esta razón de ser de toda su obra), sino por la espera (más llena de curiosidad que de esperanza) de unos ojos capaces de, por fin, reconocer su verdadero mérito. Un mérito que paradójicamente (y ésta es la gran ironía de la historia, la clave de la broma en la que James pensaba) sólo puede ser descubierto por una clase de gente a la que Vereker en el fondo desprecia, estos «pobres diablos de la sutileza», a saber: los críticos literarios. Bien mirado, el enigma no es muy halagador para los que se supone que lo han de descubrir: «Todo mi lúcido esfuerzo es una pista, cada página, cada línea, cada letra. Es algo tan concreto como un pájaro dentro de una jaula, un cebo en un anzuelo, un trozo de queso en una ratonera. Encaja dentro de cada uno de mis libros como un pie encaja en su zapato. Gobierna cada línea, selecciona cada palabra, pone un punto encima de cada *i*, y sitúa cada coma». Y el pobre narrador, el crítico literario que acaba incluso perdiendo el gusto por la lectura, ese «pobre diablo de la sutileza», no puede hacer nada más que rascarse la cabeza. No será él quien descubrirá el enigma, porque, según el cuento de James, sí que hay un enigma, que nadie pretenda lo contrario. Otra cosa es que el enigma resulte tan apasionante como las ganas de descubrirlo. Y cuando Corvick, el (presunto) amigo y colega del narrador, después de grandes esfuerzos y en compañía de su enamorada Gwendolen Erme (una chica *yerma* en todos los demás aspectos), descubra la cosa prodigiosa, el gran enigma y la clave que abre toda la obra del célebre Hugh Vereker, recibirá un abrazo de reconocimiento por parte del escritor, se casará con Gwendolen, le transmitirá el secreto (que para liar más la cosa James vincula a la espesura de los vínculos matrimoniales), y encontrará al cabo de poco la muerte en un accidente de lo más ridículo. Morirá al salir disparado de un carruaje que él mismo conducía con poca destreza y ante los ojos atónitos de Gwendolen. He aquí un hombre que no sabía hacer bien dos cosas a la vez: descubrir enigmas literarios y dominar los caballos del carruaje. Vereker, huelga decirlo, también aprovechará la primera de cambio para abandonar este mundo, y Gwendolen pasará a ser la única poseedora de un secreto que, tampoco hace falta decirlo, con el transcurrir del tiempo y de las peripecias, se ha ido convirtiendo en una indisimulada obsesión del narrador, el cual, extrañamente o quizás a causa de su posible homosexualidad (James es de lo más discreto en este punto, y hace bien), nunca llega a pensar *lo más simple:* casarse con la lista de Gwendolen para descubrir la clave de todo el asunto en algún momento de desprevenida intimidad. En cambio, a quien sí se le pasará por la cabeza casarse con ella, y sin tener ni la más remota idea de la existencia del secreto, es a otra alma cándida, otro crítico (una verdadera plaga de gente sin imaginación, por lo que se ve) llamado Drayton Deane, que quedará *(fiction commands)* viudo al cabo de un tiempo que se puede contar con los dedos del pie izquierdo. El relato acaba con el narrador suplicándole a Drayton Deane que le cuente el secreto que por razones de intimidad matrimonial ahora se supone que él debería saber. La cara de estupefacción y desolación del viudo le hace ver al narrador (y a nosotros) que el secreto ha muerto con los muertos de la historia.

Sí, ya sé que toda la historia es una deliciosa broma contra los críticos detectivescos. También (ojo) es una advertencia sobre el oficio, o mejor aún sobre las razones de la escritura. También es (James siempre es eso) una abismal representación de lo invisible, un fabuloso tejido novelesco y sentimental sobre nada en concreto, sobre una sospecha o una quimera. Lo que cuenta son los hilos que conforman el tejido, es decir, los personajes, las direcciones de los puntos de vista, si bien aquí, como suele suceder, sólo hay un verdadero punto de vista, el único que convierte en interesante la historia, el único que la convierte en infinitamente mortal. Y si hay un punto de vista capaz de convertir en misterioso el asunto más banal, o en heroico el asunto más cruel, o en bello y generoso el negocio más cínico o sórdido, un punto de vista sin el cual no podría existir el arte, ni la literatura, ni la épica, ni la poesía, llámesele a todo como se quiera, ése no es otro que el de la muerte. Ver las cosas desde el lado de la muerte no es verlas desde fuera, sino desde el centro mismo de la catástrofe que anida en todo y lo inspira todo, como una combustión invisible. De eso te das cuenta cuando a veces sorprendes al mundo *in fraganti* en un instante completamente falto de toda humanidad, en un instante en el que ves claro como nunca el dibujo de un montón de siglos durante los cuales el mundo ha ido convirtiéndose en un enigma prodigiosamente rentable a la hora de cantar y contar y escribir (ay) historias. Pero ver y desvelar el enigma no es propiamente lo rentable (Vereker jugaba con fuego). Lo rentable es saberlo utilizar, saber cabalgar sobre este enigma como quien monta el caballo más veloz de todos.

Aunque todo esto en el fondo seguramente no son más que majaderías. Y ya sé, volviendo a lo que decía de los puntos de vista que no ven nada, que decir James y decir la elipsis es decir un tópico. Decir James y decir la imprecisión y decir el juego de espejos y decir los enigmas insolubles o *demasiado claros* (tan claros *que no se ven),* todo viene a ser lo mismo. Supongo que todavía hay gente que escribe tesis doctorales sobre eso. Hace falta que la gran maquinaria académica no se detenga, aunque la tarea se parezca mucho a la de orinar en el mar. La elipsis aquí (ya que me parece que hablábamos de la elipsis) no es la mecánica del enigma, que en el fondo no nos importa nada. Tampoco se trata del enigma mismo, que el narrador describe, en un pasaje memorable, como «el dibujo completo de una alfombra persa». Lo que nos interesa, el verdadero enigma, son las razones, las motivaciones que hacen que un enigma se convierta en enigma. Y no me refiero a las motivaciones bibliográficas, que, sin ser del todo insustanciales, sí resultan evidentemente parciales, demasiado parciales incluso. Lo que a mí me interesaba de

La figura de la alfombra era más bien la extorsión de la literatura misma, su licuefacción en una motivación vital, y que eso tomara la forma de una imagen, de una figura, de un *hilo*. Y aún más, que ni esta imagen ni esta figura ni este hilo pudieran verse, sino a lo sumo intuirse o comprenderse a medias. Sí: decir James y decir la elipsis es un tópico, lo sé. Y también sé que la mayoría de los que dicen que decir James y decir la elipsis es un tópico no saben, ni siquiera ellos, en qué consiste exactamente el tópico (o qué es James o qué es la elipsis). Decir el relato y decir la elipsis no es un tópico tan evidente. Es poner juntas dos instancias que se necesitan y que al mismo tiempo se cargan recíprocamente de tensión. Decir (por ejemplo) Edipo y decir Colonos es otro salto mental tópico, pero decir Edipo ciego guiando a sus hijas y al rey Teseo, que aunque son capaces de ver no pueden ver nada de lo que en aquel momento hace falta ver para ir a un lugar secreto e *imposible,* al lugar de la transubstanciación de la desgracia individual en sustancia colectiva, bien, pues eso puede ser una cosa intensa, una gran cosa vista en el teatro, pongamos por caso, pero no es ningún salto mental tópico, es una cosa que cada vez que la vemos o la oímos o la leemos, aunque sea cinco o diez veces al día, *nos deja de piedra.* Se trata más bien de un salto mental imposible que exige todo el arte para poderse llevar a cabo. Por eso cuando ahora digo aquí James y digo la elipsis quisiera que se me viera dando pasos, prudentes todavía pero claros, hacia el centro del problema, o como dice la canción: hacia el centro del milagro. Es comprensible pues que al obsesionarme por el asunto de las líneas existenciales, o casi en el instante mismo de pensar en esta cuestión, James y su *Figura de la alfombra* me vinieran a la cabeza como quien dice con la máxima espontaneidad.

Una lectura relativamente más reciente (es decir, una lectura no de los catorce sino de los veinticuatro años), pero no por ello menos comprometedora, de *La historia inmortal* de Karen Blixen alias Isaak Dinesen, y a la cual ya me he referido, se convirtió para mí en una especie de latido interior, en una especie de sexto sentido que me impulsaba a adentrarme más y más en esta dedicación, en esta obsesión por las líneas y los dibujos que hacen las vidas. Soy incapaz de decir el tiempo que transcurrió entre el instante en que hube leído las últimas líneas de *La historia inmortal* y la formación semiinconsciente o preconsciente de la preocupación del asunto de las líneas y los dibujos que hacen las vidas. Yo creo que fue algo instantáneo. Acabé el cuento y, zas, tuve una especie de asalto a la razón en forma de complicada madeja de ideas de líneas y líneas de ideas. Luego vino la cristalización de una tercera fase, y con ella la decisión de dedicarme con todo el radicalismo a mi alcance a explorar qué cosas son estos dibujos, cuáles son estas formaciones que el destino despliega ante los ojos que buscan algún sentido: alguna *forma del sentido,* lo cual puede que nunca llegue a ser nada que se confunda con el sentido mismo. Yo creo que entre la lectura del cuento de Karen Blixen y la visión del algarrobo aquel día sentado en el Doria, o bien bajando por la suave pendiente semifluvial y atilada de Rambla Cataluña o tomando un café de media tarde o bien habiéndomelo tomado ya, o tomando unos cuantos whiskies o bien habiéndolos tomado ya, debe de haber transcurrido un tiempo incalculablemente incierto y a la vez en un sentido u otro un tiempo infinito, un tiempo en el que uno puede tomar una cierta conciencia de las cosas. Como dice Pessoa no recuerdo dónde, cuando abres los ojos al mundo, el mundo deja de repente de tener sentido. Ser visible y tener sentido a la vez parece una tarea excesiva e incluso incompatible. Pero entre la conclusión de la lectura del cuento de Blitzen (perdón, de Blixen) y la chispa que comienza a iluminarme en aquel espacio oscuro y atrayente de los dibujos de la vida, hay exactamente esto: lo que tarda una chispa en

encenderse y el deslumbramiento en la oscuridad más absoluta. Después viene, es verdad, un proceso más incierto, más
difuso en el tiempo y en el espacio. Blixen fue la chispa, el
Blitz. Es imposible olvidar, cuando uno lo ha leído, lo que
Elishama, el criado del solitario y bilioso Mister Clay, le dice
a Virginie (la Virgen que ha de inmortalizar la impotencia
de un viejo acabado y podrido de dinero). Le dice: «Ningún
hombre en el mundo, ni siquiera el más rico, puede coger
una historia que la gente ha inventado y explicado a lo largo de generaciones, y hacer que esta historia suceda». O un
poco antes, cuando Elishama busca y rebusca argumentos
a fin de convencer a Virginie para que haga de heroína en la
farsa que Mister Clay quiere organizar en torno a su impotencia, su esterilidad y su muerte (vaya variación más alucinante de la vieja historia del rey del bosque), y entonces el
pequeño judío errante (Elishama) le dice a la pobre niña de
casa bien arruinada y forzada a hacer de querida de amigos
tan generosos como poco fiables *(cual moneda falsa que nada
vale, que va de mano en mano y nadie se la queda)*, le dice que
se fije en el dibujo de un chal que le ha traído, y le comenta
el agrado que Virginie en algún momento había expresado por
los dibujos, por las figuras tejidas en ese chal, y él, Elishama,
dice aquello (quién puede olvidarlo, cuando lo ha leído aunque sea una sola vez, una única vez en su vida), que «a veces
las líneas de un diseño van en dirección contraria a la que se
espera, como en un espejo». Y Virginie repite lentamente,
como hipnotizada o en sueños: «Como en un espejo». Y después Elishama le dice también aquello (realmente, quién podría osar olvidarlo una vez se ha leído y entendido) de que
«en este diseño el camino va en la otra dirección... Usted,
señorita Virginie, hará carrera, tanta como la emperatriz de
Francia, lo único que en la otra dirección». No importa lo
que diga aquí Virginie, que responde a las sugerencias de
Elishama con una palabra que el mismo Elishama no comprende. Lo importante es esta idea de la otra dirección. Cual-

quiera que lea este cuento de Karen Blixen sabe cuál es esta otra dirección: la devolución de una vieja deuda mezclada con el descubrimiento inesperado del amor en la habitación contigua de un moribundo. *La otra dirección, a veces hay que saber ir en la otra dirección.* Se puede decir que todo el mundo va en esta o en aquella dirección, pero eso no quiere decir que esta o aquella dirección sean la buena dirección. Alguien tiene que poder decir, hasta la última gota de cicuta, cuál es la dirección verdadera, aunque sea la de nadie, y no para imponerla sino simplemente para decirla. No se trata ni siquiera de direcciones superiores e inferiores, hacia el norte o hacia el sur, hacia la derecha o hacia la izquierda. Aquí Virginie simplemente comprende que su dirección es *la otra dirección,* como tantos otros y tantas otras lo pueden pensar en un momento dado de sus vidas.

Así pues, Blixen fue la chispa, esta obsesión por la figura del chal, por las líneas de la vida, por la otra dirección. James era la tela del fondo, la pantalla, el tejido mismo. La imagen era un algarrobo en un atardecer de verano con el padre Amadeo y Carmen Martínez pasándole el brazo por el hombro, abrigándole de aquel frío inopinado e improbable en Santo, en el sur de los sudes, y diciéndole: «Entremos, vayamos a tomarnos un whisky». Gracias a Karen Blixen, al rememorar la escena del algarrobo estaba rememorando alguna cosa con un cierto sentido, con una gramática susceptible de un determinado desarrollo. Me siento muy afortunado de poder hablar de una chispa así, pero de qué sirve decirlo. Diciendo esto no estoy dando ninguna bibliografía. Si digo James, si digo Blixen, en el fondo no estoy diciendo nada más que nombres que me sirven a mí y basta. Porque lo que quiero decir cuando digo James o cuando digo Blixen o cuando digo Chéjov (otro nombre que hubiera podido decir aquí, de hecho casi me estoy reprimiendo para no decirlo) es una cosa mucho más sencilla en un cierto sentido, y mucho más compleja en otro sentido. En un sentido son cosas sencillas e interesantes como textos para leer, pero en otro sentido son complejas y en el fondo terribles como una idea en la que perderse. Aunque no todos compartimos la misma idea de profundidad, lo importante es estar atentos a alguna idea de profundidad, sea cual sea. La Virginie de *La Historia inmortal* captó esta idea de profundidad en el dibujo del chal. Yo la vi en el algarrobo que se formaba en el poso de mi taza de café. O en el blanco vertiginoso de los vestidos de novia. Ahí también. Una profundidad que me sobrevino como un eco surgido de mi interior, el eco de las voces que he perdido de vista, irremisiblemente, el eco de mi propia soledad (ay, ay, ay; pero no, no voy a ponerme dramático). De modo que cuando se me apareció la imagen de aquel algarrobo decidí emprender el camino definitivo de la abstracción, decidí profundizar en toda la abstracción que era posible extraer de unas frases, de un flujo de lenguaje a propósito de un paseo y de un descenso para salvarme, yo junto con las voces y los restos de lenguaje que todavía era capaz de reunir, por lo menos mentalmente, en aquella calle saturada de indiferencia. Tomé la palabra «algarrobo» y la puse como un espejo ante lo que aquella calle, aquella Rambla Cataluña de toda la vida y al mismo tiempo repentinamente nueva, me ofrecía, ante toda su rutinaria animación de final de verano. Tomé no la masa arbórea informe y sombría de un algarrobo en concreto, sino la masa mental e ideal de la palabra «algarrobo». Yo mismo sería incapaz de distinguir un algarrobo de un almez o de un fresno o incluso de un majuelo o de una acacia. No exagero, de verdad que no exagero. La visión del algarrobo, cuya espontaneidad creo que ya he dicho que me incomodaba, sólo tenía sentido en la medida en que me había ofrecido una palabra para utilizarla de espejo ante aquella cascada de impresiones, y así ponerlas en cierto modo en evidencia, y en cierto modo también salvarlas, salvarme a mí en ellas. Realmente, no logro acostumbrarme a la palabra «algarrobo», será que también me pone en evidencia a mí, que me retrata con demasiada precisión con este paisaje de fondo, con esta Rambla Cataluña que todavía huele a cremas solares. Y no digamos ya si digo el nombre de este árbol en catalán. Entonces no es que me incomode como cuando digo «algarrobo» (y eso ya me incomoda bastante), sino que literalmente me alarmo ante el horror que me produce la palabra que ahora no diré, no diré *garrofer* (óigase *garrufé),* que es como decir agarroté o alguna cosa peor. No lo he dicho, no lo he dicho. Y si lo digo o lo escribo es sólo para demostrármelo a mí mismo: que puedo decirlo o escribirlo sin que se me hunda el mundo, aunque en realidad interiormente me sienta atravesado por una ola de espanto, de turbación y alarma. No sé por qué, pero la palabra *garrofer* me desarma, como cuando (pongamos por caso) decido que me apetece leer *La ginestra* de Leopardi y descubro que en castellano le han puesto *La retama.* Estas cosas desmoralizan a cualquiera, más allá del hecho de que uno ame o no una lengua. Son palabras que te echan a perder el día, e igual que en catalán me echa a perder el día la palabra *garrofer,* en castellano me lo echa a perder la palabra «retama». Decid en mi presencia algo sobre un «garrofer» o sobre una «retama» y veréis cómo me pongo a boquear como un pez fuera del agua. Del algarrobo, de *aquel* algarrobo, no pienso volver a hablar. Y mientras iba andando, mientras descendía por Rambla Cataluña, que es una antigua vía de riadas (a veces me gusta recordarlo, me gusta pensar que en lugar de estas casas y de estos tilos antes debía haber carrizos, espadañas, sauzgatillos, tamariscos, sauces y alisos), intenté volver atrás, intenté deshacer el hilo del ovillo de la memoria. Y en el río de la gente me convertí en un árbol que echa raíces y me detuve. Es delicioso detenerse en seco en medio de la gente que avanza, sentir cómo te golpean con sus hombros y te reprenden, y cómo te hacen dar vueltas como una peonza. E intenté seguir viendo aquello que se me deshacía en la pura invisibilidad, en el puro silencio, en la ingravidez. Y de pronto, como si fuera una especie de ronquido lejano que se va definiendo en la brisa como el eco tergiversado de una campana grave e inmisericorde, me asaltó esta frase: «Todo en la vida se reduce a esto».

3

El *esto* era el abismo. Y mis ideas sobre las líneas de la vida eran las cuerdas con las que tenía que cruzar aquel abismo, con las que tenía que construir mi puente particular de San Luis Rey. Por otra parte, que mi preocupación por las líneas de la vida pudiera pasar por la versión más feroz de la pintura en Occidente, y por así decirlo estrellarse en ella, era un hecho que veía tan claro como la luz del día. Cuando pensé que me hacía falta dibujar las líneas de la vida como ejercicio previo a cualquier comprensión y a toda escritura, en la que aquella tarde de septiembre ni siquiera pensaba, sentí que bajo mis pies se abría el abismo. Y que después, con esta escritura o con cualquier otra en la que no pensaba pero en medio de la cual ahora me encuentro, me adentraría en la transparente y sin embargo lúgubre historia de la literatura de Occidente, este mar en el que o bien te mueres de sed o bien te ahogas, y del que fácilmente puedes salir tocado del ala, como el pobrecito Pip. *Esto* era una cosa que yo ya presentía con la misma intensidad con que ahora, mientras escribo, la siento, ahora mismo, de modo que desde aquella tarde de septiembre hasta hoy, y no diré el tiempo, no diré las semanas, los meses, o incluso los años transcurridos, he vivido con la tensión de saber que un día me pondría a escribir, y que el hecho de escribir no me pondría las cosas más fáciles que el hecho de no escribir. A causa de esta especie de oscuros presentimientos (eso es algo que veo ahora) me aparté de aquellos vestidos de novia no con

101

algo parecido a un dolor, a una *especie de* dolor, sino con una sed feroz. Sería el whisky con coca-cola que me había tomado un poco más arriba. En relación con la bebida, realmente, la copa anterior se puede decir que te la has tomado un poco más arriba, porque en la copa siguiente siempre estás un poco más abajo, con independencia de si subes o bajas por alguna calle. No me quiero poner moralista, pero es así. No me quiero poner en plan Ejército de Salvación, pero es así. Lo que yo descubriría aquella tarde, sin embargo, es que a veces bajar hacia abajo significa tocar fondo, saber la profundidad, encontrar la perla, verle los ojos al gran calamar de los abismos, y luego volver a subir. Siempre he admirado a los artistas de la apnea. Pues bien, yo, a mi manera, vivía y vivo una vida como de artista del aire, quiero decir de artista de aguantar la respiración. Si alguien me preguntara en qué consiste mi fuerte, yo diría que soy imbatible en el arte de aguantar la respiración, y hablo en un sentido figurado, claro está.

Sea como fuere, y en cualquier caso, me aparté de aquellos vestidos de seda, de satín, de aquellas gasas, de toda aquella blancura en definitiva, completamente muerto de sed. «Esta maldita sed», como decía no sé quién. Pues eso, «esta maldita sed», decía yo también. ¿Y dónde estaba? Quiero decir: ¿a qué altura de Rambla Cataluña me encontraba? Muy buena pregunta, sí señor. Después del blanco de los vestidos de novia, yo también me había quedado en blanco, literalmente desorientado. Supongo que estaría un poco por debajo de Mallorca (quiero decir de la calle Mallorca). Nada, que no habría avanzado ni cinco metros hacia abajo, en dirección al mar. Una latitud excelente para meterse en el Capitán Cook si lo que te estrangula es esta maldita sed, pensé. En el Capitán Cook podría tomar una copa y fumar un cigarrillo sin que me molestase nadie, me dije. A partir de cierta altura de Rambla Cataluña, sentarse en una terraza es la cosa más temeraria de este mundo, porque incluso un fantasma misántropo como yo corre el peligro de encontrarse a algún que otro conocido, y nunca se sabe el tipo de gentuza que te puedes encontrar haciendo gárgaras y sacando pecho y vociferando con un megáfono en la boca su última proeza o bien económica o bien sexual (en función de la edad y de la clase) en estas terrazas una tarde de septiembre. La idea del Capitán Cook, la posibilidad misma del Capitán Cook, la conveniencia y el sentido mismo del Capitán Cook, que estaba allí al alcance de mis brazos, de mis pies sedientos, me puso tan contento como un capitán Haddock lanzándose de cabeza a la idea de un vaso de whisky. Y estaba, en efecto, repentinamente contento cuando *también de repente,* horror de los horrores, rayos y relámpagos y truenos, sentí que sobre mí se proyectaba la alargada sombra del mayor de los filibusteros, del ectoplasma y asustaniños más sistemático que he conocido jamás: Alberto Nolson en persona. Sí, él y nadie más que él, el *mismísimo,* el inconfundible e inigualable. Digamos que no es que el tal Nolson no me cayera bien, sino que simplemente me horrorizaba. Ni siquiera se podría decir que fuera un enemigo, o que yo hubiera tenido alguna vez un contencioso con él. Sólo sentía una instintiva repugnancia hacia su persona, igual que hay gente que no soporta las serpientes o las babosas. Eso me sucedía a mí con Nolson y en general me sucedía y me sucede con la clase de gente como él, con lo que esos tipejos representan. En una fracción de segundo calculé mi posición y la de aquella especie de Fafner arrastrándose hacia mí. Hice cálculos, sí. Él andaba husmeando el aire de la tarde y yo ya estaba sumido en cálculos velocísimos. Llevábamos rumbo de colisión, de eso no cabía ninguna duda, y Nolson era un conocido demasiado cercano y antiguo para ahorrarme el saludo. Era una especie de amigo de amigos de amigos de amigos de amigos de parientes lejanos, pero para mi desgracia lo había visto demasiadas veces para hacerme el loco. Me parece que era psicoanalista o peletero, no sabría decirlo exactamente. Su padre era noruego, eso sí que lo sabía seguro. O noruego o danés, vaya. De ahí le venía esa especie de apellido que parece más una marca de aceites de motor que el apellido de una persona. Todo en Nolson apestaba a gasolina quemada. Esto no quiere decir, sin embargo, que la gente se tuviera que dejar intimidar por su petulancia. Yo, por lo menos, no tenía ninguna intención de dejarme intimidar. Alguien, dentro de los amplios círculos en los que yo ya no me movía pero de los que había heredado cosas tan desagradables como el tener que saludar a ciertas sanguijuelas del estilo de Nolson, alguien, como decía, había jugado con su apellido con una crueldad más que previsible en catalán. Nolson era demasiado cercano a *malson* (y la gente muy catalana decía su apellido no como si hablasen en noruego, tipo Nólson, sino como si no hubiesen sacado nunca los pies de Vic o de Olot o de Gerona, y decían Nolsòn, lo cual realmente suena a *malson)*, de modo que alguien (¿fue Clotas?) decidió llamarle Alberto Pesadilla o simplemente el Pesadillas *tout court*. No era un juego de palabras muy original, pero el sobrenombre era de una precisión notable y acertaba de lleno en el personaje. Nolson era una auténtica pesadilla con patas, especialmente si te pillaba en un mal momento o camino de hacer algo con cierta urgencia, como era mi caso. Y en aquel momento, al pillarme con un pie en el estribo y a punto de entrar en el Capitán Cook y de perderme en los meandros gustativos de un buen malta, Nolson no era ya para mí una especie de *pesadilla,* era directamente una puerta entreabierta que daba a los abismos de un delirio sin fondo. Y yo la verdad es que tenía mis razones para tener prisa por entrar en el Capitán Cook, no sólo porque es uno de los sitios que más me gusta visitar en esta calle, sino por eso mismo, porque tenía *mis prisas,* y eso lo digo dejando *a un lado* la sed imperiosa de un buen malta con sabor a turba. Pero aquella pesadilla con forma vagamente humana me había visto, venía directa hacia mí. A juzgar por una especie de rictus que deformaba su boca y que posiblemente aspiraba a parecerse a una sonrisa, se conocía que el hombre no estaba más entusiasmado que yo con el encuentro. Pero el Pesadillas era un tipo aficionado a respetar las leyes elementales de la cortesía, y ya se disponía a detenerse y a preguntarme cómo me iban las cosas.

El Pesadillas era un tipo alto (por desgracia mucho más alto y fuerte que yo), corpulento, con unas facciones en fuga y unos cabellos incomprensiblemente largos. A su manera, y a la manera del estilo que tiene éxito en esta ciudad catatónica, se podría decir que incluso pasaba por ser alguien elegante, y seguramente en los mejores momentos de su vida había destilado cierta *nonchalance*. Pero ojo, entendámonos: ahora se trataba de una elegancia más bien sucia. Si te tapabas la nariz podría decirse que incluso era una elegancia en presencia de la cual no corrías el riesgo de marearte. Y ahora me pregunto si en lugar de psicoanalista o de peletero quizás en realidad era sólo algo así como un editor de facsímiles o un gestor de alguna empresa cultural o un simple publicista o un mero ocupador de grandes despachos con vistas al mar. Pero qué me importa a mí su trabajo. Esta ciudad está llena de tipos y tipas de quienes lo último que sabrás es a qué se dedican exactamente. El Pesadillas era, en este punto como en tantos otros, un tipo turbio hasta los tuétanos. La condición de turbio era la condición determinante y característica de su ser, y no digo de su *personalidad* para no hablar con impropiedad de un tipo demasiado pendiente de sus propiedades. Si por desgracia te tocaba pasarte una cena entera sentado a su lado (yo había tenido que pasar la prueba, ay de mí), lo más fácil era que tardases una semana entera en quitarte de encima esa sensación de malestar y de pringosidad que se te ponía en la piel y te entraba hasta el alma. Realmente el Pesadillas era un tipo que contagiaba un horrible malestar interior, una inmensa desgracia indefinida e inexplicable. Yo había llegado a ver con mis propios ojos cómo los platos se agrietaban en su presencia, cómo los vasos se empañaban, cómo la comida se pasaba y cómo el vino se avinagraba. Y ahora me veía encarado a aquel personaje, a su más que previsible pregunta sobre cómo me van las cosas, obligándome a posponer unos segundos, quién sabe si unos minutos valiosísimos, mi entrada en el Capitán Cook y mis urgencias relacionadas con el deseo de entrar ya de una puñetera vez en el Capitán Cook. Brrr. Me puse a temblar de impaciencia y alergia. Y cuando lo tenía a diez metros o a cinco, y el choque era inminente y ya nos intercambiábamos sendas sonrisas hipócritas, viéndolo andar tan estirado y tan inestable en el fondo, pensé: qué grandísimo cabrón. Y entonces él alargó el brazo, en cuyo extremo tenía puesta la mano, y yo alargué también el brazo y en el extremo del brazo abrí la mano, y mientras las hacíamos chocar en plan a ver quién la deja más muerta, vi que en el otro brazo, cogido como si llevara una bola del mundo, llevaba un paquete que tenía toda la pinta de ser un paquete de café turco. Bien, fuera lo que fuese aquel café o aquel paquete, lo cierto es que además de estrechar aquella mano de mantequilla, de ensuciarme con aquella turbia desgracia humana, ahora resultaba que encima tenía que hablar con él.

–¿Cómo estás? ¿Cómo van las cosas? –dejó caer de sus labios como a quien se le cae algún trozo de lo que está masticando, y se apresuró a deshacerse de mi mano con el fin de colocarme la suya en el hombro, no sé si para confirmar que yo era real o bien para tranquilizarme, consciente de que con su presencia asusta a los niños y a la gente decente, o bien simplemente para recordarme su superioridad de rango social. Oh, Pesadillas y sus horribles aires de superioridad. Me tragué la rabia y decidí seguirle el juego.

–Excelentísimamente bien –le mentí. A las urracas hay que darles siempre bisutería–. Veo que vienes de comprar café turco.

Mi clarividencia lo dejó fuera de juego.

–¿Cómo sabes que es café turco? –Y el muy tontainas se puso a mirar por los cuatro costados la bolsa de papel que llevaba, sin ninguna letra ni ninguna marca. Era evidente que no entendía cómo yo, que para él debía ser un espécimen de lo más puro de la raza idiota, había podido adivinar su contenido.

–Bueno, es que ponías la típica cara que se pone cuando se viene de comprar café turco.

–Hombre, no me jodas. Dime cómo lo has sabido. –Volvió a mirar el paquete.

Mis urgencias me acuciaban.

–Mira, Alberto, ahora mismo me iba a tomar algo en el Capitán Cook. Si quieres, acompáñame, te invito a una copa, pero no soporto esto de estar parados aquí en medio de la calle hablando de nimiedades.

Estaba convencido de que no aceptaría. Era completamente inverosímil imaginarse a Albertito Pesadilla dignándose a entrar en el Capitán Cook con alguien tan fuera de circulación como yo. ¡Y a tomar una copa, encima *a aquellas horas!* Seguro que me sonreiría y me soltaría cualquier excusa desganada. Pero a veces la vida te da sorpresas y para mi desgracia aquel gigante viscoso, turbio y grasiento, fue y aceptó. El muy cabrón seguro que se moría de ganas de saber cómo narices había clichado yo lo del café turco.

–Venga, tomemos una copa rápida –dijo. Y yo pensé: socorro.

Incluso me dije mentalmente varias veces socorro y en qué acabará esto y entramos. El bar estaba extrañamente vacío y la chica de la barra casi no nos dio tiempo ni a decir hola. En lugar de saludarnos nos pidió qué deseábamos. Encargué dos cardhú y me disculpé un momento, no sin la esperanza de que cuando volviera del excusado aquella especie de prototipo de la corrupción humana se habría esfumado como un mal espejismo.

Cuando volví aquella corneja seguía en la barra del Capitán Cook, fumándose un cigarrillo y mojándose los labios con su cardhú. Estaba haciendo una especie de demostración de gran estilo ante la camarera, que ponía cara de encontrarlo todo muy divertido e interesante. Yo también encendí un cigarrillo.

–¿Cómo has adivinado que aquí dentro llevo café turco?

Nunca había visto una cosa más obsesiva que el Pesadillas.

–Bueno, la verdad es que no lo he adivinado. Lo he intuido. Un tipo como tú es imposible que beba café normal. Un hombre con tu estilo, un hombre como tú, Alberto, me he dicho que seguro que toma el café a la turca.

Me traspasó con su mirada helada. Me temo que la mía debía de traslucir demasiado resentimiento. Pero se recuperó rápidamente del golpe. Sonrió. Volvió a ponerme su mano en el hombro. Brrr. Qué manía. Cómo me hubiera gustado cogerle aquel brazo de títere y retorcérselo hasta hacer que se arrodillara ante mí y me pidiera perdón por el mero hecho de habérseme cruzado aquella tarde y de haber interrumpido *mi* paseo. Pero me limité a beber un trago de cardhú.

–¿Y a qué te dedicas, ahora? –me preguntó. Yo bebí otro trago. ¿Se me notaba el temblor de la mano?

–Bueno, llevo una vida básicamente contemplativa. Pienso. Paseo. Leo periódicos.

–Ah, qué interesante.

–Me permite desarrollar el arte de leer entre líneas –me sentí en la obligación de añadir.

–Y los deportes, ¿también los lees entre líneas?

Pasé de responderle.

–¿Te apetece otra copa? –le dije. Me había bebido mi cardhú a una velocidad récord.

–Hombre, deja primero que me acabe ésta, ¿no te parece? –Me miró y sonrió. Yo bajé la mirada. Sabía perfectamente lo que me iba a decir.

–¿Estás bebiendo mucho últimamente? –dijo, en efecto. A aquel cerdo se lo veía venir de lejos. Qué inmenso, qué grandísimo cabrón. Ojalá le hubiera dado un buen ataque al corazón y se hubiera quedado seco allí mismo. Pero no. Había venido a este mundo para hurgar en la vida de los demás, no para irse con un mínimo sentido del decoro y de la discreción. Había venido a joder. No sabía hacer otra cosa.

–Lo normal –musité–. ¿Y tú qué tal? ¿Has viajado mucho este verano?

–Bueno, he estado en Australia. ¿Has estado alguna vez allí?

–¿Yo? ¿En Australia? Pues no, la verdad –le mentí, porque resulta que *sí* había estado en Australia, pero no ejerzo de viajero–. Ya sabes que viajar no es lo mío.

Tuve clarísimo que no debía expresar ni la más remota curiosidad por su viaje australiano, me traía sin cuidado saber si se había jugado la piel con los cocodrilos o simplemente había ido a fotografiarse con cuatro aborígenes aplastados por el tren del progreso o si había ido a nadar entre tiburones o si había ido a hacer de pez payaso en la gran barrera coralina. Todo eso me traía completamente sin cuidado. Y de todos modos no pensaba permitirle que pudiera hacerse el interesante ante la chica de la barra, que ahora iba y venía de un lado para otro, pero que parecía estar en todo (quiero decir: al loro). De hecho, lo más seguro es que pasara olímpicamente de nosotros. Las chicas que trabajan en los bares suelen estar curadas de espanto. Le pedí que me sirviera otro cardhú. Me sentía fatal. Tenía unas repentinas ganas de llorar instaladas en la garganta que me impedían decir nada, era como si una mano me estrangulase desde dentro, como si el alma, exista o no, quisiera salírseme de la boca, no sólo el corazón, también el alma. Encendí un cigarrillo. En mala hora le había dicho a aquel Pesadillas de mierda que entrara conmigo en el Capitán Cook. En mala hora se me había cruzado para aguarme la tarde, una tarde tan prometedora, tan especial, tan repleta de ideas. El humo del cigarrillo me irritó la garganta y me puse a toser. Quiero decir que me vino un ataque de tos en toda regla. Realmente, me estaba pasando todo lo peor que me podía suceder, me estaba poniendo lamentable y lastimoso ante aquel sujeto repulsivo. Si ahora *yo* le podía dar lástima a *él*, es que ya me encontraba en el descenso final, en el descenso decisivo de mi vida. Y aquel encuentro era providencial, era un aviso, un toque de atención. Procuré contenerme y tosí por dentro un par de veces más, rezando para que no me viniera hipo.

–Vamos, te acompañaré a un segundo whisky y me iré –oí que me decía. Su voz parecía más compungida que condescendiente–. Póngame otro a mí también –le dijo a la chica.

Puesto que no soy del todo idiota, era evidente que la repentina dulzura de su comportamiento, aquella especie de falsa empatía hacia un pobre chico con problemas, no era nada parecido a una deferencia hacia mí, sino una forma infame y vil de ligar con la chica, de decirle «mira qué corazón tan grande tengo que en lugar de aplastar a este renacuajo cuido de él». Y con los ojos no paraba de decirle: «Y además mi corazón está disponible, mi corazón no solamente es muy grande, sino que puede latir especialmente para ti durante un rato, si quieres». Qué grandísimo... Seguro que mentalmente y a través de sus ojos de miope repulsivo le estaba transmitiendo guarradas de este calibre. Realmente, aquel Pesadillas con forma de gerente o de peletero o de gestor de culturita de mierda o de mercachifle catatónico nunca me había dado tanto asco. ¿Acaso no estaba casado y con hijos, el muy cerdo? ¿Acaso no se daba cuenta de que ya no tenía edad para babear ante las chicas que trabajan en la barra del primer bar donde entrase? Por suerte, aquella especie de ataque de indignación me permitió recuperar una cierta fuerza mental, una mínima confianza en mí mismo. Y tuve muy claro que no podía permitir que me dejara así, mudo ante mi copa, tosiendo y ahogándome con el humo y con las ganas de llorar.

–Pues sí, aunque te lo tomes a broma, la lectura de los periódicos es un gran incentivo para leer entre líneas –le dije.

–No, hombre si yo...

–Da lo mismo, Alberto. –Era fundamental no dejarle meter baza; el arte de este país consiste en no dejar hablar nunca al otro, y yo, para qué negarlo, me había formado en la misma escuela de desgraciados que el Pesadillas–. Al contrario de lo que piensas, lo que se lee entre líneas no es la verdadera verdad, como si dijéramos, sino la verdad más increíble de todas. Es como si fuera el «esto» de la vida, la parte enigmática que aflora entre las líneas, porque debajo de cada historia siempre hay unos hechos, y los hechos son maravillosos, ¿no te parece?

–Bueno, yo...

–Son lo más maravilloso que hay, no lo dudes. *Eso* que respira y que palpita entre las líneas, por debajo de las palabras, es como la verdad puesta del revés. Los periódicos ya hace tiempo que han renunciado a presentarse como algo parecido a una verdad oficial o una verdad absoluta, ellos mismos juegan como empresa al juego del punto de vista, de la parcialidad. Por eso me fascina lo que se les escapa, lo que no controlan. Y eso es la verdad que para mí cuenta.

Hice un gesto rápido hacia la chica para que me sirviera otro cardhú. El Pesadillas no se esperaba aquella especie de *blitzkrieg* verbal y etílico, aquel torrente verborreico, y me pareció ver con el rabillo del ojo que él también se apuntaba a otro whisky. Pero como dice el clásico: mira tu vaso, no mires el vaso de tu vecino.

–Leer entre líneas quiere decir leer en los periódicos en busca de la cosa, del *eso* de lo que explican, porque al fin y al cabo, debajo de cualquier crónica o de cualquier reportaje siempre hay un hecho, tan escondido, disimulado o puesto del revés como quieras, pero el hecho es que está ahí. Y ese hecho tiene mucho que ver con los milagros, con la posibilidad de los milagros.

–¿Con los milagros? –dijo, sin disimular una viva sorpresa.

La chica nos sirvió más whisky.

–Realmente –dijo el guarro del Pesadillas–, no hay duda de que leyendo en los periódicos con una disposición como la tuya se puede acabar como Don Quijote con las novelas de caballerías. Sólo te hace falta un Cervantes que escriba sobre tus delirios y que te aporreen un poco, claro. Gracias –le dijo a la chica–. Yo pagaré estos whiskies.

–De ningún modo. Pagaré yo.

A pesar de que la idea de una especie de Don Quijote que enloquece de tanto leer periódicos me sorprendió gratamente, no podía permitir que él llevara la iniciativa de la conversación. Era necesario que yo no parase de hablar al precio que fuera, que lo aplastara bajo una montaña de palabras e ideas que lo dejasen sin argumentos. Además, lo del Quijote lo había dicho con la intención de herirme.

–No está nada mal, esto del Quijote, realmente no está nada mal –dije, intentando ser un poco amable con él y mostrarle que yo también podía ir sobrado–. Por otra parte, la España actual no es menos cruel, feroz y delirante que la de Cervantes. Pero como te estaba diciendo, la cosa auténtica, aquello que late bajo toda la chatarra de mentiras y verdades a medias que llena los periódicos tiene que ver, de verdad que tiene mucho que ver, con los milagros. Mira –le dije. Y me saqué un recorte de prensa del bolsillo. Voy siempre con los bolsillos llenos de recortes de prensa, a veces completamente arrugados como un pañuelo de papel. Se lo puse bajo las narices–. Mira, mira esto.

–¿Esto? Pero ¿esto qué es? –Se había puesto extraordinariamente en guardia. El gesto del recorte de prensa no se lo esperaba en absoluto.

–Lee. Lee.

–Pero ¿qué quieres que lea? ¡Pero si es una fotografía, hombre! Ahora, si quieres me la miro con mucha atención. ¿Crees que tendría que ver algo especial si la miro fijamente?

Le aparté el recorte de las narices y le eché un vistazo. Era, en efecto, una fotografía. Ni siquiera había recortado el pie de foto, de modo que era una fotografía sin palabras. Pero era fácil reconocer en ella el rostro de un director general presidente consejero delegado de una compañía de esas que parece que se vayan a comer el mundo. Me había quedado muy impresionado al verla aquella mañana en las páginas de economía de no recuerdo ya qué periódico. La cara del tipo no inspiraba nada bueno. Más que una cara, era todo un compendio de rasgos psicóticos, y que nadie me haga decir en qué consisten estos rasgos. Con sólo mirar aquella cara ya te dabas cuenta al instante del tipo de cara que puede ponérsele a un psicótico cuando está a punto de brotarse. Con un tipo con una cara así no te meterías en un callejón oscuro ni en un ascensor a solas con él. Pero al parecer había alguien que había pensado que era el hombre idóneo para administrar un gigante, como suele decirse hoy en día, de las comunicaciones, y que miles de accionistas al ver aquel rostro muy posiblemente pensarían que «con una cara así no podemos perder». Era una cara que parecía estar perdida en la contemplación de alguna especie de desconsuelo interior perpetuo, desdibujada, profundamente desorientada, pero a la vez, y eso era lo que convertía la fotografía en un documento revelador, completamente falta de escrúpulos. Un enfermo mental puede sufrir por su enfermedad, pero aquel personaje daba la impresión de haberle encontrado un provecho salvaje a su psicosis, y los chorizos que lo habían colocado en aquel puesto sabían perfectamente en qué consistía aquella mezcla siniestra de debilidad infinita y de falta de escrúpulos infinita orientada hacia beneficios cuanto más infinitos mejor. Qué asco, la voracidad. Qué infierno, la codicia. No hay nada que me haga vomitar más que la voracidad y la codicia. Y ahora, mirando aquella foto otra vez, de pronto caí en la cuenta de cuánto se parecía aquel personaje al Pesadillas. Quizá por eso, porque él se había reconocido de inmediato en aquel rostro, se había puesto tan en guardia. Él también había visto lo que yo veía, lo que cualquiera con ojos en la cara tenía que ver por fuerza, el espanto que nos domina ante un rostro cuya humanidad nos remite al origen salvaje y animal de nuestros deseos. Volví a guardarme la fotografía. Quiero decir que la doblé en muchos pliegues y me la metí en el bolsillo derecho, y comencé a sacar del bolsillo izquierdo más y más recortes de periódico.

–Es alucinante –dijo el muy cerdo del Pesadillas– la cantidad de mierda que llevas en los bolsillos.

–No es mierda. Son los periódicos que he leído esta mañana. Siempre recorto lo que me interesa. Y si no tengo tijeras a mano, lo arranco.

–Pero hombre, tendrías que comprarte una carpeta y así no se te arrugarían tanto. ¿A quién se le ocurre ir con los bolsillos llenos de papeles de periódico? –Y le guiñó el ojo a la chica de la barra, el muy hijo de puta. Pero ella pasó olímpicamente de él.

Yo estaba atareadísimo buscando lo que le quería mostrar, y la verdad es que comenzaba a dar un espectáculo lamentable. No paraba de sacar recortes y más recortes de mi bolsillo izquierdo completamente arrugados, convertidos en lamentables pelotas que se me deshacían entre los dedos al intentar abrirlas. Siempre me sucede lo mismo. Leo algo, se me ocurre una cosa, recorto lo que acabo de leer, y después me olvido de todo. Recorto y no sé nunca el porqué de los recortes. Muy especialmente cuando busco algo en concreto, entonces ya puedo estar seguro de que no lo encontraré.

–Todo es grisalla, pura grisalla, los periódicos están llenos de grisalla mental –dije–. La verdad es que no lo entiendo, no encuentro el recorte que quería mostrarte. A veces lees algo que hace que el mundo se te ilumine de pronto, lo recortas, y el mundo vuelve a oscurecerse, toda la luz se va por el agujero del recorte, se pierde entre los recortes y te quedas a oscuras. Esta mañana he leído algo que me ha conmovido profundamente –volvía a tener aquellas horribles ganas de llorar–, y ahora no lo encuentro.

Alrededor de mis pies había un montón de recortes de periódico arrugados. Muchos de ellos ni siquiera recordaba haberlos leído.

–Era la historia de una niña que va en una silla de ruedas.

–Muy conmovedor, sí señor –dijo el Pesadillas. Por su tono de voz me di cuenta de que el tema le apasionaba.

–Era un conflicto de vecinos por culpa de un ascensor o un elevador para minusválidos. Y ahora no lo encuentro.

–Da lo mismo, hombre. Por mí no te molestes en buscarlo.

–Póngame otro cardhú, por favor –le dije a la chica. Debía de tener un aspecto horrible, estaba sudando, me sentía lloroso, y estaba llenando el suelo de recortes de prensa. A mí mismo me alucinaba que aquella mañana se me hubiesen llenado tanto los bolsillos con recortes de prensa, pero ahora me doy cuenta de que no eran únicamente los recortes de aquel día. A saber cuántos periódicos y cuántos días se me habían acumulado en los bolsillos.

–¿Y el milagro en qué consiste? ¿La chica vuelve a andar?

La voz del Pesadillas resonó en mi interior como si los dos estuviésemos en dos dimensiones distintas de la realidad.

–Los milagros no consisten en esto. No has entendido nada de nada –le respondí. Estaba haciendo verdaderos esfuerzos para no saltarle a la yugular. Dudaba entre saltarle a la yugular o deshacerme en lágrimas, pero también podía hacer las dos cosas a la vez, podía asesinarlo allí mismo, yo completamente bañado en lágrimas, y así el muy cerdo del Pesadillas se iría de este mundo con una imagen aleccionadora, con la cara de un hombre llorando. Pero en lugar de todo esto me agaché para intentar recoger aquel montón de papeles.

–Decididamente, no sé qué habrá sido de él. Pero el milagro...

–¿Quieres que te ayude?

–¡No! –me incorporé de golpe. Decidí pasar de aquel montón de papeles que tenía entre los pies. La chica acababa de servirme otro cardhú. Me bebí la mitad en dos tragos–. El milagro no consiste en lo que tú te piensas –comencé a decir, haciendo un esfuerzo casi violento para recuperar el dominio de mí mismo–. En absoluto. En absoluto. Mira, antes me preguntabas a qué me dedicaba últimamente. Pues tener tiempo para pensar te juro que no está nada, pero que nada mal, porque te pones a pensar en un montón de cosas en las que de otro modo nunca pensarías. Piensas en todo género de cosas, pero a veces te concentras en unas más que en otras. Mi pasión por los periódicos esconde una especie de obsesión por la política, es un vicio como cualquier otro, lo reconozco, *mirar* la política y *seguir* la política como quien sigue el fútbol. Pero tratando de entender, a pesar de que sé que es como los habitantes de la caverna de Platón, en la *República,* ya sabes.

El Pesadillas asintió, pero creo que no sabía de lo que le hablaba.

–Leyendo los periódicos sólo vemos las sombras de lo que en realidad sucede, e incluso así estas sombras me apasionan. El fútbol la verdad es que me deprime pero la política me entusiasma. Completamente al revés que a ti.

–Sí, a mí la política me da asco. Pero gracias al fútbol por lo menos tengo tema de conversación con mi hijo.

–Claro, la política te produce un asco que te tumba de espaldas. Lástima que a ti eso no te ha impedido hacer negocios con la política. Tú te aprovechas de la política como el que más, vives instalado junto a los pesebres del poder, y no sé ni cómo logras respirar con esa boca siempre tan llena del pienso que te dan los políticos para que no dejes de pedalear, venga a pedalear, venga a pedalear y venga a tragar, sobre todo pedalear y masticar y tragar todo el pienso a la vez, no fuera a ser que la bicicleta de esta inmensa mafia se os cayera a todos encima –le solté.

Alberto Pesadillas se quedó todo él encogido, como si tuviera un repentino ataque de dolor de vientre. Arqueó exageradamente las cejas, pero sin acabar de abrir demasiado los ojos, cosa en el fondo bastante difícil en un miope patético como él y con sus gafas gruesas como un culo de botella de champán. En cambio, abrió mucho la boca. Pensé que quizá sí que con un poco de suerte le daría un infarto allí mismo. Se había quedado tan pálido que casi diría que se había puesto cerúleo. Pero en realidad todo aquello era un simple gesto que quería decir: «¿¿Yooo??». No se esperaba en absoluto que un servidor fuera capaz de ir tan a saco y de meterse de aquel modo con sus actividades no sé si llamarlas dudosas o directamente untuosas y luctuosas, y que a buen seguro eran por lo menos confusas, ambiguas, turbias e incluso sucias, por no decir directamente podridas, mafiosas y corruptas. Sí, la verdad es que aquella especie de pequeño Al Capone de andar por casa se había quedado literalmente sin palabras.

–En cambio, mi relación con la política –continué, sin dejarle recuperar el aliento–, mi interés por la cosa pública, es estrictamente moral –dije, y miré de reojo a la chica, que se había vuelto de espaldas a nosotros; yo creo que simplemente se estaba desternillando de risa–. Pero bueno, ahora no querría que esto se liara con el hilo de lo que te estaba diciendo, el hilo que aquí *cuenta* y que es el hilo que dibujan las vidas, el hilo que responde mejor a la voluntad de liarlo todo, porque esa voluntad de embrollo es la que en realidad lo domina todo.

El Pesadillas comenzó a resoplar.

–Me pierdo, chico –intentó interrumpirme–. No entiendo qué tienen que ver los periódicos con los milagros o con la política o con eso que dices de un hilo de la vida, que no tengo ni la más remota idea de lo que debe ser. Se me está haciendo un poco tarde, de manera que, si es tan amable de cobrar, señorita...

Pero yo estaba lanzado, me sentía en vena, como suele decirse, y no podía permitir que me dejase cortado en aquel punto, en el momento preciso en que iba a exponerle lo más importante de todo.

–Sí, por lo que respecta a los milagros, realmente me da la impresión de que no has entendido nada de nada, todavía no te has enterado de cómo va la cosa –dije utilizando premeditadamente el tono más repelente y sabiondo de que era capaz, lo que tuvo el efecto, tal como yo esperaba, de que la chica se olvidara de traer la cuenta y el Pesadillas de reclamarla–. Es posible que sepas cuáles son las maneras de forrarse en esta vida, pero te irás de este mundo sin haber entendido nada de nada de las cosas importantes –continué impertérrito–. Mira: desde que el mundo se ha convertido en un gran escenario, la posibilidad de los milagros, quiero decir de los milagros como tales, al ser impelidos hacia la teatralidad mítica de la sociedad de masas y toda la pesca, ha quedado, ¿cómo decirlo?, ha quedado inutilizada, neutralizada. Eso. Neutralizada. ¿Crees que puede llamársele así?

El Pesadillas me miraba con ojos de merluzo enfurecido, completamente incapaz de decir nada.

–En los evangelios, por ejemplo, que como podrás imaginarte constituye la bibliografía básica del asunto...

–No, no, por favor –dijo con una risilla nerviosa–. No tengo ni medio minuto para un sermón evangélico.

–Espera, espera. –Le cogí del brazo, cosa que hizo que me mirase con cara de pánico. Me di cuenta de que no estaba en absoluto preparado para el contacto físico, y que comenzaba a sentir miedo; le solté de inmediato, porque a mí nada me da más miedo que el miedo ajeno–. No sabes lo que iba a decir. Escúchame durante dos minutos.

–Dos minutos –dijo en un tono tan seco que hizo que toda la atmósfera del Capitán Cook se helara de golpe. Incluso la chica pareció apergaminarse. Pero yo me encargué de devolverle todo el calor y todo el aliento de la vida con una mirada llena de tierna pasión. La chica ya no iba y venía. Ahora la sentía detrás de mí en la barra, escuchándome.

–Los milagros casi siempre ocurren con una falta absoluta de teatralidad, con toda la naturalidad, inesperadamente, discretamente, casi sorpresivamente. ¿Me sigues? –Él asintió con la cabeza, ostensiblemente a disgusto–. Está la mujer que se acerca por detrás a Jesús, en medio de la multitud, para tocarle la borla de la túnica, convencida de que eso ya bastará para curar a su hija. Y Jesús se vuelve, me parece que es en el Evangelio de san Lucas, y dice: «Alguien me ha tocado, he sentido una fuerza que ha salido de mí». Y Pedro, siempre el dichoso Pedro, va y le dice: «Pero ¿cómo quieres que no te toquen si estás en medio de una multitud?». Jesús insiste: «Sé que una fuerza ha salido de mí». Y la mujer se asusta, sabe que Jesús la ha pillado y se siente en falso. Pero él entonces le dice aquello de «vete a casa, tu fe ha salvado a tu hija». Y la mujer se va y ve que así ha sido. O después... espera, espera. Después está Zaqueo, el pequeño recaudador de impuestos. No puede ser que no conozcas la historia de Zaqueo. Era un tipo muy bajito que se subió a un sicómoro para ver pasar a Jesús. Bueno, o un sicómoro o una higuera. ¿Tú sabes cuál es la diferencia?

–Ni idea.

–Bien, el hecho es que se sube a un árbol porque al ser tan bajito el gentío no le dejaba ver a Jesús, y él, Zaqueo, quería verlo a toda costa. Y de pronto, cuando Jesús llega, se dirige a Zaqueo, levantando la cabeza y empujado por la multitud, le dice aquello tan absolutamente conmovedor, ¿entiendes? Es algo que a mí me conmueve mucho. Le

dice: «Zaqueo, baja, que esta noche me hospedaré en tu casa».
Y Zaqueo encuentra la cosa más normal de este mundo que
un desconocido se le dirija así y se autoinvite de esta manera y le diga que esta noche cenará en su casa, y se va, efectivamente, provisto de un buen humor excelente, a prepa-
rarlo todo. Y después está el pobre Pedro, el gran Pedro, el
decisivo Pedro, que se echó a andar sobre las aguas, igual que
su maestro, con la idea de que «si lo hace mi maestro, en
quien confío, ¿por qué no puedo hacerlo yo?». Es una idea
que pone de relieve el infantilismo de Pedro, el infantilismo
crónico de todo el cristianismo, de toda la Iglesia católica,
cuya ceguera sólo puede entenderse si se comprende cómo
el infantilismo ha pasado por todas las edades de la vida sin
dejar de ser infantil, sin inocencia, pero profundamente infantil. Pero la fe es débil, y es esta fe la que aquí se pone en
evidencia como una fe demasiado delgada y demasiado oca-
sionalista y demasiado pendiente de las circunstancias, y que
tiene en este Pedro bravucón y cobarde y a la vez cargado
de futuro, de humanidad futura (de humanidad bravucona
y cobarde, hambrienta de poder y temerosa del mismo poder
que anhela, como Pedro), a su representante, a su fundador.
Esta fe de pacotilla o demasiado pragmática, demasiado humana como si dijéramos, hace que se hunda en las mismas
aguas sobre las que anda Jesús, y lo que salva a Pedro no es
la fe, sino la asistencia de Jesús, para que esta fe no se aho-
gue, porque es como si Jesús apostara por la fe de Pedro a
falta de una cosa mejor, de manera que, y para entendernos,
allí donde el milagro se expresa como milagro no es en el
hecho de que Jesús camine sobre las aguas, o que Pedro llegue a dar... ¿cuántos?, ¿tres, diez, quince pasos? Hasta que la
incredulidad y la perplejidad le hacen perder pie, hacen que
se hunda. No, el milagro se expresa como tal en el momento
en el que Pedro, asustado, tragando agua y agitando los brazos y las piernas, grita: «¡Señor, sálvame!». No es la fe la que
se lo hace decir, sino la soberbia, el infantilismo y el agua

que entra en sus pulmones. Pero Jesús alarga el brazo y lo salva. Incluso el milagro de los panes y los peces está completamente falto de toda teatralidad, ¿o es que acaso es teatral un pequeño cesto con pan y pescado? Nada, no es nada más que un pequeño bodegón. El único milagro que roza la teatralidad, y hablo de memoria, quiero decir que igual hay un montón de milagros muy emocionantes que ahora no me vienen a la cabeza (y no hablo de todos los episodios posteriores a la crucifixión, que son para caerse de espaldas, ni de las bodas de Canaán, que es otra historia), el único realmente teatral, como digo, es la resurrección de Lázaro, que creo que sólo aparece en el evangelio de Juan, pero hablo de memoria, ya te digo, porque hace tiempo que no me miro la Biblia.

–Pues no lo parece. ¿Has acabado ya?

–No, no, de verdad que no. Hablo de memoria, te lo juro. El milagro de Lázaro es un milagro tan personal, tan explicable única y exclusivamente a partir de las emociones del mismo Jesús, no de su divinidad. Y sobre todo es tan inesperado, que parece que en lugar de un milagro de la fe sea una de aquellas estremecedoras manifestaciones de la humanidad de Jesús, como cuando condena a la higuera. ¿Te acuerdas de cuando condena a la higuera?

–No estoy seguro –dijo. ¿Cómo iba a mostrarse ignorante ante aquella chica, si sus antenas nos hacían a los dos cosquillas en el cogote?–. Pero tengo prisa, o sea que, o vas al grano, si es que hay algún grano en todo esto, o vas a tener que soltarle el final de tu conferencia a otro.

–No hay otro, ni habrá otro día, Alberto. De manera que escúchame hasta el final. Te aseguro que es una historia muy buena. Resulta que Jesús llega hambriento y sediento a no sé dónde, y ve de lejos una higuera y dice: «Mira, una higuera». Y los discípulos dicen: «Ahora seguro que va hacer un milagro porque no estamos en época de higos». Pero Jesús no hace ningún milagro, llega hasta la higuera y ve que no hay higos y se cabrea, claro, y en lugar de hacer el milagro maldice a la higuera, la condena a ser una higuera borde. ¿Sabes por qué?

–No tengo ni idea. –El tono de voz quería denotar indiferencia y desinterés. Miró su reloj sin el menor disimulo.

–Pues porque la higuera no es un ser libre de creer o no creer, la higuera es un árbol, y Jesús no hace milagros para convertir el mundo en una especie de país de jauja. Jesús hace milagros porque él es el espejo de la fe, los milagros son la corriente que refleja y rebota en este espejo y vuelve, convertida en una imagen.

–Chico, te estás poniendo místico y a mí se me hace tarde. ¿Me puede decir lo que le debo? –dijo alargando el cuello hacia donde estaba la chica, que se acercó lentamente hasta nosotros pero sin hacer nada. Sonreía de un modo absolutamente encantador. De pronto pensé si le apetecería tener un novio como yo.

–No, espera. –Volví a cogerle el brazo con el que ya estaba extrayendo la cartera del bolsillo interior de su americana, que seguro que era de Groc, como mínimo, o de Loewe. El Pesadillas, en cosas de ropa, igual que en las otras, pisaba fuerte. Me miró con una cara completamente fuera de sí que parecía que me dijera «¿cómo te atreves a cogerme del brazo *a mí* y por segunda vez?»–. No te vendrá de cinco minutos, hombre. Además, ya te he dicho que invitaba yo. Puede que me dedique a la vida contemplativa, pero aún me queda dinero para pagarme unos whiskies. Escúchame, porque lo que viene ahora es lo más importante. Te prometo que serán menos de cinco minutos.

–Bueno, acaba ya. Pero como sigas hablándome en plan cura, me largo de aquí. ¿Estamos? –me dijo. Parecía furioso, y seguro que lo que le retenía era la sensación de no poder tener la última palabra, de no poder dejarme tocado y hundido.

–Nada de curas, todo es evangelio puro y duro. Escucha. Todo el mundo cuando lee este trozo del evangelio de Juan

–enfaticé lo de *todo el mundo* a sabiendas de que eso no le incluía a él– capta que Lázaro en realidad se muere porque Jesús no llega a tiempo para curarlo, y por lo menos María y Marta, las hermanas de Lázaro, está muy claro que lo creen así. Cuando llega Jesús y Lázaro ya ha muerto, no cesan de decir: «Si tú hubieras estado aquí, no habría muerto». No son manifestaciones de una fe granítica, son reproches, ni siquiera reproches velados. Porque Jesús, y esto es algo inexplicable, al saber que Lázaro está gravemente enfermo no se pone en marcha de inmediato, ni hace un milagro a distancia, sino que deja pasar tranquilamente dos días, y cuando por fin se decide a emprender el camino, sabe ya que Lázaro «se ha dormido», es decir, que se ha muerto. Y añade: «Pero voy a despertarlo». ¿Me sigues?

Asintió con la cabeza. Yo sospecho que cada vez estaba hablando con más rapidez y desesperación, y que la lengua se me trababa cada vez con más frecuencia, lo cual hizo que buena parte de mi discurso final fuera una especie de balbuceo soltado a toda pastilla.

–Los discípulos no entienden nada: «Señor, si se ha dormido, ya se curará». Nosotros tampoco entendemos gran cosa, la verdad. ¿Acaso deja Jesús que Lázaro muera con el fin de hacer un milagro muy espectacular, de efectos muy contundentes? Entonces la emoción, el dolor, que una vez ha llegado a Betania lo asalta a oleadas, como cuando alguien llega demasiado tarde para despedirse de un amigo que acaba de morir, no sólo es el dolor por la muerte, ¿eh?, no es sólo eso, no, ya que sabe que él lo despertará, sino, y sobre todo, debe de ser el dolor por haber jugado así con el pobre Lázaro, por su amigo, que se ha muerto porque él no ha llegado a tiempo a impedirlo. No, realmente, todo este proceso confuso de saber y no ir y luego llegar tarde y llorar, ¿eh?, todo esto abre una especie de grieta en la que estás cayendo un buen rato antes de llegar al fondo, es una de las hendiduras por las cuales algo ha querido que la miseria humana entre en los evangelios y se inunden de una claridad más compleja y fascinante que la mera luz divina, porque, ¿qué serían estos textos sin esas aguas turbias y vivas como de humanidad total y desatada? ¿Eh? ¿Qué serían? ¿Eh?

El Pesadillas me miraba asustado. Pero yo estaba decidido a no darle cuartel.

—Jesús ha estado dos días dudando de si iba a ver o no a Lázaro, aparentemente porque no era la hora de volver a Judea, y de pronto sabe que Lázaro ha muerto, y se dirige a ver a Marta y María, las hermanas de su amigo, a hacer el gran trabajo, ya que se ha negado, o por lo menos no se ha apresurado a hacer el trabajo menor, como si dijéramos. Va a resucitarlo porque se ha entretenido en el momento de ir a curarlo. Los discípulos no entienden qué quiere decir que Lázaro se haya dormido. De hecho, los muy tontos, siempre suelen entenderlo todo bastante literalmente. Marta, que sale a recibir a Jesús, tampoco entiende qué quiere decir Jesús cuando le dice (y es que aquí Jesús está hablando en sentido literal y ella lo entiende en sentido figurado): «Tu hermano resucitará». Porque Marta dice (¿y no hay una especie de fatiga en esta respuesta? ¿Eh? ¿No percibes esta fatiga, tú?) —y Alberto Pesadillas me miró sin entender nada—: «Ya sé que resucitará, en el momento de la resurrección, el día del Juicio Final». Pero Jesús no está hablando de esto, no, no, no. Jesús no invoca ahora una fe formal, dogmática, que Marta satisface maquinalmente en medio de la desolación y el dolor. Jesús le está diciendo a la hermana de su amigo Lázaro: «Prepárate, que ahora vas a ver grandes cosas, no *in novissima die*, sino ahora mismo, aquí y ahora, sácate las gafas de la fe y ponte unas gafas especiales para el deslumbramiento, porque ahora alucinarás». Y entonces sale la otra hermana, María, que dice lo mismo: «Señor, si hubieses estado aquí...», y con ella salen un montón de judíos llorosos, parientes, vecinos, amigos y conocidos del difunto, que se-

124

guían a María porque pensaban que se dirigía a la tumba para rezar. Si hubiesen sabido que iban a darle la bienvenida a Jesús hemos de deducir que se habrían mantenido al margen, porque Jesús es una de aquellas amistades que sólo lo es de los de la casa, y el resto, amigos, vecinos, familiares más lejanos, miran de reojo esta amistad con la que los de la casa hacen *bande à part,* ya sabes a qué me refiero. De modo que Jesús, que ha dejado que Lázaro muriera para nacer y morir dos veces, se encuentra rodeado de un montón de buena gente que llora a un muerto, uno al que él no ha querido salvar *antes,* con el fin, hemos de suponer que es así, de poder hacer una demostración de fuerza *después,* y eso suponiendo, naturalmente, que Jesús sea un ser libre (cosa que es mucho suponer). De modo que Jesús aquí «se estremeció en el alma y se turbó», dice, y no tarda en echarse a llorar. Rompe a llorar, tú. A su alrededor se oyen voces. Los unos: «Mirad cuánto quería al muerto». Pero los otros: «Él, que le abrió los ojos al ciego, ¿no habría podido hacer que este hombre no muriera?». Y entonces van todos hacia el sepulcro. El momento es terrible, lleno de pura y conmovedora teatralidad. Pura ópera silenciosa, tú. Oye, ¿no fue Wagner el que quiso hacer una ópera sobre Jesús con Bakunin de libretista?

–¿Wagner? No tengo ni idea. No lo sabía –dijo, a pesar de que mi pregunta era estrictamente retórica, porque *yo sí que lo sabía.* Volvió a mirar el reloj. Qué manía con el reloj, pensé.

–De verdad que ya llego tarde, lo siento, voy a tener que irme. Deberás acabar aquí tu monserga.

–No, no. Espera. ¡Mi monserga! Lo que te estoy diciendo no tiene nada de monserga.

–Hablas como un telepredicador.

–¡Como un telepredicador! ¡Pero cómo puedes decir eso! Si ahora viene lo mejor...

–No, de verdad. Me voy.

–¡Te digo que escuches un momento! –mi voz sonó metálica, exageradamente fuerte y violenta. El Pesadillas se quedó clavado. En su mirada volvía a haber miedo. Realmente, ese tipo me temía. Pero ahora su temor no me asustaba, me daba fuerzas, me daba alas.

–Escucha un momento, te digo. Es el final. El sepulcro es una cueva cerrada con una gran losa, con Lázaro dentro y tal, eso ya lo sabes, ya sabes cómo enterraban antes a los muertos, no los enterraban exactamente, sino que los encerraban, como si fueran nichos. Bien. Pues Jesús va y pide que saquen la losa, que abran el sepulcro. Marta, la hermana del difunto, incapaz de imaginarse qué intenciones trae Jesús, e igual se piensa que quiere despedirse del cuerpo del amigo, le recuerda que Lázaro ya lleva cuatro días muerto y que ya huele mal. «*Iam fetet*», le dice. Es decir: «Ya apesta». ¿Lo captas? El *fete* ese es que huele mal y echa peste. Y Jesús le responde: «¿No te he dicho que si crees verás grandes cosas?». Es decir: cosas *fuertes*. La leche, vaya. Y en voz más alta, para que lo oigan los allí presentes –eso lo dije en voz tonante, y el Pesadillas se apartó un poco, como si aquella subida de tono incrementase su sensación de peligro–: «Padre, te doy las gracias porque me has escuchado. Ya sé que siempre me escuchas, pero lo digo para la gente que me rodea, para que sepan que tú me has enviado». Y a renglón seguido, todavía más fuerte, para que Lázaro lo oiga desde el fondo del país de los muertos –eso lo dije gritando, y el Pesadillas se incomodó extraordinariamente, lo pude ver con el rabillo del ojo; pero en cambio la chica de la barra estaba tan tranquila, de hecho incluso parecía complacida con mis voces y mis cambios de tono, tal como pude ver con el rabillo del otro ojo–: «¡Lázaro, sal fuera!». No se sabe muy bien cómo logra salir el pobre Lázaro, así, vendado, como si fuera una momia, con las piernas atadas, te lo imaginas, ¿no? Debió de salir dando pequeños saltos, ¿no? Como un canguro, como un pájaro, como una pequeña langosta, o flotando en la intangibilidad que domina, quién sabe, el país de los muertos. A mí me parece que en este milagro no hay milagro, sino una simple demostración de fuerza. Pero unas líneas más abajo, para quien siga leyendo, y ahora sí que acabo, viene en cambio uno de los milagros más estremecedores de todos los evangelios, y no hay que tener fe, por así decirlo, para quedarse boquiabierto ante este prodigio de humanidad llevada al extremo, al territorio donde comienzan las nieblas de lo divino, o si se quiere de lo inefable, a pesar de ser un «inefable» que casi se agota en el doble sentido de la palabra, y a pesar de que lo divino que aquí aparece es ya claramente diabólico.

–Me voy. No puedo más. Estoy llegando muy, muy tarde –me interrumpió. Realmente, parecía decidido a irse. Su voz ahora me dio miedo a mí. Quiero decir que parecía demasiado decidido a no quedarse para escuchar la parte fundamental de mis argumentos para que yo hiciera más intentos de retenerlo–. Señorita, hágame el favor de decirme lo que le debo.

–De ninguna manera, pago yo.

–Bueno, si insistes.

El muy cabrón pensaba que así podría dejarme con la palabra en la boca.

–Deja que te acabe de decir lo que te explicaba mientras la chica prepara la cuenta. El milagro que ahora te decía que venía es el que lo liga todo con la política. En él está escondida toda la capacidad de pensar la política desde Aristóteles hasta Maquiavelo, y toda la política brota de la rendija que se abre en medio de este sentido que se bifurca, brota desde el fondo del pequeño abismo, de este doble sentido. Es en la reunión del Sanedrín. ¿Te sitúas, verdad? Eso del Sanedrín seguro que a ti te suena. Los fariseos y los grandes sacerdotes están inquietos. Les ha llegado la noticia de la resurrección del pobre Lázaro, y puesto que no piensan caritativamente (y en cambio sí piensan políticamente, es decir, despiadadamente), y no están tocados por el infantilismo del protocristianismo, sino que piensan en términos nihilistas y de poder, que es la única forma de ser efectivamente despiadado con los que amenazan ni que sea una milésima parte del propio poder, comienzan a razonar así: «¿Qué podemos hacer? Este hombre hace muchas señales prodigiosas. Si lo dejamos seguir así, todo el mundo creerá en él, y vendrán los romanos y destruirán nuestro lugar santo y nuestro pueblo». La fe en este hombre que hace prodigios puede provocar una nueva correlación de fuerzas capaz de agitar al pueblo y convulsionar el equilibrio de poder entre romanos y fariseos. Lo importante no son los prodigios, sino sus consecuencias sociales. Se trata de un razonamiento perfectamente legítimo, y en cualquier caso es un razonamiento característico de un grupo que quiere mantener un determinado estado de cosas que le resulta favorable o que considera provechoso. «Lo único que me interesa, y en este orden, es mi país y mi partido», dijo no se qué botarate con forma de político, no sé qué estrella fugaz, no sé qué aventurero de lo inconfesable. Y eso, hablar así de un País o de un Partido, es como decir: lo único que me interesa es la nada, el vacío inhumano de las grandes palabras, la infatuación de un desvarío hecho a medida de mis propios sueños (que suelen ser pesadillas para los que no piensan como yo) y la concreción infrahumana de una red de negocios e intereses potentes (que suelen significar hambre y ruina para los que no son mis amigos). Mi país y mi partido. ¿No te jode? ¿Qué modo es ése de entender...? Oh, gracias.

La chica puso ante mí la cuenta de las consumiciones. Era una clavada histórica que sólo podía pagar echando mano de la tarjeta de crédito, y eso cruzando todos los dedos de manos y pies para que hubiera suficiente saldo, aunque estaba casi seguro de que no tendría suficiente. Supongo que el cerdo del Pesadillas se dio cuenta de mi cara de perplejidad y angustia. Hizo el gesto, este gesto ostentoso y vulgar

que debería prohibirse entre los hombres decentes, de sacarse la cartera como si fuera a sacarse un arma o una especie de excrecencia vergonzosa de la axila.
–Quita, ya pago yo.
–De ninguna manera. –Creo que la voz me salió un poco estridente. Tenía la cara cubierta de sudor del puro ataque de vergüenza y de miedo de que la tarjeta de crédito no funcionase, pero ahora ya sólo podía jugar hasta al final, de modo que para disimular seguí hablando como una auténtica ametralladora–. Sí, la política como negocio, y perdóname el pleonasmo, comienza aquí: no con la negación de los milagros, ni siquiera con la negación del carácter divino, por así decir, de quien los hace, sino con el cálculo sobre la conveniencia o no de estos milagros o de esta divinidad. De modo que Caifás, el gran sacerdote, dice lo siguiente: «Vosotros no entendéis nada. ¿No os dais cuenta de que vale más que un hombre muera por el pueblo a que se pierda todo el pueblo?». Es impresionante la precisión con que el pensamiento político hace aquí acto de presencia, ¿no te parece? Con cuánta nitidez, con cuánta transparencia, con qué incisiva, helada, acerada capacidad de cortar lo que en realidad se une y, uniéndose, corta con todo lo demás. Mi país y mi partido. ¿No te das cuenta? Eso en el fondo quiere decir: mi partido y mi país, mi partido es mi país, el resto hay que echarlo a la mar. En contra de lo que muchos creen, la cosa política no consiste en la combinación entre el interés del individuo y la comunidad, en el imposible equilibrio entre el cero y el infinito. La cosa política consiste por un lado en el desequilibrio sistemático de este equilibrio, con el fin de que la sociedad no caiga en una especie de sopor perplejo ante su propia realidad, y por el otro lado en la ambivalencia, en el hecho de que las proposiciones sirvan tanto para el sí como para el no, tanto para entrar como para salir, tanto para ganar perdiendo como para perder ganando. «Vosotros no entendéis nada: *Vos nescitis quicquam*», dice Cai-

fás. ¡Cuic cuic cuic! –comencé a hacer cuic, cuic, cuic, como si fuera un pingüino. No sé por qué me puse a hacer aquel ruido, pero aquello dejó completamente desarmado al Pesadillas. Me miraba como si yo fuera un loco peligroso, y seguramente lo era. Como el pobrecito Pip: no sólo lo parecía, *lo era*. Pero hice un esfuerzo para seguir hablando con toda naturalidad–. De hecho, ni el mismo Caifás entiende el alcance de lo que está diciendo, con lo que demuestra ser un político extraordinario, porque convierte la razón, la racionalidad, ¿eh?, en una figura instintiva que funciona orientada hacia el poder, eso, el poder se mire por donde se mire, como una afirmación o como una negación, un puro girasol, un heliotropo del poder. A eso lo llaman sentido de Estado, sí, eso mismo, sentido de Estado. ¡Ja ja ja!

Me puse a reír histéricamente. No quería ni ver la cara que estaba poniendo Alberto Pesadillas, y el ruidito que hace una tarjeta de crédito al ser aceptada tardaba demasiado en llegar.

–No, Caifás no lo entiende, pero en el fondo sí sabe qué rendimiento le dará aquello que dice sin saber muy bien por qué lo dice. El evangelista añade: «Todo esto, Caifás no lo dijo por su cuenta». Es decir, no era él sólo quien hablaba. Podríamos decir que el Espíritu Santo estaba haciendo de las suyas, que las astucias de la razón histórica se estaban replegando en un momento de máxima abstracción o sencillamente de máxima ambivalencia. El dibujo que hace la vida de un hombre, y aquí hablo casi de la humanidad entera encadenada alrededor de la invisible columna del cinismo, se repliega y se despliega con estas palabras como las alas de una mariposa prodigiosa, como un arabesco de infinitas posibilidades genéticas, y obviamente el foco de fonación no sabe, no puede saber más que una mínima parte de estas posibilidades, es una voz que no es que clame en el desierto, es que busca armonizarse con el aullido estremecedor del viento de la historia, que muy pocos logran oír pero dentro del cual los políticos gritan y gritan y gritan hasta reventar. Vaya oficio, realmente. *Fango é il mondo,* Alberto. *Fango é il mondo!* Pero alguien tiene que hacerlo, es necesario que alguien se sacrifique. Hace falta que alguien recoja este *fangomondo* y hunda sus manos en la mierda. Gente como tú, Alberto, gente capaz como tú. Sí, eso mismo.

Me estaba apagando. Notaba que me estaba apagando. Y la tarjeta de crédito seguía sin hacer el ruidito conforme todo ha salido bien.

–Caifás habla de la necesidad de sacrificar a un hombre y, por lo tanto, en este caso, de cometer una injusticia, porque este hombre no comete ningún delito, simplemente se sitúa en un espacio nuevo, en una zona de inconveniencia para las hegemonías ya establecidas. Y ello con el fin de salvar un estado de cosas que él presenta como provechoso para la comunidad, y que nosotros podríamos considerar sólo provechoso para la parte de comunidad que él representa, a pesar de que, y eso da lo mismo ahora, eso es algo secundario, no tiene la menor importancia saber si Caifás era un mero oligarca cínico o un gobernante responsable y, como suele decirse, con sentido de estado. Caifás, en cualquier caso, no sabe, no puede saber que está profetizando no un hecho que se producirá porque él mismo lo promoverá (la condena y ejecución de Jesús), sino la interpretación de este hecho, la potencia histórica de este hecho, la cual, tomando literalmente su argumentación política, recibirá un sentido escatológico hasta ahora incontrolado, y sólo muy parcialmente administrado por la Iglesia, por cualquier iglesia, más herederas de Caifás que de Jesús, todo hay que decirlo, si es que puede decirse todo, ¿no? Decirlo todo. Ése es el problema. Por eso el evangelista nos sitúa al gran sacerdote en el centro mismo del milagro: «Eso [es decir, que el sacrificio de uno vale la salvación de un pueblo], Caifás no lo dijo por su cuenta. Aquel año era gran sacerdote, y por eso pudo profetizar [sin saberlo, éste es el milagro] que Jesús había de morir por el pueblo. Y no solamente por el pueblo, sino también por los hijos de Dios, los dispersos». El sacrificio de uno en nombre del sacrificio de todos, ésta es un vieja idea. El mito del rey del bosque, del chivo expiatorio, aparece aquí en su tránsito desde el ritual atávico y metapsíquico al razonamiento político más descarnado. Es decir, la muerte de Jesús, que Caifás considera localmente conveniente, adquiere un valor universal que sobrepasa y de hecho barrerá la localización del drama y difundirá una perspectiva nueva para la política, que a partir de aquí sufrirá un perpetuo desequilibrio y una esquizofrenia entre el nihilismo y la escatología, los dos valores, los dos sentidos, que se nos meten en los ojos como si fuera un puñado de arena que alguien nos tira a la cara.

Estaba delirando. Yo mismo me había dado cuenta de que había perdido todo freno, todos los frenos y todos los trenes de la vida. El gran cerdo del Pesadillas miraba ostensiblemente hacia la calle, harto, furioso, asustado. La chica se acercó con cara de circunstancias. Tenía una voz honda y aterciopelada, absolutamente encantadora, que acabó de hacerme sentir fatal.

–Debe de tener la tarjeta rayada, la máquina no me la acepta –dijo, con una elegancia sublime. Era evidente que no tenía saldo suficiente para pagar aquella fortuna en whisky, pero la chica tuvo piedad de mí. Sentí que podría enamorarme de ella con un solo gesto más de feminidad sublime, de inteligencia piadosa y sublime.

Entonces el Pesadillas, sin decir nada, recurriendo al silencio como a un arma de humillación definitiva, puso sobre la mesa su visa *oro*.

–Leches. Una visa *oro* –bromeé–, sí que vas fuerte.

Pero él ni siquiera se dignó responderme, estaba furioso y se sentía inesperadamente victorioso, y ahora me estaba intentando reducir a la pura nada con su silencio pretendidamente olímpico, repulsivamente apolíneo. De manera que decidí perder lo poco que me quedaba de discreción o de dignidad, ya no lo sé muy bien.

–Con tu silencio olímpico de delincuente de la Barcelona postolímpica no lograrás ni humillarme ni borrar nada de lo que he dicho aquí.

Puso unos ojos como platos. Estaba alucinando con mi desvergüenza, con mi pérdida total del sentido de las formas.

–Estás borracho, chaval. Y te estás volviendo patético, cada día más patético. Me das mucha lástima, ¿sabes? Mucha, mucha, mucha, mucha lástima –dijo, recalcando el «mucha» y mientras firmaba el papelito de la tarjeta y dejaba un par de euros de propina. El sonido de aquellas dos monedas en la pequeña bandeja donde la chica nos había presentado la cuenta fue como una campana de aviso, un aviso interior, una alarma que lo ensombreció todo. O al revés: un campanilleo luminoso y risueño que lo transfiguró todo.

Es curioso. Por un lado, me sentía feliz de haberle dicho todo lo que le había dicho, sobre todo al final. Pero por otro lado veía al Pesadillas más alto que nunca, como si yo me hubiera encogido y me hubiera quedado a ras de suelo, a la altura de mis patéticos recortes de prensa, que ahora corrían entre mis pies como si tuvieran vida propia. Me seguía pareciendo un tipo despreciable, un verdadero cerdo, una simple carcasa de aspecto falsamente humano y que sólo pensaba en las tías y en las pelas, pero al mismo tiempo me producía el efecto, no diré humillante, pero sí desconcertante, de estar a una altura inalcanzable para mí. Supongo que fue por esta razón, para comprobar que aquella altura no era tan inalcanzable para mí, por lo que de pronto sentí un deseo terrible de poner a prueba aquella altura, de tumbar por los suelos aquel montón de margarina humana, y sentí la necesidad de clavarle un puñetazo que lo dejara seco y lo pusiera en su lugar. De hecho, ahora lo estoy diciendo así, pero si hago memoria y recuerdo exactamente aquel momento, creo que no pensé tanto en los argumentos que hicieron que mi brazo, con el puño cerrado en su extremo como un verdadero mazo, saliera disparado inicialmente hacia la mejilla y la oreja de aquel Pesadillas, mientras la chica gritaba un «nooooo» largo y sonoro, en plan *Grito* de Munch o del *Potemkin,* un «noooooooo» que yo escribo con muchas menos *os* de las que harían falta, y que en cualquier caso hizo que el Pesadillas volviese la cabeza y yo le diera de lleno en la nariz, o eso creo, porque oí una especie de chac terriblemente seco y preciso, y de inmediato sentí un dolor horrible en la mano, como si le hubiese dado un puñetazo a una pared y no a la nariz de un tontainas como aquél. Pensé que con la poca práctica que tenía en dar puñetazos me habría roto los huesos de la mano. En cualquier caso, Alberto Nolson, Albertito Pesadillas para los enemigos, puso una cara en la que se mezclaban la máxima sorpresa con la máxima relajación, y mientras yo me cogía la mano, que en parte me ardía y en parte ni me la notaba, se fue hundiendo poco a poco, se le fueron doblando las rodillas, y un resto de conciencia le hacía agarrarse con un brazo (el izquierdo) a la barra, todo ello con una lentitud casi sorprendente, y mientras le salía un hilo de sangre de la nariz, así, todo muy, muy lentamente, hasta que se quedó sentado con los ojos abiertos pero con la mirada perdida, y su brazo larguísimo (el izquierdo) como de orangután, aferrándose a su visa *oro* y a la barra, mientras el otro brazo (el derecho) le caía al suelo y soltaba una especie de tierra negra extraña que salía de un pañuelo, y yo pensé que no podía tratarse de sangre coagulada, pero enseguida me di cuenta de que era el café turco, la bolsa de café turco que debía de habérsele reventado al recibir el puñetazo en la nariz, supongo que por una especie de movimiento reflejo, estas cosas no se sabe muy bien cómo suceden, pero el hecho es que suceden.

Entonces la chica tuvo una reacción maravillosa. Se echó a reír y me dijo: «Váyase, váyase ahora mismo». Lo dijo riendo, como si todo aquello le pareciera la mar de divertido.

—Váyase, váyase ahora mismo —oí que me decía sin poder aguantar la risa.

Aquella chica era fantástica. Nunca la había visto en el Capitán Cook.

—Creo que me he roto la mano —le dije.

—Da lo mismo, váyase antes de que se despierte o de que llegue alguien. Váyase, por favor. Yo diré que no lo pude detener.

—¿A qué hora acaba su turno de trabajo?

—O se va ahora mismo o llamo a la policía.

—Su nombre por lo menos.

Hizo el gesto casi operístico de descolgar el teléfono. Pero lo hizo sin dejar de mirarme con una mirada que desmentía todas las malas intenciones del gesto.

—Bueno, bueno. Ya me voy.

Yo me sentía como Elsa y ella era mi Lohengrin: nada de preguntas, nada de pretender saber nombres, nada de volver a vernos, seguramente. Inscribamos un nunca en nuestro encuentro, pensé. Convirtamos en humo onírico la visión fugaz de nuestro encuentro. Volví a mirarme otra vez aquella mole humana convertida ahora en un gran estropicio humano. Realmente, le salía mucha sangre de la nariz.

—¿No lo habré matado, verdad?

—Puede estar seguro de que no.

La chica, que había vuelto a colgar el auricular del teléfono, no se atrevía a salir de detrás de la barra, igual no se fiaba mucho de mí, y se inclinó para ver mejor el aspecto, más bien malo, que tenía el Pesadillas. Lo miró durante un rato que me pareció interminable. Estaba a punto de ponerme celoso cuando se incorporó de nuevo y volvió a reírse.

—Debe de haberle roto la nariz. Váyase, por favor. Contaré hasta diez. Si no se va, le aseguro que llamaré a la policía. Uno, dos, tres, cuatro...

Y entonces hizo una cosa increíble, una cosa maravillosa. Cogió la visa *oro* del Pesadillas, que se le había quedado entre los dedos como si fuera una tarjeta de visita completamente inútil esgrimida ante una puerta que se ha cerrado de golpe y le ha aplastado la nariz al visitante, y sin dejar de contar con aquella voz que me hacía palpitar el corazón cada vez más deprisa –«cinco, seis, siete...»–, alargó el brazo y literalmente me la puso entre los dedos de mi mano izquierda, que yo había alargado medio para despedirme y medio para coger aquel inesperado presente. Todo esto sucedió sin que yo supiera lo que hacía, pero fue un instante sublime, de contacto casi físico gracias a la visa *oro* del Pesadillas. Sentí casi como si me pasara una corriente eléctrica y sin saber qué más podría decir o hacer después de un gesto como aquél, después de un momento culminante como aquél, salí a la calle, con la mano derecha roja y dolorida, moviendo los dedos, que parecía que no se habían roto, y con la visa *oro* en la mano izquierda. Movía la mano dolorida igual que una garra que se abre y se cierra, como si fuera la mano de un esclavo que pide agua desde la bodega de un barco de traficantes de esclavos, pensé.

Salí y seguí andando con toda normalidad hacia abajo, naturalmente siempre hacia abajo. Aunque ahora pueda parecer un tanto extraño, yo no pensaba en lo que había hecho. No pensaba en que no sólo le había roto la nariz a un conocido, sino que encima le había cogido la tarjeta. Ni siquiera me pregunté si podía o no utilizarla para algo. Pensaba que una fuerza había salido de mí, y seguía pensando en mis cosas. No era un gesto de inconciencia, sino un acto de disciplina desesperada. Seguí pensando en Caifás, en aquel arte tan político para encajar las propias palabras en una multitud de sentidos, y en el hecho de que, en política, esto se convierte en la manifestación de una tensa impotencia fijada únicamente en el ansia compulsiva de poder, que encuentra su correlato en otra especie de arte. Recuerdo el momento en que pensé esto. Había cruzado la calle Valencia. Lo hice sin detenerme en aquel quiosco que hay en el chaflán izquierdo, donde encuentras todos los periódicos de España y puedes comprar el *Faro de Vigo* o el *Heraldo de Aragón,* lo cual produce un efecto muy intenso y muy concretamente agradable al descubrir de repente en qué especie de país vive uno. Bueno, no me detuve en ese quiosco porque tampoco soy tan idiota y no quería quedarme provocativamente cerca del Capitán Cook, más que nada para no comprometer a aquella chica tan maravillosa. De modo que fui a sentarme en aquella terraza que está casi a la altura del colmado Quílez, quiero decir tocando a Aragón, para tomarme una cerveza helada y recuperarme un poco. Fue allí donde establecí el vínculo entre Caifás y Proust. Ya sé que la comparación puede parecer desconcertante y todavía más en las circunstancias en las que yo me encontraba, pero fue uno de aquellos momentos en que sentí los dos pies en el suelo, ahora el derecho, ahora el izquierdo, bien puestos sobre la tierra, y me sentí vivamente miembro del bando de los vivos, y por lo tanto eso quiere decir que me llegó una brisa concreta del país de los muertos y que fui capaz de entender mejor algunas cosas. De pronto recordé cómo Edmund Wilson caracteriza el arte de Proust, sí señor. Fue allí donde lo recordé, sentado en aquella terraza junto al colmado Quílez, donde el idiota del Pesadillas debía de haber comprado su café turco, y saboreando una cerveza helada. Me puse a pensar en cómo Wilson habla de la habilidad proustiana para producir un efecto de calidoscopio retardado en el tiempo, premeditadamente retardado y controlado y orientado según un fin que al final siempre acaba llegando y que nos muestra, bajo el signo ya desfasado de la escritura, una generosa resistencia ante cualquier forma de constatación cínica acerca de cuál es la auténtica naturaleza humana. Wilson dice, a propósito de la manera proustiana de descomponer los personajes mediante una especie de cubismo extendido en el tiempo, que «a medida que se va produciendo cada revelación vemos que las descripciones previas del personaje encajan igual de bien en la nueva visión, la cual, sin embargo, nos pilla siempre desprevenidos». Caifás inventa este mismo arte no desde la potencia de la literatura, pensé, sino desde la impotencia de la política, y por lo tanto no desde la superación generosa del cinismo, sino desde la instauración miserable y ruin del cinismo como norma no escrita, como ley general física de todo lo que cae y nunca más vuelve a subir, de todo lo que nutre *il fango di questo mondo*. He aquí, pues, el milagro (la capacidad de ver muy claramente lo más oscuro): el sentido del dibujo o el valor de las líneas de la vida. Caifás diciendo aquello de «vosotros no entendéis nada» al resto de los miembros del Sanedrín; Lázaro saliendo del sepulcro hacia su segunda muerte; Jesús dejando que su amigo muera con el fin de dejar que el dibujo se produzca, para no interferir en la producción de un dibujo ya excesivamente visible. A lo lejos aparece también aquel hombre simiesco que teme y desea y espera la llegada de su asesino, aquel solitario rey del bosque que espera ser redimido del vértigo de su soledad, del vértigo que produce el grado cero del nihilismo. ¿Es él, en el fondo –esta sombra nocturna, asustadiza y consumida por el mismo terror que ella genera–, quien sujeta todavía un extremo de los hilos que se nos lían entre los pies y nos hacen caer en la nada más inextricable? Siempre he relacionado al pobre Lázaro, condenado a morir y a nacer dos veces, con la política, que es mi gran vicio secreto. No la religión, ni el arte, sino la política. No los museos ni los misterios de la fe, sino los periódicos de cada mañana, repletos de pescado fresco para ir devorando a lo largo del día. Con los periódicos me siento como un gato insaciable y cruel. Cuando parece que ya están leídos de cabo a rabo, todavía soy capaz de darles la vuelta y extraer de ellos un resto convulso y agónico de vida con la que juguetear. Y mi preocupación por las líneas que hace la vida, o mi preocupación previa por el asunto de los milagros, es y era en el fondo una pasión política, un entusiasmo por las intrigas y por los secretos. En realidad, no sé muy bien qué es eso de la política, pero me atrae igual que un norte magnético atrae a una aguja. Yo creo que me atrae tanto por esa capacidad *tan política* de tergiversar los milagros y convertirlos en mera noticia, en simple espectáculo. Me atrae porque la política es el *summum* del arte de dormir las cosas, de batir la espuma de la vacuidad y de agitar las propias ambiciones de poder.

Y ahora, de repente, comenzaba a ser consciente de lo que había hecho, de lo que acababa de hacer. Ahí sentado, en aquella terraza y con una cerveza helada enfrente, con la mano dolorida pero no rota, pensé, encendí un pitillo y pensé que sólo por eso la tarde ya había valido la pena: por haber tumbado de un solo puñetazo a un batidor profesional de cosas que no son. Qué gran cosa. Pobre chica del Capitán Cook, espero que no tuviera problemas por mi culpa. Pensé que cuando hubiera pasado un tiempo prudencial iría a verla y a tomar una copa, para ver si se prodigaba algo más con aquella espléndida voz de contralto. Todavía la oigo contar «uno, dos, tres, cuatro...» mientras cogía la visa *oro* de entre los dedos de aquel descalabro humano y con los ojos no paraba de decirme «cógela y huye, tonto, echa a correr y escapa», a pesar de que al mismo tiempo yo sé que con la misma mirada me decía «pero vuelve, vuelve, prométeme que algún día volverás». Hay chicas que con la mirada pueden decirlo todo a la vez, incluso las cosas más contradictorias e incomprensibles, y aquélla era una de ellas.

Mi pasión estrictamente fisgona por la política debo confesar que tiene mucho que ver con una especie de debilidad localista. Relaciono la política con los rostros que más a menudo veo a mi alrededor con una intensidad casi enfermiza. En el fondo, es lo mismo que me sucede con el asunto de las líneas de la vida. Para mí la política es una especie de exacerbación de mi manera de ser fisgona. La política es como el compás que da carácter a la danza de esta ciudad. Habrá quien diga que es el dinero, pero se equivocará. Es la política. Por eso, en el fondo, aquí la política tiende a cambiar tan poco de color. Porque es como la gasolina del motor, y la cosa no admite bromas. No puedes cambiar de gasolina, aunque cambies de coche. Claro que puedes pasarte al gasóleo, pero eso ya es otra historia, y para mi ejemplo no vale. Reconozco que esto ha llegado a obsesionarme. Me presentan a un cardiólogo y yo no veo a un cardiólogo, veo a un eslabón de la gran cadena de la política que nos sujeta a todos. Me presentan a un profesor, a un lampista, a un jardinero, a un numismático, a un economista, a un cartero, y yo sólo veo política, no diré que vea a políticos, pero sí relaciones políticas, veo *tramas,* veo *pesebres,* veo *embrollos,* y ato cabos. Y es cierto que si me presentan a un político, entonces no veo ni tramas ni negocietes, sino la espuma infatuada que producen las pequeñas tormentas y los mares de fondo de estas tramas, veo a los remeros esforzados y pienso en quién toca el tambor, en quién marca el ritmo de su esfuerzo, quién les da, a sus vidas saturadas, un sentido que por fuerza tiene que retumbarles en la cabeza todo el santo día: pum, pum, pum.

Sobre esto de las tramas recuerdo que no hace mucho coincidí en una fiesta con Carlos Odiles, que era de entre mis amigos intrigantes el más intrigante de todos, y por lo tanto, objetivamente, el más inocente de todos, el más ingenuo y el más inverosímil. Y recuerdo haberle dicho: «¿Te acuerdas de cómo nos divertíamos Carlitos?». Se lo dije refiriéndome a una época de intrigas apasionantes, a pesar de que, todo hay que decirlo, hablo de una época ya pasada, de una posibilidad imposible que ya pasó, como tantas otras. Y él, este Carlos Odiles, que al parecer vive atrapado en la escritura de un libro en el que quiere decirlo todo, en el que quiere *ponerlo* todo (lo cual, según tengo entendido, le impide avanzar en el trabajo), este mismo Carlos Odiles, como movido por un resorte, me respondió: «¡Tenemos que hacer algo!». «¿Y qué podemos hacer, Carlitos?», le pregunté. Y pensé: «¿Qué puedo hacer yo si veo las comidas familiares como si fueran comidas de política? ¿Qué puedo hacer yo si mis amores son (o fueron) amores políticos, y mis relaciones son todas (o fueron) relaciones politizadas y politizantes, si me siento como una mosca atrapada en la gran telaraña que ha tejido esta araña ausente, esta Gran Reina de la Política, y cada gesto mío transmite una vibración que hace que la araña venga, sigilosa e invisible, y me inocule su veneno político? ¿Qué puedo hacer yo si soy un adicto a este veneno? ¿Qué podemos hacer, Carlitos –pensé, y casi le dije–, si no es pedalear como locos para que la gran máquina de la política y de las intrigas no se nos caiga encima? Unos pedalean para no caerse, y otros pedaleamos para que no *se nos caiga encima*. Y mi amigo, seguro que temiendo que le iba a decir todo lo que yo pensaba en aquel momento, se escabulló de mí con un gin tonic en la mano, porque estábamos en una fiesta con tanta gente que era de lo más fácil escabullirse de las conversaciones difíciles. «¡Hay que hacer algo!», dijo otra vez Carlitos Odiles alejándose. Y «¡hay que hacer algo!», volvió a decir ya desde bastante lejos. Sí, pero ¿qué? Sí, ya sé, ya sé. Lo suyo era un modo de decir: «Nos hemos de volver a divertir, pero es imposible divertirse igual que antes». ¡Antes!, maldita palabra. Y yo me quedé pensando que igual podía hacer como Carlitos Odiles y liarme la manta a la cabeza con algún libro en el que saliera *todo* (y cuando digo *todo* quiero decir realmente *todo,* no un todo a medias, sino un todo *total).* No era tan mala idea. Y pensé en la ocurrencia del siniestro Pesadillas, en el nuevo Quijote que enloquece de tanto leer periódicos. Pero qué horror y qué pereza escribir un libro, pensé.

La verdad es que recordar ahora aquel encuentro con Carlitos Odiles me hizo recordar también aquella época de las grandes cornucopias, anterior, para entendernos, a mi tarde epifánica y ahora pugilística en Rambla Cataluña, y posterior a mi época de grumete en la Nave de los Locos. En aquellos tiempos yo todavía no había desarrollado el placer refinado (aunque atolondrado en el fondo, como siempre) con el que ahora leo los periódicos. Pero no por eso la lectura de los periódicos era para mí una actividad menos excitante. Supongo que la vocación de mirón y de fisgón compulsivo ya estaría tomando cuerpo. Porque mientras leía los periódicos o escuchaba la radio por las mañanas no pasaba un día en el que diera gracias al cielo, a pesar del placer que me causaba la política, por no ser tertuliano ni comentarista político (es como cuando vas a un restaurante y te alegras de no ser el cocinero por mucho que te guste la comida, o cuando vas a un concierto y te alegras de no ser el pianista, por muy bien que toque). Pero en el caso de los columnistas o de los tertulianos, mi agradecimiento por no ser uno de ellos era todavía más vivo. A pesar de no querer serlo, puedes llegar a envidiar al pianista (en nombre de Schumann o Chopin), o incluso al cocinero (en nombre de la comida). Pero, realmente, por mucho que a uno circunstancialmente le interese lo que pueda decir (o callar), ¿en nombre de qué habría que envidiar a un comentarista político condenado a comentar la actualidad no porque le interese, sino porque le pagan por ello? Este hacer como si supieras de todo tiene que acabar destruyendo por completo todo el placer del auténtico saber, que en la política es la instintiva ignorancia, el *surfing* sobre las inconsecuencias, las incoherencias, las contradicciones y las mentiras. Es el arte de tomar decisiones, un arte del cual los comentaristas políticos no saben nada, ya que ellos sólo hablan de las decisiones aparentes, no, naturalmente, de las decisiones reales, y en cualquier caso de las decisiones ya tomadas o de las decisiones que ellos, en ningún caso, no deberán tomar. La política es una pasión idiota, lo reconozco. Puestos a tener una pasión, preferiría que fuera otra. Quizá todo esto de los milagros y las líneas de la vida no han sido más que pequeñas trampas que yo mismo me pongo con el fin de escamotear esta auténtica ofuscación y obnubilación mañanera que me lleva a lanzarme sobre los periódicos, sobre la radio, sobre la televisión, ¡o sobre internet, qué espanto!, y a saber lo que en el fondo nunca acabas de saber del todo, aunque también exista el arte de leer entre líneas.

Un día leí, no sé dónde, que Thomas Bernhard, el famoso escritor austriaco, el *Alpenbeckett,* el Beckett de los Alpes, o el Beckett alpino, como le endosaron en sus comienzos (y la palabra siempre me ha hecho gracia: *Alpenbeckett,* así, escrito en una sola palabra), pues leí no sé dónde que Bernhard, por principio, leía periódicos atrasados, y no se trataba de retrasos de un par de días, sino de un par de meses. Mi simpatía y admiración por Bernhard quedó definitiva y sólidamente consolidada por este detalle digamos que de refinamiento excepcional, pero que en el fondo no sé si creerme, porque yo lo he visto fotografiado, a este escritor, en cafés vieneses leyendo la prensa del día, que es la prensa que uno suele encontrar en los cafés vieneses, no la prensa de dos meses atrás, porque entonces no serían cafés vieneses, podrían ser consultas de nefrólogos barceloneses, pero no estaríamos en el Bräunerhof de Viena, por ejemplo, ni en el Hawelka, y Bernhard era un hombre del Bräunerhof, no, ciertamente, del Hawelka, no hay que confundirse al respecto porque la diferencia es importante, un mero desplazamiento de tres minutos andando del uno al otro, del Hawelka al Bräunerhof, y las cosas pueden cambiar completamente, aunque también es verdad que son cosas que ya no volverán nunca más, son cosas que fueron y ya no serán, este trayecto irrepetible saliendo, o incluso huyendo del Hawelka en medio de la nieve, y hablo de nieve hasta las rodillas, sí, y aterrizando en el Bräunerhof, donde de repente lucía el sol, un sol de invierno que parecía una luz de agosto que lo quemaba todo, y entonces, como para recuperarse, venga, un buen ponche y los periódicos del día, el *Le Monde* del día, *El País* del día, el

Kurier del día, nada del *Le Monde* de hace tres semanas, o de *El País* de hace dos meses. ¡Ojalá! Pero no. No en esos cafés. Quizás en la consulta de un dentista valenciano. Pero no en esos cafés. En esos cafés la prensa es la del día. A lo sumo la del día anterior (si alguien se apiada de ti y te la guarda). Pero fuera por mimetismo o no con aquel *Alpenbeckett* (ahora ya no lo recuerdo, porque las influencias uno olvida enseguida que sean influencias, con esa ilusión de la originalidad que le empuja a uno a ir siempre en contradirección), ha habido temporadas en las que yo también me he dedicado a leer los periódicos atrasados, pero debo confesar que eran relecturas casi más compulsivas y apasionadas que las primeras lecturas, porque me permitían confirmar interpretaciones, anotaciones, apuestas hechas conmigo mismo sobre un determinado curso de las noticias. Siempre he tenido la manía de recortar y guardar y luego perder cosas que me interesan de los periódicos. De hecho, no puedo leer el periódico sin unas tijeras al lado. O sí que puedo. Pero entonces acabo rompiéndolo todo (eso ya lo he dicho), arrancando hojas y más hojas. Con tijeras o sin, con lápiz o sin, con la libreta al lado o sin, la política es siempre para mí una mera apuesta, como el deporte, como los caballos o las quinielas. Experimentar la obcecación estrictamente fisgona de la política es como apostar en un juego que nunca logras comprender del todo y que por eso te apasiona: es el juego del «quién manda aquí». Los expertos en política, los «observadores» y los «comentaristas», sólo son expertos en mentir. Lo único que saben de verdad y nunca dicen es quién manda, porque saben a quién sirven, saben quién les unta con sueldos desorbitados y quién los encandila con ágapes suntuosos, y por lo menos saben siempre de parte de quién vienen los intermediarios que les pasan el brazo por la espalda y les dicen: «¿Qué has pensado hacer este verano...?». A veces la política es una mera telaraña de intermediarios y comunicadores y vacaciones en el mar o en Disneylandia. Como dijo el sabio y rocambolesco Debord: «El experto que mejor sirve es el que mejor miente».

Y hablando de mentirosos: pobre Pesadillas. Nunca me llegó ninguna denuncia suya (aunque adónde me iban a mandar una denuncia, si yo era una especie de sin techo). Nada. Desde aquella tarde epifánica y pugilística se puede decir que desaparecí completamente del mapa. Aunque en realidad tampoco eso es verdad. Me perdí de nuevo en el núcleo incandescente de Clotas y su círculo, lo cual fue una especie de vivir al margen de todo pero imaginándote que estás en el centro de todo. «Clotas es una adicción, y el día en que se me muera», pensé de pronto aquella tarde, «tendré que buscarme otra.» ¡Ah, Clotas, Clotas! Él fue una especie de *turning point* en mi vida. Mi relación con él me proporcionó algunos conocidos y algunas amistades. Y él fue y siguió siendo, antes y después de aquella tarde de septiembre, el centro de gravedad que los ordenaba a todos con su propia y peculiar ley de la gravedad. Ya he mencionado a Carlitos Odiles. En cambio, Alberto Pesadillas no tiene nada que ver con aquel mundo de lucidez noctámbula, aunque indirectamente podría pasar por un figurante de alguno de los dramas que se organizaron. Pero Claró y Clotas son los dos personajes que, a raíz de aquel par de años demasiado divertidos para que durasen siempre, pasaron a ser el Este y el Oeste de mi vida, teniendo en cuenta que el Norte y el Sur ya me los suministraba yo mismo. De aquella época sólo echo de menos, sinceramente, a Félix Montes, nuestra agente secreta imaginaria, el alma y el corazón de aquella pléyade de inconscientes. Pero otro día, si vivo aún y me apetece, hablaré de Félix Montes. Sólo *ella* ya se merecería mucho más que una simple tarde descendiendo por Rambla Cataluña. Se merecería por lo menos una vuelta a España, un camino de Santiago, una transpirenaica. Pobre Félix Montes, a veces la he echado de menos como un muerto debe de echar de menos la vida. En un momento dado le perdí la pista, ésta es la verdad, la tris-

145

te verdad de una vida de experto perdedor de pistas. Y luego se convirtió en el Gran Fantasma. Pero esto es ya otra historia.

Xavier Claró es una personalidad extraordinaria, un tipo de lo más fino, si no fuera porque nunca te escucha cuando le hablas. Él sí que ha hecho carrera y en parte gracias a mí, todo hay que decirlo y sin ganas de apuntarme ningún tanto. Cuando lo conocí tenía unas preocupaciones de lo más extrañas, pero absolutamente entrañables, ahora que lo pienso. Había montado un vídeo en el que se repetía durante horas y horas el final de *Viaggio in Italia* de Rossellini, la milagrosa reconciliación entre Ingrid Bergman y George Sanders a raíz del descubrimiento en Pompeya de los moldes de los cuerpos calcinados de sus habitantes y después toda la movida de San Genaro, supongo que debe de haber alguien que sepa de lo que hablo. Xavier decía que contemplar aquellas escenas era como una especie de mantra cuya repetición le había llevado a conocerse a sí mismo más que cualquier psicoanálisis o cualquier estudio de los *Ensayos* de Montaigne. Éstos eran los dos métodos básicos, ahora lo recuerdo, que Claró solía mencionar: «O Freud o Montaigne, no hay nada más», decía. Hasta que un día, cansado de oír la frase «o Freud o Montaigne, no hay nada más», yo le dije: «¿Y Spinoza?». «¿Spinoza?», me respondió, disimulando una cierta perplejidad. «Spinoza», volví a decirle yo. Pero en realidad podía haber dicho cualquier otro nombre, todos hubieran servido por igual, lo importante era salvarlo de aquella fijación. Hubiera podido decir cualquier otro nombre, pero mira, me dio por decir Spinoza, de quien apenas sé nada, excepto que filosofó en Holanda en la misma época en la que Rembrandt pintaba, o más o menos. Mi amigo, naturalmente, puso unas orejas muy largas, muy afiladas, como una liebre que está al loro de lo que pasa a su alrededor. «¿Crees que alguien que depende tanto de esta escena final del *Viaggio in Italia* puede sacar algún provecho de Spinoza?», me dijo, consciente de su problema y consciente también de quién fue Spinoza. «Creo que sí, Rossellini y Spinoza no se contradicen en absoluto», le dije. Y el hecho es que Claró se puso a leer a Spinoza a fondo, de arriba abajo y varias veces, no sabría decir qué textos en concreto, porque ni yo mismo sabría decir los títulos, pero lo cierto es que llegó a convertirse en un experto espinozista. Creo que incluso llegó a publicar un pequeño estudio, titulado, me parece, *Kant, Sade, Spinoza*, no en castellano ni mucho menos en catalán, claro, creo que en francés o en inglés, porque estamos hablando de un estudio serio y ambicioso. Pobre Claró, si llego a saber que iba a tomarse tan al pie de la letra mis recomendaciones, en lugar de Spinoza le hubiera dicho Suárez o Balmes, a ver qué pasaba. Y estos nombres me los sugirió Clotas al cabo de un tiempo: «Le hubieras podido decir Suárez o Balmes o Unamuno, y entonces qué hubiera sido de él, ¿eh? ¿Qué hubiera sido de él?». Clotas me lo decía creo que para poner énfasis en mi irresponsabilidad y para provocarme un ataque de culpabilidad. Pero el pequeño sadismo de Clotas no dio en el blanco. Faltaba poco tiempo para que Claró dejara de producirme la ternura que en otros tiempos me había producido. Pero eso también es otra historia.

Xavier Claró, Carlos Odiles, Félix Montes, y tantos otros, filósofos, ricos contemplativos, antropólogos al servicio de la Compañía de Teléfonos, juristas. Todos eran gente vinculada a tramas políticas, y habían venido a coincidir o habíamos ido a encontrarnos en el corazón de aquella suerte de rosa de los vientos enloquecida, subidos a aquella veleta chirriante, que es lo que fue nuestro inconfesable club, ahora paraquí, ahora parallá, según de dónde soplaba el viento, haciéndole la competencia al Principito, lanzado a la caza y captura de lo Imposible. Todos tenían una doble vida política y profesional (yo ya no, de hecho, yo ya hacía tiempo que era como un Pip que había saltado del *Pequod*, quiero decir de mi propia Nave de los Locos, y que nadaba desorientado en medio del infinito). De día trabajábamos (quiero decir: *ellos trabajaban*) en lo que fuera, de lo que fuera. De noche intrigábamos. *Le jour le travail, la nuit la rue,* como decía la vieja máxima de la bohemia artística. Pero nuestra *rue* eran sobremesas interminables, noches de copas confusas en las que se fumaba demasiado (los que fumábamos) y se ponía patas arriba el mundo y se le daban trescientas vueltas al triste calcetín de la política local y mundial.

Ahora que lo pienso, sin embargo, el que quizás estaba menos enredado en aquella especie de doble vínculo o de *double bind* constantemente presente en todo lo que se hacía y deshacía en esta ciudad, era Xavier Claró. O quizá debería decir «quien menos» cuando lo conocí y «quien más» al cabo de los años, cuando nuestra amistad ya no conocía la posibilidad del distanciamiento y hasta que tuve la sensación de no saber cuál era su juego exactamente. Yo mismo le decía a menudo que si sus preocupaciones filosóficas tuvieran algún sentido para mí, seguramente no seríamos tan amigos. Durante mucho tiempo pensé que Xavier Claró era un talento literario estrangulado por una mano invisible, toda una literatura metida dentro de un frasco aparentemente insignificante, y que contenía, en una especie de indeterminación imaginativa, todos los harapos de la literatura filosófica occidental roídos con pasión pero sin placer. Un día le dije: «¿No has pensado nunca en dedicarte a otra cosa que no sea la filosofía? ¿A la literatura, por ejemplo?». Se me quedó mirando con una expresión entre sorprendida y ausente. «Quiero decir», me apresuré a explicarme, «que ya que una vez fuiste de Rossellini a Spinoza, ahora podrías plantearte el camino de regreso.» No dijo nada. Después, mucho después, me explicó que de entrada había sentido como una especie de oleada interior de orgullo y de amor propio herido, y que aquella primera oleada fue de inmediato barrida por otra ola de pudor intenso, de un repentino y poderoso ataque de sentido del ridículo, y que había decidido, desde el fondo de la fortaleza de su silencio, allí mismo, *delante de mí* (lo subrayo porque me parece escandaloso, me parece increíble que el aprendizaje de la decepción obligue a pasar por estos espacios de parálisis cerebral), había tomado la determinación de cambiar de vida y apuntarse a alguno de los tinglados de la política ciudadana que en aquella época comenzaban a proliferar en forma de interminables acciones paralelas, de pequeños embrollos sin importancia, de escaramuzas de moscas a la búsqueda de su pequeña lata de miel de artista. Es decir, al indicarle yo la posibilidad de dar un paso atrás en su biografía (y en su caso era exactamente así: se trataba de ir de la Holanda de Spinoza a la Pompeya de Rossellini), él decidió dar un paso adelante (e ir de la Spinoza Society a la Sociedad Anónima de la política en general y a la Sociedad Limitada de la administración local en concreto). Claró dio el paso oficial a la política. Se presentó a una serie de oposiciones y las fue ganando todas, listo como era, alejándose cada vez más de la literatura, del cine, de la filosofía, pero no de mí, eso nunca, por muy poco que nos viéramos, era siempre una lejanía *física*, porque *mentalmente* estábamos siempre en contacto. Hasta que todo se torció.

Creo que si mantuve tanto tiempo la amistad con Xavier Claró fue porque no le insistí en que cambiara de vida y porque no le reproché que evolucionara en una dirección que, aunque exteriormente me escandalizaba, interiormente me parecía la más normal y plausible. Uno aprende con los años a ser discreto y a hacerse el despistado ante determinados temas. Él, que en aquella época era una persona que iba con el sí en los labios, y que luego aprendió la gramática del no, acabó siendo un enigma para mí. Ay, Claró, Claró. A veces pienso, como pensaba sentado con el Quílez a mis espaldas, y apurando aquella jarra de cerveza, pienso que ojalá volviera a ser el de antes. Ojalá volviéramos todos a ser los de antes, nosotros que hemos cambiado sin haber logrado cambiar la vida. Y unos habrán podido cambiar de vida, pero ninguno de nosotros ha podido ni remotamente cambiar *la* vida, y quizás está bien que haya sido así, no lo sé.

Yo, en aquel entonces igual que ahora, practicaba el arte del juicio rápido, y por qué no decirlo, un poco cafre. Pero no pienso juzgar a Claró (no aquí, no por lo que sabía *aquí* con respecto a lo que sé *ahora,* mientras escribo esto), porque siempre he pensado que en el fondo es una garantía para el buen funcionamiento de este país que un poeta y un filósofo camuflado como él trabaje en la administración pública. De él, de Xavier Claró, se podría esperar todo. Tanto que escribiera las cosas más revolucionarias como que se convirtiera en un portentoso administrador de la inanidad pública. Y al decir eso de la *inanidad pública* volví a acordarme del Pesadillas. Sí, sí. Comenzaba a sentirme satisfecho de mi proeza, la verdad. Abrí y cerré el puño de mi mano derecha, como si fuera una garra de acero que ya reclama nuevas víctimas. Estaba contento de no habérmelo roto. Eso demostraba que mi puño, por muy desentrenado que estuviera, todavía era más duro que la nariz de crocanti de aquella pesadilla ectoplásmica y humanoide. Pero, en realidad, más que deseos de romper otra nariz, lo que estaba teniendo era un ataque vivísimo de nostalgia de Xavier Claró, del enigma clarotiano. Cuando nos veíamos, algo que sólo sucedía muy de tarde en tarde, pero siempre con el mayor de los afectos, seguíamos hablando de pequeñas cuestiones filosófico-literarias, tema que a mí me divierte (siempre dentro de los límites de mi ignorancia) y en el cual él siguió siendo un peso pesado, más por lo que llegó a saber en su momento de espinocismo consumado que por lo que luego aprendió en sus años de vida paralela a la vida, quiero decir de acciones paralelas organizadas por espíritus paupérrimos u obsesionados en convertir esta ciudad en una vía rápida y su cultura en una especie de parque temático. Siempre que leía que estaba en marcha uno de estos tinglados ciudadanos que exigían la ingenua y disciplinada participación de todos para el enriquecimiento de unos cuantos, pensaba que Xavier Claró estaría metido en ello, y pensaba, o me imaginaba, sus esfuerzos para no vomitar cada mañana al pensar en el tipo de trabajo que le esperaba, a él, que tanta sensibilidad había mostrado siempre ante las farsas y los engaños. Él era una de esas personas que podían decirte, y se lo creía, que la sociedad se ha vuelto más justa y mejor no porque esto sea mejor desde el punto de vista moral y de acuerdo con unos principios abstractos y con unos ideales, sino porque es mejor desde un punto de vista del funcionamiento y del confort. Yo, ante este tipo de ideas, no es que me muestre en desacuerdo, es que siempre me quedo pensando, y pienso tanto, lo rumio todo tanto, que acabo perdiendo mi turno para hablar. Yo creo que Xavier Claró había colgado su idealismo innato y se había convertido en un pragmático, porque de otro modo habría vomitado cada mañana al levantarse de la cama. Sí, la verdad es que Xavier Claró podía haber desarrollado un cierto sentido de la supervivencia, una fe, una percepción del milagro cotidiano incluso. Pero para mí seguía siendo un amigo, una amistad que había superado todas las pruebas, incluso la prueba de la desaparición, la mía hacia abajo y la suya hacia arriba, yo hacia la intangibilidad de la vida de fisgón sublimada en el arte de atar cabos, en el arte de leer entre líneas, o de leer directamente las líneas de la vida, y él hacia la ininteligibilidad de la alta administración guiado por el arte de preferir hacer cosas en lugar de entender las cosas. Y en un contexto en el cual la inmensa, la más aplastante de las mayorías, quiere ascender (a cualquier precio) y que por lo tanto vive ansiosa por vender y regalar la poquísima libertad que le queda por vender o regalar (y que a menudo es la dudosa libertad de la deslealtad y la traición, todo hay que decirlo), dar con uno que huye, aunque sea del modo más sutil o como si dijéramos *in effigie,* se merece un pequeño, discreto, silencioso brindis. Y en cierto modo Claró ha sido siempre un tipo en estado de fuga permanente. Lo pensé aquel día sentado en aquella terraza junto al Quílez y lo pienso ahora. Un día le dije que el milagro más grande entre nosotros, que cada vez que nos veíamos hablábamos de milagros, era que siguiéramos siendo amigos. «Sí», me dijo, y fue como si sus labios hubieran florecido. Y me acordé de aquel cuento de Pirandello, el del hombre que tenía una flor en la boca. Y le dije: «Deberías ir al médico». «¿Por qué?», me dijo. «Porque el tipo de trabajo que haces quema mucho.» «Tienes razón, es un trabajo que quema, pero también me lo paso muy bien», me respondió, y sentí que en lugar de agradecer mi solicitud reaccionaba como si se hubiera molestado conmigo, igual que el día en que le dije que se dejara de espinocismos y se dedicara de nuevo al rossellinismo. Pero debió de durar una fracción de segundo. Sé que en el fondo no se enfadó conmigo. A lo sumo un poco por recordarle cosas desagradables. Pero enseguida me dio la razón interiormente, estoy convencido de ello. Él sabía que yo sabía, y yo sé que él sabía.

Aquella época mía de intrigante de salón, aparte de proporcionarme amigos, me dejó una marca imborrable. Una marca feliz, todo hay que decirlo. Y tiene mucho que ver, para mí, con el milagro de la resurrección de Lázaro. Pero aquí soy yo el que resucita, lo único que no sé es si fui consciente en su momento del hecho o de la cosa, o bien lo soy ahora, al recordarla. En cualquier caso, yo también estuve una vez de pie ante una caverna oscura, enfrentado a una verdad de las cosas que tiene mucho que ver con aquella otra vertiente escatológica que me ha hecho mezclar siempre la religión y la política, sin lograr, pasiones aparte, tomarme ninguna de las dos muy en serio, y sin por ello dejar de verlas como una misma cosa mezclada, como la raíz común del *nichilismo,* como dicen los italianos (y digo *nichilismo* –hay que leer ni*k*ilismo– porque así parece que lo diga en broma; en cambio, si digo *nihilismo* me vienen de inmediato unas inoportunísimas ganas de bostezar). Mi gran pasión, *la mia* *passion predominante,* la política, era de hecho un objeto de broma y escarnio. Por eso, quizás, y porque las cosas aparentemente serias de este mundo me apasionan como le apasionaría a uno una inmensa broma, mi vida, hasta aquella tarde trascendental en mi descenso por Rambla Cataluña, fue una vida de broma, una vida de mentira. Aunque hasta ahora me he divertido bastante, igual que ahora sigo divirtiéndome bastante y no necesariamente en el sentido en el que la gente entiende la diversión, sino en el sentido de la dispersión y del esparcimiento de mi llamémosle personalidad, de mi propia difusión en las esferas de lo más difuso y volátil. Este esparcimiento ha consistido, básicamente, en el arte entendido como diversión. El arte, a veces, me ha servido de puerto y refugio en las aguas agitadas de la vida. Pero hablo de una inclinación que en el fondo siempre ha sido poco seria, como la misma literatura, que en realidad no ha sido más que una manera como cualquier otra de tener algo entre manos (un libro, por ejemplo). En cualquier caso, del mismo modo que descendiendo por Rambla Cataluña de pronto comencé a entrever la claridad de un dibujo, igual que comenzaba, en aquel mismo instante, a entrever en mí la pasión (quizá la palabra resulte excesiva, pero hay una parte de mí que se resiste a corregirla) por los dibujos de la vida, un tiempo antes, unos años, pocos, o unos meses, muchos, comprendí de pronto cuál era el verdadero milagro de aquella época mía dedicada a los milagros, cuál era el verdadero drama liberador de aquella época dedicada a la esclavitud de las conspiraciones, y vi el nudo, la flor oscura, el tulipán negro de mi propio origen abriéndose, la boca caótica y bostezante de donde salía el hilo de mi nombre, de mi vida, la línea que yo seguía sin saberlo, porque en el fondo nunca sabes lo que estás haciendo, por qué lo haces, excepto los ambiciosos, que nunca malgastan una sonrisa, o nunca alargan una mano sin un porqué, los muy hipócritas. Y tampoco lo supe entonces, pero lo he sabido después, quiero decir que retrospectivamente he entendido el tipo de segundo naci-miento que experimenté aquel día de septiembre, la segun-da perspectiva que adquirí de las cosas, y que me permitió acercarme al gran asunto de las líneas de la vida. Para tejer hay que disponer de hilo. Y yo, aquel día, convertido en un verdadero Lázaro ante mi propia boca negra, y con una es-pecie de Jesús del revés llamándome hacia dentro, hacia el interior de toda interioridad, encontré una madeja de hilo que parecía una montaña, una pelota de escarabajo, liviana y al mismo tiempo gigantesca (ya se sabe que los escaraba-jos son unos animales que pueden llevar encima un peso que sea cuarenta o cincuenta veces mayor que el suyo). Sólo me faltaba la aguja del entomólogo. Pero esta aguja vendría des-pués, con una punzada de la memoria.

Hablo de un día en que, a media tarde, y sin avisar, pasé por la casa de mi madre a buscar no sé qué, seguramente un disco o un libro, ese tipo de cosas, siempre esos objetos que no llevan a ningún sitio, por mucho que aparentemente lle-ven de pronto a otra parte, aunque sólo sea aparentemen-te. Iba con llaves, por si acaso mi madre no estaba, y encontré la casa a oscuras, con las persianas bajadas, porque estába-mos a finales de verano (igual que aquella tarde bajando por Rambla Cataluña), y era en cualquier caso la época de estos tiempos póstumos que abrasan los nervios de la gente en esta ciudad sin primavera ni otoño. Al abrir la puerta oí algo, un ruido que me dejó clavado en el umbral de la casa, en la boca del recibidor, mirando pero sin ver aquel cuadro maravilloso de Cadaqués, una vista desde el Pianc sobre el pueblo, con la iglesia y las barcas y todo en plan manchas muy bien dis-puestas, y que para mí ha sido siempre una primera y bási-ca lección de la escuela de la mirada, que es lo que para mí ha sido siempre la Abadía, la casa de mi madre, de mis pa-dres cuando todavía vivía mi padre, y después sólo de mi madre, que se quedó para hacer de pitonisa de un templo cada vez más esotérico. Entré y cerré la puerta en silencio.

Desde el fondo del pasillo oscuro, como si fuera la garganta de una caverna, llegaba un sonido ronco, un ruido ancestral que, tomado en abstracto, y yo me lo tomé completamente en abstracto (ante aquel cuadro y ante aquel centro de la escuela de la mirada que era y es todavía para mí la Abadía no podía hacer menos que ver las cosas como manchas independientes de todo contexto), parecía un resto de voz subiendo desde algún naufragio ocurrido en la noche de los tiempos, una madera o un trozo de carbón que aflora de pronto a la superficie después de una ascensión de miles y miles de años desde las profundidades del abismo. Eran los ronquidos de mi madre, que dormía en su habitación, eso no tendría ni que haberlo dicho. Pero aquella evidencia tomó para mí, aquella tarde, una dimensión completamente nueva. La oscuridad, aquella soledad de la casa sorprendida en su plenitud más inconsciente, y aquel ronquido profundo, constante, como una respiración inhumana, como una especie de crujido telúrico, me hicieron percibir la situación de un modo completamente extraño e inesperado, y al mismo tiempo me hicieron sentir con toda claridad que el origen de aquella manifestación de atavismo inmemorial era mi propia madre, cuyo sueño parecía flotar, por así decirlo, entre lo más humano y lo más amoroso, y al mismo tiempo entre lo más inhumano y lo más indiferente a todo lo que no sea mera física, pura organicidad ciega. Todo aquello, en suma, me llevó infinitamente lejos e infinitamente lejos de mí mismo. Todavía oigo aquellos ronquidos, pero ya no los oigo como ronquidos, sino como la voz que me ordenaba una especie de resurrección, como la marca de una comprensión repentina e iluminadora de lo que son las cosas, de lo que era yo, de lo que soy yo. ¿Era aquello mi milagro particular? ¿El que se me apareciera inerte y oscura la madeja muda y al mismo tiempo audible en la oscuridad de mi origen, que era de hecho un origen intercambiable por cualquier otro, un sueño irreconocible, vacío y oscuro como una pizarra donde comenzar a escribir el imposible camino de vuelta a un pasado inencontrable? No, no era mi madre la que roncaba, por mucho que aquí escriba que roncaba mi madre. Aquello que yo oí era el ronquido de una garganta abstracta y en cierta manera innombrable, porque era como la portadora de todos los nombres posibles. Y también roncaba la inconciencia que me redimía de mi propia conciencia. O quizás era al revés, quizás era mi conciencia la que me redimía de la inconciencia. Me vinieron a la cabeza un montón de viejas historias convertidas en paso obligado para ubicar aquella experiencia que rozaba el sueño o la alucinación, las madres brotando de la tierra, Deméter, Erda, las madres terroríficas del Fausto, el grito primigenio de las teorías románticas sobre el origen del lenguaje, el *Urgeschrei** de una humanidad que se pone de pie y mira al horizonte, como si el esófago y las cuerdas vocales se excitasen de pronto por un ángulo repentinamente nuevo del aliento, de la brisa que se husmea con la ansiedad de un deseo nuevo e impreciso. Pero todo esto no eran más que asaltos irónicos contra mi propia estupefacción y contra la amorosa reconciliación con lo que es, con el origen y el destino de las cosas que somos, un verdadero baño no de cínica ataraxia, sino más bien de ingenua e ilusoria reconciliación con lo que no es para resarcirse de lo que no puede ser. No. Experimenté un no vivo, y un sí intenso, eso también. Aprendí cuál es el valor del no y cuál el valor del sí, porque con aquel ronquido que me llegaba desde el fondo del oscuro pasillo de aquella casa, el mismo pasillo donde yo, de pequeño, había librado tantas batallas imaginarias, había llevado a término tantas persecuciones y tantos aterrizajes de emergencia, el sí y el no me llegaban mezclados de nuevo, como una nuez nueva que una mano invisible saliendo de la habitación de mi madre me ofrecía para que yo la descascarillara y la mordiera y la mas-

* El grito primigenio. *(N. del E.)*

156

ticara, el cerebro nuevo y áspero de una nueva comprensión de las cosas, que quizá no era tan nueva, pero para la cual yo nunca me había sentido con fuerzas suficientes. Aquellos ronquidos brotando desde el fondo de la caverna sombría que era también un sepulcro invertido y también la casa donde yo había crecido fueron para mí como un grito de aviso, aquel grito primordial se convirtió en una especie de admonición o premonición, no sabría cómo llamarlo. Pero una especie de *sal fuera, sal de aquí, vete, vete, vete*. El grito de aviso de un segundo nacimiento, si se quiere. Pero eso quería decir que, o bien yo en cierto modo había sufrido una muerte con anterioridad, o bien nunca había llegado a nacer del todo. Los humanos, con esta especie de abstracción simbólica, por no decir directamente con esta desincronización que rige nuestras vidas, no sabemos nunca ni cuándo nacemos ni cuándo morimos. ¿Recordaba Lázaro haberse muerto antes de oír el grito de «sal fuera»? Yo, en cualquier caso, no lo recordaba. Pero puesto que tampoco recordaba haber nacido, sino que más bien arrastraba una vaga sensación de haber estado siempre aquí, o allí, si se quiere expresarlo así, de haber sido siempre una voz y un discurso formándose con un conjunto de nubes sobre el corte infinito de un horizonte imposible, tampoco pensé en gran cosa más que en los efectos liberadores de aquellos ronquidos, de aquellos sonidos inarticulados, desprovistos de todo lenguaje, y a la vez intensamente maternales, vivamente humanos.

Volví a salir en silencio, respetuoso con aquel sueño materno, respetuoso con la transparencia de mi nueva vida. Y recuerdo que cierto tiempo después, meses después, durante la sobremesa de un almuerzo copioso y con mucho vino compartido con mi madre, se me confirmó por la vía del lenguaje, del razonamiento y de los afectos, de la economía de los afectos (la única economía que soy capaz de comprender), el sentido preciso y exacto de lo que viví aquella tarde al entrar inesperadamente en la Abadía, por así decirlo en un espacio en el que ni se me esperaba ni se me negaba la entrada, y aquella indiferencia, aquella maravillosa indiferencia del mundo, de las cosas, de la luz y del tiempo *sin mí,* era el eco de una explicación que llegaría después, y que no creo necesario reproducir aquí, no por discreción, sino porque no tiene ningún interés, sólo tiene interés para mí, o para eso que escribo que se llama yo, que se hace llamar yo, y para mi madre o para eso que escribo o digo que es mi madre, y que es sólo una presencia válida en este tejido, en este campo de emociones e ideas involuntarias que se abaten como una gran ala salvadora, como un Ganímedes que regresa, ligeramente ebrio, por no decir directamente borrachín, de la mesa de los de arriba.

El vínculo para mí tan importante como necesitado de una cierta discreción entre aquella vivencia del canto primigenio materno, por muy ronco que fuera, y la confidencia sentimental expresada con la mayor naturalidad, con una naturalidad incluso soberana y apabullante, meses más tarde, y durante una sobremesa espléndida de finales de enero, en pleno anticiclón de invierno, constituye un hilo que rodea con un círculo, delgado y casi invisible, el núcleo de una serie de vínculos con Lázaro y de una manera más genérica con la visión de Caifás, con mi propia visión de la política y con mi imposibilidad de adentrarme en los misterios de lo espiritual, o de decir algo sobre religión (a pesar de que al final siempre acabe diciendo algo, porque es imposible no hacerse preguntas), y en definitiva mi incipiente, y en cualquier caso en aquel entonces ya latente pasión por el asunto de las líneas de la vida. Aquellos ronquidos eran como una madeja de hilo que no solamente iba a ayudarme a atar cabos sobre cuestiones y asuntos ya superados y otros a duras penas soportables sobre las espaldas del alma, sino que también iba a proporcionarme un vínculo para ir más lejos. De hecho, aquellos ronquidos me dejaron dispuesto, en un sentido que yo entonces no podía prever, es evidente, y en un sentido que ahora mismo me lanza a un abismo de mutismo y estupefacción, y que por lo tanto sólo puedo rozar, sólo puedo indicar sin que este sentido sepa que hablo de él (porque uno puede ser ladrón de sí mismo, uno puede entrar dentro de sí como si fuera en casa ajena), sin que note que me refiero a la importancia que tiene aquí, en este discurso, aquellos ronquidos, como digo, me condujeron a un territorio mental donde yo mismo sentí que podía ser capaz de darme la forma del amor, de reconocerla, y ahora debo decir que sin este amor yo no sólo no estaría aquí, cosa que no tiene la menor importancia, sino que no podría escribir esto que escribo, no podría pensar lo que pienso, no podría sentir lo que siento, lo cual tampoco tiene de hecho la menor importancia, bien mirado, y al fin y al cabo no podría decir eso que nadie podrá decir nunca en mi lugar, y esto último, al menos para mí, porque necesito que sea dicho, porque quiero que se diga, empieza a tener una cierta importancia, tan discreta e ínfima como se quiera, pero es algo que está aquí, la rosa milagrosa que se abre, esta escritura, esta cháchara sorprendente y dirigida al centro mismo de las cosas, al centro mismo del mundo, adonde no llegará sola, o no solamente conmigo.

4

¿Por qué hay vidas que se tuercen? ¿Por qué hay vidas tan rectas? ¿Por qué hay vidas que se enderezan? ¿Por qué hay vidas múltiples o vidas simples, o vidas sencillas y vidas honestas, o vidas teatrales y vidas falsas, y vidas laberínticas y vidas breves y vidas largas? ¿Y por qué las vidas breves transmiten la sensación de haber vivido con prisas, como si ya supieran de antemano que iban a ser breves, y en cambio las vidas largas producen el efecto de disponer de todo el tiempo del mundo, hasta que al final parecen incluso como desaprovechadas, como si hubieran estado siempre fiándose de ser mucho más largas de lo que al final acaban siendo? Vidas de liebres y vidas de tortugas, por así decirlo, pues al final, tarde o temprano, van todas a dar en lo mismo, en el punto en que se acaban. ¿Se acaban? Esto es sólo una manera de hablar. Todo no es más que una manera de hablar. Estar vivo o estar muerto también son maneras de hablar. ¿Estoy vivo o estoy muerto? ¿Están vivos o están muertos los que me rodean? Ah, pero éstas no eran el tipo de preguntas que yo me hacía aquella tarde bajando por Rambla Cataluña. No eran éstos mis quebraderos de cabeza. La muerte: qué mal gusto, dijo no sé quién. Quizás incluso fue Clotas: «Qué mal gusto, morirse». Ésta sería la típica frase estúpida con la que a veces Clotas se complacía en ponerse por debajo de su nivel habitual, que por lo general era francamente muy superior al que una frase así dejaría entrever. De hecho, nunca me ha preocupado la muerte como tal y por lo tanto no me preocupaba aquella tarde apurando mi cerveza, levantándome de la terraza donde había ido a recuperarme del encontronazo con el Pesadillas. Nunca me ha preocupado, como decía, la *otra* vida. Mi obsesión principal ha consistido siempre en ser capaz de comprender el sentido de *esta* vida, y no estaba dispuesto a aplazar o desplazar al territorio de una ilusión y de una infatuación las presuntas respuestas sobre este sentido. Por lo que respecta a las otras preguntas, sobre si realmente hay vidas torcidas o vidas rectas o erguidas, sobre si hay vidas largas y cortas, sobre si hay vidas enredadas y laberínticas, vidas que parecen el plano de un apartamento de setenta metros cuadrados, o vidas que parecen un desvarío de Piranesi, sobre todas estas cuestiones yo sé que alguien con la cabeza en su sitio (es decir, con la cabeza demasiado rápidamente localizable y los pensamientos demasiado orientados hacia lo previsible, hacia la irracional racionalidad del egoísmo), diría que hay vidas diferentes porque las personas son diferentes, porque los caracteres son diferentes, porque las circunstancias diferentes en contacto con los caracteres diferentes producen fenómenos y reacciones diferentes. Eso me lo diría una persona ponderada y sensata, es decir, con la cabeza convertida en el epicentro de su propio dibujo, y con las sombras de su vida, pues no hay vidas sin sombras, puestas en su cogote, con el fin de no verlas. También habría quien convertiría estos dibujos infinitamente diferentes en los signos cambiantes de la condición humana. Pero sobre la condición humana sólo puedo decir lo que un conocido mío le dijo a su médico cuando éste le decía aquello que a veces dicen los médicos, que o bien el tabaco o bien la vida, a lo que mi conocido respondió: «Doctor, ¿usted no ha oído hablar de la condición humana?». En tiempos de paz o, lo que es lo mismo, en tiempos de guerra cotidiana, es posible que sobre el enigma de la condición humana no se pueda decir mucho más, quizá sea incluso una forma de lucidez el confundir el poder adictivo de la nicotina con la vacuidad incondicionada de una vida «en condiciones». Los grandes sentimientos, las grandes proezas y las heroicidades pueden quedar reducidas a esta especie de paupérrimas conexiones mentales, que la nicotina indudablemente estimula. Es posible que aquel médico se hiciera cargo de la alegación de mi conocido. Un médico que es capaz de decir «el tabaco o la vida» hay que reconocer que ya tiene una manera de hablar indicadora de una determinada ironía, de un cierto sentido por la perversión lingüística de lo humano. Pero ahora, en tiempos de paz aparente, en tiempos de guerras lejanas, no, realmente no se puede decir gran cosa más sobre la condición humana. De modo que mi inquietud por las líneas de la vida no se podía reducir ni a la ilusión del voluntarismo ni al enigma de la condición humana. Lo que escondía en su interior, o eso fue lo que en aquel entonces me pareció, y ahora también lo pienso así, por lo menos en parte, era un deseo furioso, un deseo ansioso por ver las cosas como son: cómo son en la invisibilidad del tiempo, cómo pueden ser en las evidencias ininteligibles de las formaciones del tiempo flotando en el espacio, las cuales se comportan igual que las pompas de jabón, las unas tan fugaces, y las otras tan extrañamente persistentes ante las adversidades. Me preocupaba mucho ser capaz de ver claro aquello que, cuando lo piensas, se te presenta como un embrollo inextricable de líneas, porque pensaba que ver es entender.

Viendo al padre Amadeo bajo el algarrobo y viendo cómo Carmen Martínez le pasaba el brazo por encima de los hombros, había entendido algunas cosas. Creía entender, o comenzaba a poder entender el *eso* que permitía que la frase «todo en la vida se reduce a eso» fondease en alguna cala junto al abismo más insondable. Viendo a Zaqueo sobre el sicómoro, o a Lázaro como una momia plantado en la puerta de su sepulcro igual que en una película de terror, podía captar lo que de hecho nunca había entendido sobre los milagros, hasta que me vi a mí mismo en la oscuridad de la casa de mi madre, oyendo aquellos ronquidos, y entonces lo entendí sin acabar de ser capaz de decir gran cosa al respecto. La cuestión clave era ver bien, lo importante era *ver las cosas claras*. No es un ejercicio fácil. Puede incluso ser un ejercicio doloroso. Y a veces no sólo exige una vida contemplativa, sino también la capacidad, el coraje de pasar a la acción. Abrí y cerré de nuevo los dedos de mi mano derecha, mi puño de acero. Comenzaba a echar de menos la posibilidad de aplastar alguna nueva nariz que hiciera chac, como un huevo lanzado contra una pared.

Todavía tengo en la retina la imagen del pasillo oscuro de la casa de mi madre, por ejemplo. Y siento cómo, percibiendo lo invisible, fui capaz también de entender lo ininteligible. Viendo la frase de san Agustín («ama et fac quod vis») podía entender los misterios del amor, sin entrar en mayores disquisiciones. Claro que ver una frase parece que quiera decir verla impresa, pero yo ya me entiendo. Es entonces cuando te das cuenta, de pronto, de hasta qué punto se trata de una frase bárbara. Leída así, «ama y haz lo que quieras», en el sentido de que el amor puede abolir toda legalidad, toda moderación, toda cura o cuidado del otro, incluso la espera anhelante pero prudente, o cauta por lo menos, de una reciprocidad de sentimientos, este amor de patada a la puerta nos puede llevar, ya digo que leída así la frase, aberrantemente (y la frase se presta a ello, no es un problema del contexto), nos puede llevar no sólo a monstruosidades de todo tipo, a delirios e infamias domésticas de todos los colores, sino a contrasentidos y tergiversaciones pérfidas del sentido (desde el punto de vista de lo que se le puede suponer a san Agustín, por lo menos), como por ejemplo: «Si amas ya puedes dejar de creer». O: «Si crees ya puedes dejar de amar a nadie que no seas tú mismo». No se trata de discutir del sentido de *este amor*, porque desde san Pablo hasta aquel ensayo tan maravilloso como engañoso de Denis de Rougemont podríamos estar dándole vueltas a lo que es el amor, qué es el amor sacro, qué el amor profano, que si eros, que si ágape, que si *caritas,* que si el amor absoluto, que si el amor sexual... Sí, el enigma es infinito: ¿de qué hablamos cuando hablamos de amor? No lo sabemos. No tenemos ni idea, ésa es la impura verdad. Está aquel cuento de Carver de un par de parejas que nadan en ginebra y en el que al final acaba haciéndose de noche, y que es como una paráfrasis bastante divertida y simpática del *Banquete* platónico. Algún idiota ha encontrado que el título podía servir para otras cosas: ¿De qué hablamos cuando hablamos de arte? O bien: ¿De qué hablamos cuando hablamos de política? O bien: ¿De qué hablamos cuando hablamos de natación? Realmente, en qué mundo vivimos, que no sabemos nunca de qué hablamos cuando hablamos de lo que hablamos. Pero bueno, concedámosles, a Platón y a Carver, que hablar de amor no es una cosa evidente. Que Eros es un enigma. Y que referirse a él es como hablar de todo y de nada a la vez, de lo que se nos escapa y de lo que somos, de lo que querríamos y sin embargo ya tenemos, de lo que es intangible y de lo que sin embargo nos tiene atrapados, de lo que nos destruye y nos consume y al mismo tiempo nos convierte en lo que somos.

Pero si el asunto del amor es un asunto tan intangible y tan resbaladizo, y si meterse en él es como entrar en una cueva submarina en la que de inmediato te quedas a oscuras y fácilmente te pierdes, yo creo que eso se debe, en primer y último lugar, a la humana manía de ver las cosas desenfocadas. Hay palabras que, más que de lentes de precisión, lo que hacen es de lentes de desenfoque, y estas palabras son las que te acercan a la verdad de las cosas, no las otras. Las otras te pueden permitir ver un microbio o atrapar a un asesino por las huellas que ha dejado, pero no te acercan en absoluto a la verdad de las cosas, más bien te alejan de ella. Creo que ya he dicho que había cogido la palabra «algarrobo» como si fuera una especie de espejo, y en cierto modo funcionaba así. Pues bien, ahora puedo decir, con la mayor precisión, que la había cogido como una lente para desenfocar. Y ahora también puedo decir que esta palabra en realidad era como el envoltorio, o incluso el camuflaje, de una palabra mucho más temida, mucho más terrible, mucho menos anecdótica, mucho menos sustituible por otra palabra, y esta palabra es la palabra «amor». Pensaba que casi no sería capaz de escribirla, después de tanto preámbulo. Quiero decir que cualquiera puede decir todas las veces que quiera la palabra «amor», en un contexto banal, pero que intente ponerla en el centro de todo, en el corazón mismo de todos los contextos imaginables, y sentirá como una rampa, como un *track*, como dicen los concertistas. Sentirá pánico, como yo lo he sentido, como en cierta manera lo sentí aquella tarde de septiembre cuando no sé cómo me puse a pensar en la palabra «amor» inscribiéndola en el centro mismo de todos los círculos imaginables e inimaginables. Pues bien, incluso con esta palabra se da la posibilidad de cogerla y utilizarla como lente para desenfocar, de lupa vital, como si dijéramos. Ver las cosas claras equivale a ver las cosas desenfocadas. Las cosas son lo que son cuando aparecen desenfocadas. Escribir, recordar, razonar, son formas de enfocar las cosas que implican un desenfoque, y toda imagen, todo discurso, cualquier resultado de una operación de estas características supone una catástrofe, una pequeña catástrofe cotidiana, perfectamente plausible y aceptable, pero sin otro nombre que el de naufragio. Eso ahora lo tengo muy claro (por eso escribo sin escrúpulos y me enrollo como una persiana), pero aquel día bajando por Rambla Cataluña, como si fuera un *bateau ivre* bajando por un río de agonías y hogueras y humos y lenguas de niebla y luces anaranjadas, sentía todo lo que me estaba bombardeando la cabeza en aquella especie de guerra pacífica e invisible en la que yo me encontraba instalado, lo sentía como si fueran los ataques amorosos que alguien me lanzaba desde las orillas del río, como cantos de sirena que me decían «detente, no quieras llegar hasta el final». Pero no es que yo no quisiera, es que yo no podía detenerme. «La corriente me empuja, no puedo detenerme, chicas», les decía, y mentalmente les mostraba el espejo de la palabra «amor» (ahora ya no les mostraba el espejo de la palabra «algarrobo», ahora les mostraba el otro, el potente, el verdadero), y se apartaban, se arrugaban y se encogían, pasaban en una fracción de segundo del estado de la uva al estado de la pasa, y se desintegraban como aquel fresco de los patricios romanos en la película de Fellini. Sí, realmente, ahora me veo y me acuerdo de mí mismo andando con una especie de hieratismo de héroe antiguo, porque creo que las piernas me llevaban a un ritmo diferente del que los brazos o el tronco permitían. Me sentía como un Parsifal que acababa de aporrear a su Klingsor y me preguntaba de dónde saldría mi Kundry y cuál sería el sabor del beso del conocimiento. Estaba atento a cualquier señal del destino, fuera la que fuera, desde un aleteo de mariposa despistada hasta una erupción volcánica. Y lo vencería (al destino, quiero decir) como los Jordis vencemos al dragón y nos enfrentamos a lo Inalcanzable.

Pero ahora que veo que he escrito, casi como si se me hubiera escapado, la palabra «destino», la verdad es que en realidad ni creo ni dejo de creer en el destino, simplemente la palabra «destino» es una palabra sin ninguna posibilidad gramatical. Yo, en realidad, no quería saber qué era lo que había provocado que cada vida tuviera una figura diferente. Quería *simplemente* ver la diversidad de las figuras, esa infinita diversidad que evoca la infinita imposibilidad de entender nada a no ser por la vía de la visualidad, y por lo tanto por la vía del desenfoque. De manera que tenía que ponerme (pensé) a mirar qué es lo que se podía ver no a partir de lo convencionalmente visible, sino (pensé) a partir de lo que se deja entrever involuntariamente. Éste era un vicio mío muy arraigado: celebrar reverencialmente la parte en nombre del todo. ¿Cuántas veces no había mostrado los rasgos más intolerantes y camufladamente despóticos de mi llamémosle personalidad *condenando* a alguien por un mero gesto, por una palabra mal pronunciada, por una opinión de mal gusto según mi propio gusto o de miopía política o de miseria moral según mis propias actitudes políticas y morales? Me presentaban a alguien y era alguien que confundía las equis con las eses y aquella persona dejaba de tener ante mis ojos, *para mis oídos,* valor alguno, y no digamos ya interés. Conocía a alguien que de pronto emitía una opinión política que denotaba egoísmo, cobardía, miserabilismo mental o cualquier tipo de cliché hecho o bien de izquierdismo resentido o bien de ultraderecha chulesca o bien de centropragmatismo cínico, y aquella persona dejaba ya de contar para mí, a pesar de que los excesivamente generosos, los excesivamente heroicos también acababan por cansarme, por no hablar de la alergia que me provocaban las personas que nunca confundían las elles con las íes o las equis con las eses y que hablaban en una lengua encantada de escucharse y de haberse conocido. Esta clase de gente ha sido para mí siempre la peor, pero ahora he aprendido a disimular mis sentimientos. Antes podía levantarme de la mesa con sólo oír alguna forma de hablar que no me gustara. Ahora me contengo y espero, para ver si se trata de una falsa primera impresión. Procuro no precipitarme en los juicios, a pesar de que muy raramente las personas que confunden las equis con las eses ofrecen alguna garantía de nada bueno, y aun así les doy una segunda oportunidad, e incluso una tercera oportunidad y una cuarta si hace falta. Pero antes nada, antes no hubiera compartido con estas personas ni el aire de una mesa, ni la brisa de una servilleta desplegándose tres sillas más allá, y con ello quiero decir que aunque no se hubieran sentado a mi lado yo me habría levantado y habría dicho: «Perdón, pero yo me largo de aquí». O bien: «Perdón, pero no tengo por

168

costumbre compartir mesa con gentuza». Así de bruto era yo antes de emprender aquel descenso por Rambla Cataluña, antes de evocar, como si un rayo me hubiera caído encima, aquella visión que tuvo bajo el algarrobo el padre Amadeo, y que era como una visión de reconciliación general y discreta con lo más particular e indiscreto de esta vida. Así de bruto y de burro era yo, puestos a decirlo todo, porque con aquella especie de alma mía radical e insobornable mariposeando por las mesas de los mejores restaurantes no me daba cuenta de que me ponía en evidencia ante el estilo siempre sonriente y gélido de esta ciudad dominada por las formas miedosas de la hipocresía y del reptilismo perpetuo, del catatonismo que en el fondo sólo entiende de dinero y de los pesebres que el dinero organiza a su alrededor, a la manera de un inmenso flotador decididamente estupefaciente. Mi mariposeo fue, por lo tanto, fugaz. Quiero decir mi mariposeo de altura, si es que sentarse en ciertas mesas con según qué tipo de bribones, farsantes y cantamañanas se puede decir que sea alguna altura en algún sentido, como no sea una altura en cara dura y bellaquería, en brutalidad mental, gélida y miope. Después hice una especie de metamorfosis al revés, y de mariposa pasé a convertirme en gusano, y después de gusano pasé a larva (en realidad debería decir a *capullo)*, y supongo que la visión de aquel algarrobo y del padre Amadeo y la especulación de aquella conversación entre el padre Amadeo y Carmen Martínez sobre las cosas finales y el final de las cosas, y a la cual no asistí, porque yo no estaba allí e igualmente si hubiera estado allí, en Santo, se me hubiera considerado demasiado joven para una conversación de estas características. La visión de aquel árbol (de aquel algarrobo) convertido en un inmenso dibujo de una vida que todavía no sabía si era la mía, la de mi padre o la del padre Amadeo o la de todos los muertos y todos los vivos, debió de ser como un corte en la cáscara o en el cascarón o en la corteza o en el córtex de mi pobre vida, no sabría cómo decirlo, porque de pronto me encontré como si yo mismo fuera una imagen fantasmagórica proyectada en un plano de realidad que, aunque mantuviera esta ciudad como un soporte para mis pies, y los olores y la luz y las piedras, *estas* piedras, *esta* luz de septiembre, la verdad es que era otra ciudad, no sabría decir si era la ciudad moral y mental en la que yo vivía, que se había evaporado y se había vuelto invisible para mí, y que había perdido toda importancia y todo su significado, o qué narices era, pero yo estaba como entre una bruma, avanzaba como cubierto por una mancha de niebla.

Y ahora pienso, y realmente visto en perspectiva ahora me doy cuenta de que la cosa quizá fue así, ahora veo que me sentí atraído por los dibujos de la vida y me sentí capaz de ver, de representarme estos dibujos, precisamente cuando la ciudad entendida como un laberinto de miserias y de gran hambruna espiritual desapareció ante mis ojos, y lo único que me quedó a la vista fueron *estas* calles, *esta* luz de septiembre, incluso *esta* gente que no es ni la buena ni la mala gente ni es en realidad nadie, pero que pasan o pasaban y forman o formaban el oleaje del río que me empujaba hacia abajo, hacia las Ramblas, adonde tenía más que decidido no llegar, porque una rambla en singular es todavía algo que se puede soportar, pero unas ramblas en plural es algo que ya pertenece a otra época, y ahora, como si dijéramos, no tengo humor para tanto. Y esta ciudad de repente convertida en una ciudad cualquiera, y ya no (por fin) en *mi* ciudad, y yo convertido en una especie de visitante cualquiera, y ya no (finalmente) en un ciudadano muy concreto de esta ciudad (un visitante de dos días y medio, es la única manera de encontrar esta ciudad una ciudad interesante, las estadísticas lo confirman: la media de las estancias es de dos días y medio: el uno para buscar, el otro para no encontrar y el medio restante para poner pies en polvorosa), todo ello, este entorno repentinamente abstracto, y yo mismo entregado a los placeres de la abstracción, hizo posible que mi interés por las líneas de la vida se convirtiera en un placer plausible, o simplemente pasable, un placer para ir tirando. Pero enseguida pensé hasta qué punto estaba yo a la altura de aquel interés, ahora que en lugar de un alma de mariposa o de un alma de gusano o de larva o incluso de capullo, era finalmente un alma *abstracta;* hasta qué punto estaba a la altura de una tarea tan ambiciosa: hacer totalmente visibles, bajo el signo de su propia verdad, o como emblema de un sentido frágil, las líneas que hacen las vidas, o por lo menos algunas vidas escogidas con criterios de curiosidad o simpatía, nunca por envidia o resentimiento. Las pasiones tristes hace mucho tiempo que me aburren soberanamente. Pensé que no sería capaz de descubrirlo hasta que no me sometiera a una especie de disciplina gráfica. Pensé que era necesario ir poniendo sobre papel los dibujos de las vidas de las personas que me habían marcado, de las personas que me habían ayudado a ser lo que yo era, y que ahora me era posible sentir o percibir como aquello en lo que me había convertido, como si todas ellas hubieran pasado a formar parte de mí. No quiero decir que no pensara que debía ponerme a escribir, pero lo cierto es que tampoco lo pensé. Simplemente escribir o no escribir no tenía para mí ningún valor. Yo quería ver aquellas líneas, aquellos emblemas, aquellos laberintos. Y pensé por lo tanto que lo que tenía que hacer era ponerme a dibujar, consciente de que eso planteaba una serie de problemas básicos y cruciales que hasta que no los hubiera resuelto ni siquiera podía soñar con la posibilidad de entender nada sobre este asunto. Naturalmente, la tarea de poner los dibujos sobre el blanco del papel, o mejor dicho, de hacerlos surgir de mi cabeza *en contra del blanco del papel,* de herir el blanco del papel con la violencia compulsiva de las líneas, con el gesto de las manos danzando sobre el blanco del papel como un patinador sobre hielo, se me hizo rápidamente evidente como una tarea que en muchos aspectos me superaba y me deja-

171

ba exhausto, antes incluso de ponerme manos a la obra, me imaginé la mano cogiendo un lápiz sobre un papel en blanco y me asaltó el vértigo, supe que no lograría nada más que unas pocas líneas sin sentido. Cuando pienso en todo esto me doy cuenta de hasta qué punto aquella tarde me marcó. Desde aquella tarde he vivido otra vida. He vivido como uno que atraviesa a toda velocidad un lago helado y no quiere saber nada de lo que hay debajo, ni del grosor del hielo que pisa ni de la temperatura o la profundidad del agua que dormita debajo del hielo, sino que corre y corre y corre a toda velocidad, completamente fuera de sí, no hay otro modo de atravesar con dignidad este territorio espeso, sólo si se está fuera de sí, sea el lago de Constanza o aquella Rambla de la Inconsciencia por la que yo descendía sin saber muy bien dónde me encontraba, igual que mentalmente no hay manera de saber dónde está uno cuando por ejemplo Dante pasa del infierno al purgatorio, y supongo que habrá alguien que se dé cuenta de que la comparación no es caprichosa, no es algo que sea dicho así sin más, sin motivo y sin porqué. De hecho, este estar fuera de sí es la única manera sensata de percibir las cosas, de darse cuenta de lo que es, de sentir la transparencia de la propia conciencia. La insensatez es la única forma verosímil de la verdad, y la sensatez la única forma posible de la maldad. No querría ponerme fraseológico, pero así es como veo las cosas, como las veía aquella tarde de septiembre y como las he visto desde entonces. De manera que tanto el ejercicio del dibujo como el ejercicio incluso de la escritura en tanto práctica, *práctica de vida* y ejercicio de respiración, vienen a ser, y de hecho *han de ser,* como cuando atraviesas una cascada de agua o cortas un velo o entras en una dimensión nueva, o por lo menos *nueva* en un sentido que sólo se percibe después de pensarlo dos veces, aunque el verdadero traspaso o desgarro del velo *propiamente dicho* sólo se produce una vez, no hay entrada y salida, no hay ida y vuelta, hay ruptura e irreversibilidad. Después de aquella tarde me sometí, o por lo menos pensé en someterme a esta especie de ejercicio, y lo hice (o pensé que lo haría) sintiendo que tal cosa podía tener su importancia, aunque ésta fuera meramente conceptual. No obstante, si alguien me hubiera interrogado sobre qué entendía yo por «importancia conceptual», estoy seguro de que me habría hecho un lío con un montón de explicaciones erráticas sobre una cuestión que estaba muy lejos de tener mínimamente clara. Pero durante las semanas que siguieron a aquel descenso o paseo todavía pensé en dedicarme a llenar hojas y hojas con dibujos, sí señor, con retratos auráticos, con dibujos de huellas, con los itinerarios de errabundas travesías del desierto. También pensé en hacerme con libros sobre los tatuajes de los pueblos amazónicos y de las Indias Orientales, sobre las *songlines* de los aborígenes o sobre las huellas que supuestamente los marcianos dejan a veces en la tierra, los llamados *crop circles*. En fin, todo un repertorio para pasarse días y días leyendo y leyendo. Pensé que las líneas debían ocuparme por entero. O quizá debería decir que mi cabeza pensó en llenarse de unas líneas que, al fin y al cabo, no iban a ninguna parte, y eso era lo que importaba. En este sentido, fue y no fue un aprendizaje. Al final, como siempre, todo quedó en montañas, más mentales que reales, de papeles, de fotocopias, de libros y de notas, de polvo y de mierda donde ir enterrando una pasión tras otra. Todavía deben de estar por algún lado, durmiendo la pesadilla de los peores errores (bajo la cama de Matilde, por ejemplo, en casa de Clotas, por ejemplo, o quién sabe dónde). También es verdad (por qué no decirlo) que desarrollé una cierta habilidad. Una cierta seguridad manual, para decirlo con más precisión. A pesar de eso, ninguno de aquellos dibujos y esquemas se acercó nunca a lo que yo intuía que necesitaba buscar. No veía en ellos el signo de ningún hallazgo, el logro de ninguna clarividencia. Todo aquel trabajo absurdo tuvo la virtud, la única virtud, de dejarme como quien dice *en suspenso* ante la más típica banalidad del *genius loci*.

Un día, un *buen* día, como se suele decir (creo que pocas semanas después de aquella especie de errático eslalon por la Rambla Cataluña, cuando los días ya se habían acortado peligrosamente), tropecé con un libro dedicado a los árboles monumentales del *hinterland* de esta ciudad. El autor del libro, aparte de detenerse reverencialmente y admirativamente ante esta especie de monstruos arbóreos, los fotografiaba. Era, como si dijéramos, un cazador de árboles fotográfico. Llegado a un determinado punto de su existencia, aquel recolector de árboles monumentales decidió editarse él mismo un libro con todas sus fotografías. El resultado estaba a medio camino entre el álbum familiar (en cada fotografía aparecía, al pie del gran árbol de turno, su mujer, minúscula) y el catálogo de árboles alucinantes, retratados con mejor intención que otra cosa. Fotografiar árboles no debe de ser nada fácil. Supongo que al fotógrafo le debe de suceder que no sabe por dónde empezar. Yo por lo menos no sabría por dónde empezar, y la visión humana de los árboles no deja de ser una visión parcial, no deja de ser una visión siempre desde fuera. Pero nada es fácil, y el tiempo humano se pone tristemente de manifiesto en estas imágenes como un tiempo ridículo, como un fogonazo, como una cerilla encendida en medio de la noche por alguien que no sabe ni siquiera qué es lo que quiere ver exactamente. El libro me alegró en cuanto cayó en mis manos porque como es natural pensé que los algarrobos estarían bien representados, yo que iba armado como quien dice con la palabra «algarrobo», pero sin tener nada claro el aspecto que tienen los algarrobos. Y, efectivamente, en el libro salían tres algarrobos monumentales. Y puesto que el libro estaba ordenado de sur a norte, con sólo abrirlo uno se sentía traspuesto por la imagen de una masa arbórea descomunal que no era fácil de relacionar con la idea de árbol, a pesar de que en el pie de foto se leyera «algarrobo de doscientos años cerca de Vinarós», o «algarrobo de ciento cincuenta años no lejos de Poblet». Eran árboles, pero también, por lo menos en las fotografías, eran la representación de una infinitud enmarañada y de un color verde oscuro que no llevaba a ninguna parte, impenetrable como un origen del mundo infinitamente protegido. Abrí el libro y vi *aquello*. Y pensé: si este hombre hubiera sido pintor en lugar de fotógrafo dominguero... Y también pensé: si este hombre no hubiera estado enamorado de su mujer y no se hubiera empeñado en ponerla al pie de cada árbol, al pie de aquellos compendios de una humanidad llevada más allá de toda imagen y toda imaginación humana... Ante aquellos algarrobos debería decir que vi *eso*, que caí de bruces sobre el *eso*, sin ser al principio totalmente consciente del *eso* de marras, como suele suceder cuando vemos una cosa largo tiempo buscada. Y me quedé como clavado ante aquellas masas compactas de color verde oscuro. Intenté imaginarme al padre Amadeo y a mi tía Carmen ante *aquello* que yo ya sabía que era el *eso* de la frase crucial que me había asaltado en aquella tarde de septiembre descendiendo por Rambla Cataluña: «Todo en la vida se reduce a eso...». Identifiqué de inmediato aquella visión verde con el *eso*, y me sentí, no sé si debería escribirlo, me sentí invadido por una tristeza abismal. Antes de que los ojos se me inundasen de lágrimas conservo todavía la imagen de mi dedo siguiendo, intentando seguir las ramas, el tronco, como si fueran las venas, los huesos y los nervios de un cuerpo turgente, y por lo tanto buscando desesperadamente con el dedo, arañando el papel con una desesperación compulsiva, en medio de un ataque de tristeza que era también como un desmayo, como un desfallecimiento, una pérdida de conciencia que te asalta y no sabes, apenas tienes fuerzas para detenerla, pero yo arañaba la fotografía, rascaba aquella nube, aquella explosión helada y compacta de hojas, buscando el sentido del árbol, el sentido del *eso* que yo identificaba o creía poder identificar con

175

una estructura de ramas, con el esquema del ramaje, con las bifurcaciones y los desarrollos del tronco. Estaba ante una especie de visión de lo real, del *real thing* que me asaltaba no desde las esferas de lo sublime, sino desde la más compacta e inextricable visibilidad. No podía hacer como los viejos maestros de la vieja escuela local. No podía coger el bolígrafo y el bloc de notas y ponerme a escribir lo que veía, ya que de hecho debería haber escrito lo que en el fondo *no veía*. No podía hacer como Pla, como Ruyra, como Verdaguer cuando viajaron por esos mundos, no podía hacer como Gaziel, si es que realmente se podía decir que ellos hicieron esto. Me alejaba, por así decirlo, de estos maestros de la prosa local indicativa y señalizadora, de la escritura dactilar, porque yo no me encontraba ante un paisaje abierto, sino ante un *fondo,* me encontraba ante el *fondo de la cuestión.* Además, yo ya no disponía de un lenguaje, sino de una palabra, y encima para ponérmela como un espejo ante mí, contra mí, contra la realidad, para hacer como Alicia y atravesarlo, o simplemente para romperlo y cortarme el cuello o las venas.

Aquel algarrobo, que en la pésima, decididamente catastrófica fotografía que yo tenía ante los ojos, completamente desgarrada por los arañazos de mis uñas, mojada por mis lagrimones imparables, aquel algarrobo ni siquiera parecía algo vivo ni algo capaz de temblar a causa de alguna brisa, algo que rutilase o se estremeciera, algo que mereciera llamarse «algarrobo». Pero aquel árbol me dejó clavado, como años atrás debía de haber dejado al padre Amadeo ante la certidumbre de que la vida *siempre se reduce a eso,* que la vida sólo es pensable como el *eso* que se nos escapa, el perpetuo vacío que barre toda plenitud, el recordatorio salvaje de que después de cada instante de felicidad vienen décadas desoladoras de infortunio y desgracia, el *eso* que vuelve al final como una elipsis que se cierra a nuestro alrededor para biselar lo que queda de nuestra vida, el *eso* en definitiva como el sentido último de las líneas que produce la vida, el *eso* como la onomatopeya que nos condena y nos salva, el *eso* como lo inefable.

Pero estas cosas sucedieron después de aquella tarde, a la que ahora debo volver porque de pronto se puso interesante. No es que no lo fuera ya, para mí por lo menos. Pero ahora se puso interesante en otro sentido. Y cuando pienso en lo que me esperaba casi echo de menos los whiskies bebidos en compañía de Alberto Pesadillas. Me parece que ya había cruzado la calle Aragón. De hecho no es que me lo parezca: es que estoy seguro, dolorosamente seguro de ello. Y de este punto me acuerdo bien a causa de un incidente estremecedor, todavía ahora cuando pienso en ello veo que me abandonan las fuerzas, que me falla el coraje para escribir esto. Fue a la altura de la galería Joan Prats, casi exactamente enfrente, y en cierta manera dentro, mentalmente dentro, porque no se trata de la simpatía discreta y silenciosa que yo he tenido siempre por esta galería o por lo que significa su nombre, sino porque me disponía a entrar en ella para cambiar de aires mentales cuando vi que hacían una exposición de Serratoni, un artista al que detesto y admiro a partes iguales. Vaya, pensé, incluso una galería como la Joan Prats puede tener su mal día desde el punto de vista de mi infalible buen gusto. Y por culpa de Serratoni, este pintor pretencioso y entregado de la forma más desvergonzada a una especie de pintura infatuada, ostentosa y grandilocuente, pero al mismo tiempo genial, qué caramba, las cosas como son, por culpa de Serratoni, como digo, me entretuve allí más de la cuenta. Dudé más de la cuenta. Eso lo pienso ahora, y supongo que entonces también, porque tengo ciertos automatismos mentales que se me activan ante ciertos fenómenos culturales, por así decirlo. Si digo por ejemplo *henryjames,* si digo *foix,* si digo *juanbenet,* o si digo lo que sea, no lo sé, ahora no quiero ponerme a hacer listas de cosas que podría decir, es decir, de cosas de este tipo, quiero decir cosas de índole no sé si llamarla literaria o artística, o no sé cómo narices llamarla, que son las que en el fondo me ayudan a mantener una actitud razonable ante los delirios de la vida, junto con el constante frotamiento de manos que me produce la política, juntamente con la lectura de periódicos como respirador básico, de modo que si digo este tipo de nombres, se me activa un mecanismo, igual que si digo *Serratoni* se me activa también un mecanismo mental, y no uno intercambiable con cualquier otro. Porque nunca es el mismo mecanismo, nunca es el mismo automatismo. Estos nombres son mis obsesiones. Ante estas obsesiones mías el resto deja de valer nada, el dinero, las ambiciones, el deporte, la cocina, la ropa, estas cosas no valen nada para mí. Estas cosas que tanto alegran la vida de la gente que veo a mi alrededor, que veía descender como un plateado y a la vez espeso y plúmbeo oleaje fluvial aquella tarde aterciopelada de septiembre por Rambla Cataluña, para mí no valen nada, y ni siquiera la vida social no valía ni vale nada en mi escala de valores. Soy un solitario irrecuperable. Y si no pienso en los *henryjames,* o en los *juanbenets* de turno, que son las cosas que, ahora que ya ha pasado todo, en mi vida, ahora que ya sólo me queda la escritura, me mantienen vivo por las noches, o la política que me entretiene por las mañanas, a la hora de mi oración realista, que básicamente me sirve para reírme un rato, el resto de las horas y como quien dice todo el resto del tiempo que me queda libre para pensar y aburrirme y deprimirme, todas estas horas restantes las dedico exclusivamente al amor, a pensar en el amor como este espejo que me devuelve la verdad de todo. A pensar en el amor y a aburrirme de la vida que llevo y a deprimirme pensando en las otras posibles vidas que ya no viviré, porque ya es demasiado tarde, demasiado tarde para cambiar, la verdad es que hacerse viejo debe de ser esto, sea a la edad que sea, cuando esta sensación te atrapa debe de ser como pensar que ya es demasiado tarde para pensar, y pensar es cambiar. Por eso me sirve la cultura, para la producción de clichés, de ideas aproximadas, para convertir el aburrimiento en una táctica de la supervivencia, en un espacio en el que las cosas no son exactamente lo que son.

Sí, la verdad es que si digo este tipo de cosas ya sé que sólo digo una palabra, sólo digo un nombre. Digo *shostakovich* o *wolf* o *cézanne* o *pla* o *ferrater* o *berg* o *richter*, y sé que son meros nombres para ir tirando. Y si pienso o digo *serratoni* digo (éste es el mecanismo que aquí se me activa): «Qué pintor más bueno, lástima que tuviera la vocación de ser el único pintor de su tiempo». He aquí otro esclavo de su propia infatuación, me digo. Éste es siempre el mal de los talentos que no están a la altura mental (no diré moral, no querría decir esto de ninguna de las maneras) de su propio talento. Serratoni, pensé ante la Joan Prats, quién te ha visto y quién te ve. Siempre has puesto cara de pintor enfurecido (¿por qué será que hay tantos pintores con cara de estar siempre enfadados?). Y ahora encima eres, Serratoni, un viejo pintor pretencioso y petulante. Malas lenguas muy bien informadas me contaron hace ya tiempo, y a propósito de las exposiciones que el pintor hizo con motivo de su setenta cumpleaños, que se dedicó a coger aparte a los empleados de las siete u ocho galerías donde exponía *a la vez* (yo creo que debía de copar todas las galerías de la ciudad, poca broma con Serratoni, porque en él todo va siempre demasiado en serio, demasiado a lo grande), los cogía como digo aparte y los llevaba de cuadro en cuadro para explicarles lo que había querido decir, cuál era el mensaje de cada cuadro, porque aquello era *lo que debían explicar a los potenciales compradores,* y porque Serratoni es un artista con mensaje, para ser más exactos con mensaje redentor. Según él mismo ha declarado en varias entrevistas, su pintura contribuye a que todas las espesuras mentales de la vida inferior desaparezcan, de pronto lo ves todo con la claridad propia de la vida superior. Es como para ponerse a vomitar, como diría un héroe de mi adolescencia. Cuando me contaron esta historia yo debía de ser aún joven, por lo menos de espíritu, y me indigné, me rebelé ante aquella farsa, ante aquella confusión entre arte y diccionario de símbolos. Pero ahora que lo pienso me doy cuenta de que es una de las escenas más tiernas y entrañables que se habrán producido en los últimos digamos que veinte años de la confusa, difusa e inconsistente atmósfera mental, intelectual y cultural de esta ciudad. La vida artística local es casi tan divertida como la vida política local. Y la imagen del viejo Serratoni, con sus cabellos blancos y electrificados como si fuera un Einstein de la pintura, con su bigote casi daliniano y su perilla casi velazqueña, cogiendo aparte a los empleados de las galerías, que a pesar de estar muy rodados en esto del arte se ve que tenían que hacer verdaderos esfuerzos para aguantarse la risa, y explicándoles todo tipo de detalles completamente insignificantes, detalles propios de un catálogo de bisutería o de mercería, no más profundos que eso, detalles extraños a todo lo que cualquier ojo educado sería capaz de ver en su pintura, esa escena, esa visión, es para mí una visión conmovedora y definitiva. En algún momento de mi vida, y ante un acontecimiento así, habría sentido, y de hecho sentí que me robaban un trozo de vida y de inteligencia. Pero ahora siento una gran compasión, un gran afecto por toda esta ingenuidad, por toda la menestralía mental que estas actitudes transmiten. Y del mismo modo que la pintura de Serratoni es una pintura que tiende a la menestra, él no cabe duda que encarna la figura atávica del menestral, tan típica, tan profundamente propia de esta ciudad. A la gente le gusta entender esta ciudad en nombre de sus grandes burgueses. Pero no, esta ciudad se entiende a partir de la masa anónima de menestrales, algunos de los cuales llegan a enriquecerse y a sentirse burgueses, pero no por ello dejan de ser siempre menestrales, profundamente menestrales. Pero cuidado, la menestralía es una condición y a veces una vocación, no necesariamente un impedimento para según qué habilidades (incluida la de no parecer exactamente un menestral, sino *otra cosa* tras la que, tarde o temprano, siempre acaba apareciendo el dichoso menestral). Así, por ejemplo, Serratoni en algún momento fue o bien el mejor ojo de esta ciudad o bien la mejor mano o bien las dos cosas a la vez, y esta última posibilidad yo no me apresuraría a descartarla. La mejor mano guiada por el mejor ojo. Esto es algo que se dice deprisa. Serratoni, en el fondo, tiene derecho (debí yo de pensar ante la Joan Prats, sin decidirme a entrar o no) a desplegar toda la arrogancia, toda la soberbia de pintor enrabietado de la que a veces hace gala. Tiene derecho incluso a esta ampulosidad que se ha apoderado de su estilo tardío y le ha hecho estropear tantos cuadros potencialmente maravillosos hasta convertirlos en una especie de galimatías de grandilocuencia trivial. Pero eso lo ven media docena de pares de ojos en esta ciudad, entre los cuales estoy seguro de que están los suyos, los del mismísimo Serratoni, que no tiene ni un pelo de idiota y que por eso siempre pone esta cara de tener muy mal café y habla tan poco y nunca ha escrito ni una sola línea, porque en realidad, ¿qué podría decir? ¿Que se ha equivocado? Nunca ningún artista (igual que ningún político) dirá esta frase. Jamás. Y no la dirá por principio. El artista, igual que el político, es alguien que no se equivoca nunca por definición. ¿Qué es un político? ¿Qué es un artista? Son seres que nunca se equivocan. Reconocer los errores no forma parte del negocio. Y es una lástima que los derechos adquiridos por los méritos excepcionales de una personalidad, de unos ojos, de unas manos excepcionales, echen a perder estos mismos ojos y estas mismas manos. Es una lástima que una intuición prodigiosa, que toda la fuerza de estos ojos y de estas manos, se convirtieran en una especie de ideología pequeño burguesa y menestral latente bajo un manto de cosmopolitismo y orientalismo. Ahí está aquel pasaje feroz de

Pla sobre el barrio de San Gervasio escrito todo con diminutivos. Pues bien, siempre que pienso en Serratoni, pienso en aquel pasaje brutal de Pla. Serratoni ha convertido el gran formato en pintura en un prodigio de miniaturismo mental. Y ésta no es la clase de asociación de ideas que me divierte, sino que más bien me deprime. Pienso que mi vida sería mucho más confortable si dijera lo bueno que es Serratoni, tal como hace media ciudad. O si dijera vaya farsante está hecho este Serratoni, tal como dice la otra media, pues también. Yo, que voy de original, pienso: qué bueno y farsante es Serratoni, las dos cosas a la vez. Pero es lógico: alguien que ha aspirado a ser el único pintor de su ciudad, en lugar de ser simplemente un gran artista de su tiempo, tenía por fuerza que acabar empequeñeciéndose. Ahora ya no es más que un ilustrador de banalidades grandilocuentes (me dije dudando de si entrar o no en la Joan Prats), otro dios venido a menos entre todos los diosecillos que, errabundos e inmodestos, barren las calles de esta ciudad con la aureola que se les ha caído de la cabeza y que todavía no saben que van arrastrando detrás. Y, sin embargo, si todos los dioses de esta ciudad fueran como él, pensaba yo ante la Joan Prats, si fueran capaces de hacer algunas de las cosas que Serratoni ha hecho... Hace falta una cierta generosidad para contemplar esto no diré que con lástima, sino con un tipo de simpatía extraña, o básicamente entrañable. Pero mi caso es pura patología. Todavía no sé si era una patología lo suficientemente grave para entrar en la Joan Prats a ver una exposición más del viejo Serratoni (a pesar de que estaba seguro de que al menos un cuadro, siempre me sucede lo mismo, uno entre veinte me haría exclamar qué bueno eres, cabrón), pero sí para detenerme e imaginarme la escena del viejo pintor cogiendo aparte uno por uno a los empleados de las diez o doce galerías más importantes de la ciudad (no hay tantas galerías importantes o mínimamente decentes en esta ciudad, pero da lo mismo, ¿qué sería la vida sin un poco de exageración?); para imaginármelo guiándolos cuadro por cuadro como quien repasa el índice de un diccionario de símbolos: alfa, cuerno, cola, dedo, alfombra, halcón, joroba, huracán, islas bienaventuradas... Y no sigo, no puedo seguir, porque esto es algo que me deprime demasiado. La escena, la imagen del diccionario, me hace llorar, supongo que debía de sentirme así ante la Joan Prats, con unas repentinas y espantosas ganas de llorar. Y me imagino que por eso alguna fuerza oscura y mayor me retenía a la altura de la Prats sin poder avanzar, no solamente el nombre mágico de aquel fabricante de sombreros prodigioso, el señor Prats, no solamente Serratoni mismo y todas las contradicciones que evocaba en mí, sino toda la fascinación y toda la decepción de este mundo reunidas y encarnadas en aquella pintura, en la duda de si entrar o no a ver aquella pintura.

Y en medio de mi mar de dudas recordé (fue algo inevitable) una cena en la que coincidí con Serratoni. Hablo de mis tiempos de mariposa de altura, no de mi época posterior de gusano con cara de rata. Era la época también, ahora no voy a decir por qué, en la que yo estaba curiosamente bastante al día de la bibliografía serratoniana y que ahora, delante de la Joan Prats, como si fuera una película mental que da vueltas por su cuenta, iba desfilando por mi memoria y me dejaba sorprendido, una vez más, por su calidad. ¡Qué libros más espléndidos se habían publicado de Serratoni! Y no hablo de libros *de* Serratoni, que como es sabido ha sido siempre un ágrafo, un nudo perfectamente mudo, lo cual ha hecho quizá que su pintura cayera en la trampa de querer decir demasiadas cosas, sino de libros *sobre* Serratoni. Y no es que estos sabios serratonianos autores de estos libros maravillosos sobre Serratoni se hayan montado unas teorías absolutamente encantadoras y maravillosas sobre Serratoni (más bien no han dicho nada que no fuera horriblemente previsible). Es que sus cuadros, una vez fotografiados, se convertían en obras formidables, en imágenes inolvidables, y siempre en una proporción mucho mayor que la capacidad de los propios cuadros, vistos *al natural,* para ser ellos mismos inolvidables. Eso yo siempre he pensado que era una suerte, porque vivimos en la época del inconsciente óptico, no en la época del olor a trementina y de las ampulosidades en forma de pincelada. De manera que en aquella cena que ahora, delante de la Joan Prats, recordaba como quien dice sin querer, le dije: «Admirado y estimado señor Serratoni, los libros de tal y tal y tal sobre usted son absolutas maravillas bibliofílicas». La palabra ya sé que no era la apropiada y el tratamiento quizás era excesivamente rimbombante, pero esto no impidió que aquel Einstein de la pintura moviera silenciosamente la cabeza arriba y abajo en señal de tácito asentimiento. Aquel cabeceo significaba que estaba de acuerdo conmigo, y que, en efecto, admitía que sobre su obra se habían publicado libros espléndidos. En la mesa se creó un silencio respetuoso, y posiblemente era también una especie de silencio incómodo y expectante. Ahora la verdad es que ya no sé con qué motivo estaba yo sentado en aquella mesa bastante selecta, no voy a dar nombres, pero es fácil imaginar quién podía sentarse en ella, quiero decir que en esta ciudad el repertorio no da para mucho más, de manera que basta con repasar las posibilidades más previsibles y la posibilidad de acierto es realmente elevada. ¡Ja! Yo en aquella mesa me sentía como aquel héroe de la vida moderna que había conseguido salir fotografiado en un montón de cumbres de jefes de Estado, a pesar de que aquel tipo era, literalmente, un don nadie, un perfecto desconocido, y por lo tanto *un hombre* en medio de fantasmas. *Voilà un homme,* me dije al ver la fotografía y la noticia (muy tardía) de su desenmascaramiento. Recuerdo que su historia apareció fugazmente en los periódicos, a pesar de que a mí me habría gustado toda una serie sobre su caso. Los periódicos siempre escogen las noticias con un verdadero criterio de pura avaricia informativa. Es necesario hinchar imaginativamente todo lo que te ofrecen liofilizado, disecado y recortado. Pero por lo que recuerdo, o por lo que se veía en la fotografía en la que salía aquel hombre (rodeado de jefes de Estado con la risita de conejo puesta en la cara, y él riéndose de verdad, como es natural), era un hombre de lo más digno, un tipo con pinta de mayordomo o de líder mundial, da lo mismo, podía pasar por cualquier cosa. El hombre había logrado meterse en un montón de estas quimeras llamadas cumbres, había logrado atravesar como si fuera una simple gasa no sé qué terribles medidas de seguridad, y había salido en las fotografías con un aire de «hola, queridos, estoy seguro de que no os imagináis qué estoy haciendo aquí». Ese tipo es uno de mis héroes de finales del siglo xx. Todo un don nadie que se instalaba entre los más poderosos, o por lo menos entre los títeres de los poderosos de verdad, y ponía cara de foto sin que nadie pudiera preguntar quién es éste, porque en estas cumbres todo el mundo hace ver que se conoce, naturalmente, y meter la pata puede suponer un conflicto diplomático, un tropiezo que tarde o temprano hace que te arrepientas de no haber saludado con la máxima cordialidad a uno de los colegas de la cumbre, de modo que es la típica fiesta en la que puedes ir de extranjis y atiborrarte de emparedados y cerveza y champán y todo lo que quieras sin que nadie, ni los de seguridad ni nadie, se atreva a pedirte que te identifiques.

Pues bien, pongamos que yo en aquella cena con Serra-toni me sentía un poco como aquel intruso, lo único que yo esta vez iba como si dijéramos legalmente invitado. Por-que una cosa es colarse en una cumbre con un par de dece-nas de jefes de Estado y otra muy distinta (y mucho más ar-dua) sentarse a cenar con una decena de personas que se conocen de toda la vida, a pesar de que, y teniendo en cuen-ta la mala costumbre que se tiene en este país de no pre-sentar nunca a nadie, y mucho menos de presentarse nunca uno mismo o una misma, creo que no sería tan difícil sentarse en una mesa de estas en las que todo el mundo se conoce *de toda la vida* o hace ver que conoce a todo el mundo, no fuera a ser que alguien le tomara a uno o una por un advenedizo o advenediza, y por lo tanto nadie se presenta para no tenerte que pedir que te presentes tú (cosa incomodísima y violentísima en una sociedad en la que todo el mundo representa que se conoce). Pues bien, como decía, yo allí no era un infiltrado, pero como si lo fuera. Y fue en medio de aquel silencio vagamente expectante e íntimamente aterrado con el que se escucha cómo el perfecto desconocido de viejos conocidos toma la palabra y además se adentra en el terreno temible del elogio, cuando dije: «La verdad, admiradísimo señor Serratoni, es que sus cuadros ganan al ser fotografiados, y eso convierte estos libros en una cosa espléndida y maravillosa». Se hizo un silencio compacto, denso y pegajoso, al que siguió una caída general de cejas y de hombros. Pero Serratoni demostró una gran presencia de ánimo. Es posible que captara la sutileza de mi elogio, él seguro que sabe que vivimos en la época del inconsciente óptico y no en la de la pincelada gruesa. No respondió de inmediato, pero al cabo de una eternidad dijo: «Gracias. Es usted muy amable. Pero supongo que también concederá algún mérito a los autores de los textos de los libros, no solamente a los fotógrafos de mis cuadros». La mesa respiró de nuevo. Pero quien ahora se quedó con el aire un poco cortado a medio camino de mis propios pulmones fui yo. Me di cuenta de que la mesa deseaba fervorosamente cambiar de tema y que yo no volviera a abrir la boca en toda la cena. Pero la tentación de meter a fondo la pata y a ser posible rompérmela fue muy grande, y aquel clamor de deseos dirigidos hacia un único, deplorable fin (mi silencio), me hizo encontrar demasiado irresistible la posibilidad de ir *en la otra dirección,* este viejo vicio mío me perderá, ya lo sé. De modo que no pude resistirme a complicar un poco más las cosas: «Admiradísimo maestro, entiéndame bien. Lo que quería decir es que la fotogenia de sus cuadros es un mérito de usted, no de los fotógrafos». Y en el momento en que iba a poner en marcha una disertación absolutamente pedante sobre todos los autores y expertos serratonianos que me sabía de memoria (y que sorprendentemente ahora todavía me sé entera, como un mal poema que te persigue toda la vida), llegaron los camareros con los primeros platos y el viento portante de la mesa, dominada por gente de mundo, todo hay que decirlo, cambió de rumbo. La sensación de que nadie tenía ganas de escuchar la tontería que yo me disponía a soltar fue bastante inequívoca. Serratoni me ignoró durante el resto de la cena, mientras yo me dedicaba a admirar en silencio su peinado de Einstein y sus bigotes dalinianos y su perilla velazqueña. Y debo decir que él, por su parte, se dedicó a ignorar también al resto de comensales. En esto fue ecuánime, fue equitativo y equidistante. Quiero decir que no hizo aquello tan feo de hablar mucho con alguien para poner de manifiesto que no te diriges en absoluto a otro alguien (en ese caso yo, por ejemplo). El hombre no tenía fama de locuaz, pero lo cierto es que se quedó singularmente mudo y posiblemente pensativo. Al salir de la cena, mi contacto en aquella mesa (y que por cierto no volvió a invitarme nunca más a las cenas de aquel círculo, que pasó a engrosar la lista de lugares y círculos en los que yo no era bien recibido) me echó la caballería por encima. Estaba furioso y me dijo que ya podía darme por satisfecho, que había ofendido sin motivo a un artista tan respetable como Serratoni, que era un niñato que no sabía ir por el mundo, y un montón de cosas de este estilo. Me sentí muy desgraciado y muy arrepentido, comprendí que tenía toda la razón del mundo, que no se me podía sacar de paseo, y que si al final acabo más solo que la una («como de hecho me temo que acabarás», me vaticinó), me lo tendría bien merecido.

Este tipo de cosas pensaba yo delante de la Prats, fascinado no únicamente por la Prats en sí sino también por el escaparate de la ferretería Villa, o por el anuncio de la relojería Maurer, o por la máxima que pude leer allí mismo, llameando en un toldo, y que dice: «Todo por la mujer». *Todo por la mujer.* Ésta sí que es una máxima de las de verdad. Ésta sí que es una razón para vivir y respirar y avanzar, ahora una pierna ahora la otra y andar y mover los brazos y hablar e incluso pensar un poco. Sí, realmente debe de ser porque hay zonas de la ciudad que me inspiran más que otras y el cruce de Rambla Cataluña con Aragón me inspira singularmente. Siempre pienso: ¿No necesitas nada del Quílez? (¿Un poquito de café turco, por ejemplo?) O: ¿Qué hay en la Prats? O: ¿Qué hacen en la Tàpies? Y al final no voy nunca, soy un desastre, pero siempre miro lo que hacen por si acaso. O pienso: Mira, podría ir al Servicio Estación, que para mí es la antitienda por excelencia porque siempre salgo de ella con la cabeza hecha un lío y con la sensación de que allí todo el mundo encuentra de todo menos yo, estos grandes almacenes no están hechos para mí, me gustan, pero nunca logro sacar nada en claro de ellos. Sí, éste era el tipo de cosas que yo pensaba delante de la Prats, con un pie a punto de entrar y otro pie resistiéndose a entrar, con un pie confiando en las maravillas de Serratoni y el otro pie temiendo los bodrios más petulantes de Serratoni. Y en medio del péndulo de la duda me puse a reconstruir mentalmente un episodio de figuraciones y desfiguraciones que ahora escribo aquí casi atenazado por el abismo que producen las premoniciones así pilladas, sin aviso previo, pero que en aquella tarde de septiembre y plantado delante de la Prats con la duda de si entro o no entro se me desplegó en la memoria como una película relativamente agradable, como una especie de conexión visual que tenía que ver con Serratoni, y que de hecho constituía un automatismo memorístico vinculado a Serrratoni del todo inevitable para mí.

Todo arrancaba de una vieja visita a Pesto o Pestum en la que vi, en el museo arqueológico que está al lado de las ruinas griegas, una imagen que ya conocía pero de la que en cierta manera sólo había conservado un recuerdo semiinconsciente. Era la pintura funeraria de un sarcófago. En ella se representaba a un muchacho que saltaba de una especie de trampolín a una piscina. Era una imagen de plenitud, de felicidad. El personaje que había encargado aquella figura funeraria, el propio muerto o quizás un amigo o un pariente, tenía una concepción óptima de la muerte: un salto más a la aventura, una inmersión rápida y ligera, un instante azul que convertía el tránsito hacia lo desconocido en una transgresión refrescante y poderosamente física. Sí, *física* a pesar de todo. Y dejé que la imagen del *tuffatore* pestoniano se perdiera de nuevo en las capas intermedias de mi conciencia, hasta que dos hechos absolutamente ligados entre sí me la evocaron, en un momento denso de la historia que no sé si alguna vez llegaré a contar, porque es, al fin y al cabo, *mi* historia, *mi* épica, como si dijéramos, y temo tener que vivir después desprovisto de esta gran historia que ahora, y entonces aún más, en aquella tarde de septiembre bajando por Rambla Cataluña, me hacía y me hace aún como de abrigo, o incluso de pesada toga, con todos sus pliegues y repliegues. Pero no fueron dos hechos. Miento. Si he de hablar con propiedad fueron dos visiones, que ahora, mientras estaba delante de la Prats, evocaba sin saber (como lo sé ahora mientras escribo solamente con la imagen de la Prats en la retina) el tipo de carácter perversamente premonitorio que tenían. No mucho tiempo después de haber estado en Pesto, digamos que al cabo de unos meses, pasé una temporada en una casa que tenía una escalera con unos ventanales de cristal velado. Se trataba de un cristal traslúcido que sólo dejaba entrever las formas que se pegaban al otro lado, a menudo pequeños dragones, mariposas nocturnas, algún pequeño capullo de una larva enredada en su propia telaraña, y que aparecían como minúsculos náufragos en la gran luz blanca de la ventana. Yo ascendía y descendía varias veces por aquella escalera, y no de-

189

jaba de observar aquellas formas atrapadas al otro lado del cristal velado. Un día me fijé en una forma nueva que no había visto antes, a pesar de que por su aspecto parecía difícil que se hubiera podido formar de la noche a la mañana, y eso que soy de los que piensan que de la noche a la mañana las cosas pueden llegar a cambiar hasta extremos impensables. La forma atrajo rápidamente mi atención, no por lo que era (seguramente un capullo de una mariposa reventado y abandonado en el arranque de algún vuelo frenético, y al que la brisa podía haber dejado atrapado en el polvo de un cristal que, por fortuna, nunca se limpiaba por fuera), sino por lo que representaba: *era* la silueta del saltador de Pesto atrapado en pleno salto y en medio de aquella inmensidad lechosa. Durante semanas la sombra del saltador me saludó, y yo lo saludé a él, subiendo y bajando por aquella escalera. Yo subía y bajaba mientras él iba haciendo su inacabable salto hacia la gran inmersión. Claro: llegué a otorgarle un carácter premonitorio y me identifiqué en cierta manera con él, yo subiendo y bajando por aquella escalera hacia un camino análogo al suyo, él saltaba al vacío y yo hacía el mismo camino a través de una escalera. Hasta que un día, hojeando un magnífico catálogo de Serratoni, di con la misma forma producida por una salpicadura aparentemente casual de tinta, y pensé: «Ostras: *il tuffatore* de Pesto convertido en una especie de grafismo en manos de Serratoni». Quien no me quiera creer que no me crea, pero cuando, con el catálogo abierto en las manos para hacer las comparaciones oportunas, fui a la escalera donde quizás un par de horas antes podía jurar que todavía estaba aquella forma, me encontré con que *il tuffatore* de la ventana se había desvanecido, se había volatilizado. Naturalmente, ahora que la forma ya no estaba allí, la mancha del cuadro de Serratoni había perdido también buena parte de su elocuencia. Aquella casualidad me puso de un humor pésimo. Y ahora, aquella tarde de finales de septiembre, recordé todo esto delante de la Prats, y quizás, pensé también entonces, plantado bajo los tilos de Rambla Cataluña, pensando en si entro o no entro a ver los últimos restos del viejo Serratoni, quizá comenzó a formarse en mi interior una especie de resentimiento contra Serratoni más allá de la frustración que el personaje y su pintura pudieran producirme. Pero aquel día, delante del gran vidrio blanco de aquella escalera, sentí que Serratoni me había robado alguna cosa, y que también en mi historia personal (no sólo en la historia del arte local y vagamente mundial) había ocupado un lugar único y excesivo.

El salto de mi *tuffatore* había dejado de tener sentido para mí hasta que, plantado delante de la Prats, y evocando aquella relación mía con el célebre pintor, aquella relación (a duras penas consignable) hecha de una relación demasiado intensa con su pintura y de una incapacidad absoluta para tomarme en serio al personaje, lo confieso, oí un frenazo terrible y al darme la vuelta vi a un antiguo amor mío que venía en dirección a mí, sin verme (por fortuna), porque este antiguo amor también se dio la vuelta al oír el frenazo terrible, e inmediatamente mi antiguo amor, yo y todos los presentes y todas las aves de paso y los viandantes y los patinadores y los ciclistas que van Rambla Cataluña arriba y Rambla Cataluña abajo, vimos una especie de forma de aspecto humano que volaba por los aires y caía unos metros más allá, no sé si tres o diez metros o más, pero era evidente que con un golpe como aquél, con un golpe de estas características, no se podía hablar de una caída *de pie,* no se podía decir: pero si ha caído de pie. No, realmente no se podía entrar en apreciaciones de si había caído bien o mal, aquel cuerpo descoyuntado no podía haber caído bien de ningún modo. Quién sabe si ya en pleno vuelo pertenecía más al mundo muerto de los símbolos de Serratoni que al mundo vivo de los que descendíamos, ociosos o atareados, por el afluente humano de Rambla Cataluña aquella tibia, aquella luminosa, aquella aceitosa y melosa y broncínea y pegajosa tarde de septiembre, y que de pronto se oscureció, se nubló, sí, no sabría decir ni cómo ni por qué, fue una especie de nubarrón mental que lo enfrió todo.

La gente corrió, naturalmente, los unos hacia el cuerpo que, con un plaf horrible, se había estampado contra el suelo, y los otros hacia el coche del gran frenazo, del que salió una mujer chillando y fuera de sí, como el cuco histérico de un reloj suizo, supongo que repentinamente lúcida ante la catástrofe que acababa de provocar, y que gritaba, gritaba directamente con el cuello, gritaba *con la garganta* sin ninguna articulación de la lengua y de los labios, gritaba una y otra vez la misma frase: «¡Se me ha echado encima! ¡Se me ha echado encima! ¡Se me ha echado encima!». Lo que de hecho sonaba como si dijera: «¡Chagoñiga chagoñiga chagoñiga!». Aquella especie de *chagoñiga* desesperante se clavaba en el aire y lo cargaba de tensión, como si fuera la espoleta de una bomba a punto de estallar. Muy pronto, sin embargo, y a medida que aquel sonido se iba haciendo más y más repetitivo y poco original, su voz se fue transformando en una especie de aullido lloroso. El espanto de haber matado a alguien debe de ser realmente *espantoso,* seguro que es una forma demencial de volver a fijarte en lo que haces, de descubrir que la vida moderna no admite distracciones. Yo me había quedado clavado en medio de la calle ofreciendo una especie de escorzo improvisado ante la mayor extrañeza de este mundo, una parte de mí como si fuera a entrar en la Joan Prats (adonde de hecho había decidido no entrar, aunque las piernas instintivamente habían comenzado a llevarme hacia dentro, una cosa es lo que quiere la cabeza y otra cosa son las razones de las piernas, y a mis piernas y a mis pies todavía les debe de gustar Serratoni), y otra parte de mí como si fuera a retomar su camino. Me sentía como si fuera una estatua de sal, y me acordé, todo esto que estoy diciendo ahora fue casi instantáneo, me acordé de mi antiguo amor, de la pereza que me daba tener que saludar a mi antiguo amor, que era una pereza inconmensurable, con aquel antiguo amor seguro que ni siquiera llegué a hacer el viaje preceptivo a Montserrat, seguro que no escuchamos la sonata *Tempestad* de Beethoven inundándonos los riñones con té, como en cambio había hecho, una u otra tarde, con todo el resto de antiguos amores míos, a los cuales había podido querer de acuerdo con la máxima escrita al lado de la Prats, *todo por la mujer*. Pero no aquel antiguo amor mío, aquel amor de pacotilla, ante el que sólo había podido pensar: *Nada por esa mujer*. Sólo me faltaba esto, me dije en aquel instante de gran complejidad. Después del tropiezo con el Pesadillas ir a tropezarme con el más desolador y horrible de mis antiguos amores, esto ya es demasiado, esto ya es el acabose, me dije. Vaya tardecita morrocotuda y *fenomenal,* me dije (y el *fenomenal* me llenó de una especie de nostalgia indescriptible). Por suerte, mi antiguo amor horrible se desvaneció con la misma instantaneidad con que amenazó con aparecer. Porque ahora ya no lo veía por ninguna parte, a pesar de que yo me fijaba con la máxima atención para ver si me podía hacer el longuis y no tener que saludarlo. Ay, nada me da más pereza que mis antiguos amores, pero éste ya he dicho que no solamente me daba pereza, éste *me horrorizaba*. Ya no había ni rastro de él, lo cual en el fondo no me extrañaba. Las desgracias y mi antiguo amor eran dos elementos incompatibles. Este antiguo amor huía como una liebre de las desgracias, lo cual no significa, claro, que las desgracias huyeran de él, de este antiguo amor ya superado y olvidado con la misma celeridad con la que él, el antiguo amor, esquivaba las desgracias. Sea como fuere, y por suerte, mi antiguo amor se había volatilizado. Quizá me había visto a mí y (me hago cargo de ello) había sentido la misma pereza extrema que yo. Quizá la percepción fugaz del atropello, quizás el cuerpo del atropellado volando por los aires, quizás el griterío, o peor aún, el *chagoñiga* de la mujer atropelladora, habían ahuyentado a mi antiguo amor. El hecho es que se había volatilizado. De modo que pude moverme un poco más a mis anchas en dirección al escenario del horror sin temer encontrarme a este antiguo y horripilante amor mío. Y no es que la sangre ajena me atraiga. No es que aquellos gritos, desesperados y mezclados con aquel silencio igualmente desesperado en el núcleo mismo de la multitud, constituyeran un incentivo para mí en ningún sentido. Pero una fuerza inconsciente, supongo que una fuerza de las que tejen estas líneas de la vida, me impulsó, en contra de lo que habría sido lo natural y lo normal en mí, a ir al lugar donde había caído aquel cuerpo descoyuntado y volador. Si en pleno vuelo no parecía humano, yo creo que el plaf horrible que hizo al chocar contra el asfalto de Rambla Cataluña lo humanizó de repente (iba a decir *de golpe*). Aquel plaf no había sido un sonido, ¿cómo decirlo?, no había sido el ruido que hace un saco al caer, sino que había sido el acorde de un cuerpo entero, había sido la última armonía y la última disonancia, si es que puede hablarse en estos términos de todos los sonidos posibles, orgánicos y espirituales, que puede producir un cuerpo. Quizás, me dije, sea algún conocido. En esta ciudad tan pequeña, tan minúscula, nos conocemos todos, de nombre, de vista, de oídas. Sólo los idiotas se sorprenden de que les conozcas. Sólo los vanidosos se alegran cuando les dices: «Creo que te conozco de algo», y en ciertos barrios o en ciertas calles (como por ejemplo en Rambla Cataluña), la tentación de ir disfrazado para que no te reconozca nadie y no tener que saludar a la gente a cada paso, es inmensa. Yo creo que aquella tarde fue de las últimas de mi vida en la que salí a la calle sin una barba postiza, sin mi barba *de quita y pon*. Ahora voy siempre con la barba *de quita y pon* y unas gafas de sol con las que realmente debo de pasar por un pederasta de puerta de colegio, cosa que no soy, pero con estas gafas no me extrañaría que un día me endilgaran una lista de crímenes que ni he cometido ni (lo juro) pensaba cometer. En cualquier caso, aquella tarde ya he dicho que iba sin la barba *de quita y pon* y sin las gafas de pederasta de puerta de colegio, y así, desnudo de cara y de alma, fui a ver a aquel hombre bala que había realizado su último vuelo. Me acerqué a la pequeña multitud de gente que rodeaba el cuerpo (todavía no había llegado ningún policía ni ninguna ambulancia), y quise preguntarle a un hombre qué era lo que había ocurrido, pero el hombre se apartó justo en el momento en que yo iba a dirigirme a él. Se apartó exactamente como si aquel hombre hubiera venido al mundo con el único propósito de poderse apartar en el preciso instante en que yo iba a hacerle aquella pregunta tan idiota y tan obvia, de acuerdo, pero aparentemente no del todo inapropiada en esa especie de situaciones en las que la gente se acerca a mirar y dice puras obviedades simplemente para maquillar su ansiedad por ver algo, algo gordo, se entiende, algo fuerte. «¿Qué ha pasado? ¿Un atropello?», iba a decirle, lo tenía en la punta de la lengua, cuando el hombre dio una vuelta sobre sí mismo no ya como si no me hubiera oído, sino como si estuviera dispuesto a no escucharme, y se fue. Fuera quien fuese aquel enviado de las esferas de lo inexplicable, lo cierto es que, al apartarse, al girar sobre sí mismo y escabullirse de mí y ponerse a cubierto de mis preguntas, dejó al descubierto una brecha que me permitió ver, en un instante y con una sola, terrible, estremecedora mirada, como si fuera la visión deslumbrante de lo real, que es aquello que en realidad nunca deberíamos ver sin previo aviso, y que por lo tanto sólo muy raramente vemos, pude ver, y vi, la cabeza de aquel muñeco descoyuntado, la cual, en contra de lo que hubiera podido esperar, no estaba cubierta de sangre, o no por lo menos la parte que se me ofrecía a la vista, como si fuera un resto, como si fuera un residuo de lo visible llegándome desde otro mundo. Y sólo aquel instante ya fue realmente excesivo, fue la cosa más excesiva que yo, en el peor de mis excesos mentales, hubiera podido prever. Quiero decir que me arrepentí *instantáneamente* de haberme acercado

a mirar. Al instante me di cuenta de que *aquello* me lo podía
haber ahorrado, o me lo podían haber ahorrado los dioses que
tejen los hilos de mi nudo existencial, y con los cuales podían haberme colgado por el cuello o por los pies, si es que
hay algo parecido a dioses tejedores, antes de dejarme ver
aquello, antes de hacerme aquella putada, porque, señores,
aquí no hay otra palabra, aquí uno tropieza con la primera palabra que le viene en mente, y a mí desde entonces,
cuando pienso en *aquello*, no he logrado que me venga otra
palabra en mente. Fue mucho peor que una visión que hubiera preferido no tener. Fue una visión que hubiera debido
no tener. Porque aquel rostro completamente pálido, aquella cara delicada y profundamente serena, a pesar de que los
ojos abiertos y vidriosos miraban con un punto de resentimiento y sorpresa, era el rostro de alguien conocido, el de
alguien incluso demasiado conocido para mí. Sin pensarlo,
atrapado ya por aquella esfera de fatalidad y desgracia, atraído por la fuerza magnética del silencio que irradiaba aquel
cuerpo (un silencio que ahora, de pronto, se había contagia-
do a toda la escena, un silencio ingrávido y denso a la vez),
me abrí paso entre la gente hasta llegar al lado del muerto.
De modo que comencé a usar los codos, como si corriera la
milla pero a cámara lenta. Nadie se abre paso con aquella
repentina emergencia en medio de tanta quietud hacia un
muerto a menos que sea médico o amigo o por lo menos
pariente, de modo que la gente empezó a apartarse con una
especie de solicitud expectante y en un tris me encontré
completamente solo, con una sensación de soledad irrespirable, en el centro mismo del círculo de los fisgones, *con él*,
sí, al cabo de tantos años tener que reencontrarnos *así*, como
suele decirse, *de esta manera*. Y me veo ahora, mientras escribo (no sé, debe de ser que asumo la perspectiva de los
muertos, del alma que emprende el vuelo), me veo desde
arriba, como si yo mismo en lugar de estar completamente
solo en medio del círculo de los fisgones junto al muerto

estuviera también al mismo tiempo mirándolo todo desde un balcón, me veo completamente solo y de pie ante el cuerpo descoyuntado y literalmente estampado contra el suelo, con aquel rostro vuelto hacia mí, con aquellos ojos que ya no miraban nada, pero que estaban clavados en mí. Era Vérum, en efecto. El nombre no le dirá nada a nadie, pero a mí, lo cierto es que me evocaba demasiadas cosas. Y lo primero que pensé fue que quién, si no él, podía morir en la Rambla Cataluña. No conocía a nadie más adicto que él a la conversión de aquella calle en una especie de delirio intimista, en una metáfora de su designio vital. Y alguien dirá que escribiendo lo que escribo yo incurro también en este desvarío, y acertará. Vérum y yo nos parecíamos demasiado, en el fondo, para poder ser buenos amigos de verdad. Los dos éramos dos almas igual de muertas, y lo éramos desde el instante mismo de nuestro nacimiento. Pensé, y no sé si llegué a decirlo en voz baja: «Una muerte rápida para alguien que tenía prisa para alcanzar la nada, una muerte adecuada, una muerte volátil y en un lugar inmejorable, y una muerte para no pensárselo dos veces». Pero todo esto lo pensé del modo más confuso, y si llegué a decirlo, fue dicho seguro de la manera más ininteligible. Me imagino que sobre todo pensaba qué narices hacía yo pasando por aquel lugar preciso en aquel preciso instante. Supongo que intentaba no doblarme bajo el peso de aquella casualidad espantosa, de aquel cruce fatal de las líneas de la vida, de las mías y de las de Vérum. Pensé, o simplemente sentí, tanto tiempo sin vernos, y ahora eso, ahora *así*, en Rambla Cataluña, precisamente en una calle en la que yo racionalmente siempre siempre habría podido esperar o temer encontrármelo, pero no *así*, no convertido en eso, en aquellos dos ojos que le decían a su *doppelgänger*, a su doble y contrario, le decían: «Hijo de puta, yo ya estoy muerto y tú no, yo sí y tú no». Sentí un vacío vertiginoso en la cabeza, en el estómago, en los pies. «Yo sí y tú no.» ¿No te jode?, pensé. El odio puede ser tan vivificante como el amor, sólo que un poco más incómodo, de manera que yo me sentí bastante incómodo. Por lo demás, mi rostro debía ser de una elocuencia total, porque alguien me preguntó a mi lado, una voz femenina me preguntó: «¿Lo conocía usted?».

–¿Lo conocía usted? –dijo, y sentí como si el badajo de una campana me percutiera en el interior del alma.

Para el coro de los fisgones había llegado el momento de preguntar quién era el otro personaje de la tragedia, había llegado el momento de saber a quién le habían franqueado el paso al centro mismo de la peor visión. El hecho es que aquella voz cercana y susurrante sirvió para que volviera a desencadenarse aquella otra voz, más alejada y chirriante, la voz de la mujer del coche que había mandado a Vérum al otro barrio con aquel salto mortal de necesidad, y que retomó sus lloriqueos y espasmos al oír (¿lo oyó?) cómo alguien me preguntaba si yo conocía al muerto: «Pero ¿cómo ha podido pasar una cosa así? ¿Cómo ha sido posible? ¿Cómo ha podido echárseme encima de este modo?».

La voz femenina a mi lado insistió, indiferente a los chillidos de la atropelladora:

–¿Lo conocía? ¿Era amigo suyo?

Siempre hay una voz femenina que vuelve y te dice que la vida se reduce a *eso,* siempre hay una voz femenina que intenta hacerte de áncora en medio del caos, y siempre es como decir nunca, nunca *eso.* Y sin embargo *eso* lo pienso ahora, ahora que escribo *eso,* no entonces, no ante la visión exacta y precisa del *eso* real. Pero ahora sí que lo pienso, pienso en aquel cuadro de Caspar David Friedrich, aquel que tiene una cruz en medio del mar y un áncora lanzada a la roca, al pie de la cruz, en medio de una luz crepuscular, y del áncora salen unos cabos tensados por la fuerza de una nave invisible, los cabos son lo único de todo el cuadro que transmiten algo parecido a una presencia, porque no se ve ninguna nave, literalmente no se ve nada, ni la punta de una proa (iba a decir *ni la punta de una prosa)*, y ahora pienso que yo allí era como la nave ausente del cuadro de Friedrich, a pesar de que había una voz que me clavaba en el suelo y otra voz que se me llevaba hacia el *eso,* el enigmático *eso* que nos devuelve a las cosas, que nos hace ser cosas, que nos disuelve en las cosas, y nos hace ser *así* en el borde mismo, en el límite mismo donde todo se deshace. Yo en aquel momento debía de ser una especie de cosa petrificada ante aquella otra cosa descoyuntada en el suelo, aquel antiguo amigo mío que ahora me miraba, y que me miraba a mí, sí, como si dijera: «Tú todavía vives, hijo de puta, y yo ya estoy muerto». No sabía si me lo decía remarcando la ventaja o bien la derrota implícita en su situación, esta manía maldita de vivir siempre como en una carrera, a ver quién llega antes, pero adónde, adónde. A las cosas, al *eso,* quizás habría que decir que al *así.* Y entonces una voz que no era la mía, pero que indudablemente salió de mi interior, dijo:

–Se parece a un amigo mío que hacía mucho tiempo que no veía.

La voz femenina estaba decidida a insistir: «¿Y no es él?».

–¿Y no es él? –insistió.

La corifeo del coro de los fisgones quería saber qué estrofa y qué contraestrofa había que entonar, quería saber quién era el muerto y quién era el vivo, quién era el bueno y quién era el malo, y no se daba cuenta de que los dos ya estábamos muertos desde hacía tiempo, de que los dos ya hacía demasiado tiempo que nos habíamos matado en un duelo absurdo, cara a cara, y que todo lo que había venido después no había sido más que una vida de sirgadores, los dos tirando de sendas naves imposibles en un río reseco, los dos viviendo en sentido contrario pero sin acabar de podernos desatar de la cuerda que nos sujetaba y que ahora, de repente, se había roto y que yo sentía cómo me hacía perder el equilibrio por dentro, lo notaba, me hacía sentir como quien dice en caída libre dentro de mí.

–¿Y no lo es? –insistió la mujer.

–No lo es. Se parece mucho a alguien a quien conocí hace mucho tiempo, pero no es él.

Y diciendo esto, este *esto* sórdido y banal que yo pretendía que me salvara del otro *eso*, del valor incalculable y terrible del otro *eso*, me aparté del círculo de los fisgones, o quizá debería decir del círculo de los testigos, o quizá debería decir de aquel coro silencioso de una tragedia ridícula que se acababa allí mismo, de aquel muro informe de contención de la realidad y la ficción, un muro que yo llevaba demasiado tiempo intentando derrumbar para podérmelo tomar en serio allí, en medio de aquella tardía e inesperada floración de una cosa absoluta, de una cosa que había alcanzado lo absoluto por encima del asfalto de Rambla Cataluña, en el momento mismo en que el aullido de unas sirenas anunciaba el final de la representación, el momento en el que todo volvía a la ilusión cotidiana de lo irreal en forma de ambulancia que llegaba, completamente en vano.

Y pensé, eso sí que lo pensé allí, apartándome de aquel muro de gente, pensé en la imagen del rostro de Vérum colgada en el fondo de mi retina, como un faisán *faineant*, igual que la tengo ahora, pensé en el arte, en esta especie de falso refugio que permite convertir verdades en falsedades o las imprecisiones de la vida en historias del arte, pensé en Giacometti, sí, en la incapacidad de Giacometti para dibujar el rostro de Braque muerto, porque (decía) siempre le salía como si estuviera vivo. Cómo reconforta pensar en Giacometti, me dije, y lo sentí así, plenamente, como lo siento ahora. Y pensé también en el pobre Cézanne, el cual, cuando murió su madre, hizo que fueran a buscar a un humilde pintorcillo de pueblo para que hiciera el retrato de su madre muerta, ya que él se sentía completamente *indigno* para aquella tarea, completamente *incapaz*. Pero ya lo dice la canción: *Tout le monde n'est pas Cézanne...* Vaya consuelo en determinadas ocasiones de la vida, no ser Cézanne y al mismo tiempo pensar en la indignidad del pobre Cézanne, o en la perseverancia del tozudo Giacometti, que convertía a los vivos en ultravivos y a los muertos en vivos, ríete tú de Lázaro, ríete tú de mí mismo en la boca oscura de la Abadía, ríete tú de la visión de Vérum y de la rotura íntima de la última cuerda que nos sujetaba el uno al otro. Aquello sí que eran resurrecciones, me dije. Pensé en todas estas cosas, en estas historias, y en algunas más que ahora no vienen a cuento o que he olvidado. Pensé en lo que hizo Bataille ante el cadáver de su madre, que es lo que pienso irremediablemente cuando me acuerdo de las inhibiciones de Cézanne ante el cadáver de la suya. ¡Cómo me gustaría borrar todas estas porquerías de mi cabeza! Lo pensé como quien recita un mantra, con un cierto frenesí, con una cierta desesperación, con un incipiente ataque de angustia. Me imagino que ésta es la forma más honesta de llamar a lo que yo sentía: angustia. No era dolor ni lástima por Vérum o por mí. Era una angustia espantosa. Y pánico, un pánico colosal. Venga a pensar en Giacometti, en Braque, en Cézanne, y luego en Bataille, y otra vez en Giacometti (había un salto lógico desde Bataille que me devolvía a Giacometti), en Braque, en Cézanne..., un verdadero círculo mágico que me salvaba, que me salva y me hacía, como me hace todavía ahora, de centro del mundo, en medio de aquel vacío lleno de gente, en medio de aquel abismo interior en el que me hundía con la cuerda rota alrededor de mi cintura (como un escalador que se desvincula de una cordada imposible), con aquel falso cordón umbilical cortado, con aquella mala línea de una vida mala por fin cortada, o simplemente *de pronto* cortada. No pensaba en Caspar David Friedrich. Pensaba en los otros: en Braque, en Giacometti, en Cézanne... Es imposible no darse cuenta de la miseria de mi vida mental. Es imposible no darse cuenta de que había tocado fondo si lo que me permitía no caer rodando por los suelos eran todos aquellos pensamientos idiotas. Vérum estaba muerto, y yo había tenido que pasar precisamente por allí para verlo con mis propios ojos. La enemistad dispone unas recompensas nauseabundas, me dije, comparadas con las penalidades que la amistad impone. Pero esto lo escribo ahora, entonces no pensé ni siquiera esto. Quizá me lo dije a mí mismo, como se escribe a veces que uno se dice las cosas a sí mismo, pero si he de ser honesto, creo que lo único que hice fue largarme de allí, salir pitando igual que si hubiera visto al diablo en persona. Y Vérum era el diablo para mí, *mon semblable*, la imagen invertida de mi alma, mi vida puesta al revés, la cuerda que tanto podía salvarme del naufragio definitivo como estrangularme, la línea salvadora y la línea de la condena irremisible.

En los círculos de nuestra gran conspiración babilónica (voy a llamarla así por ponerle un nombre cualquiera, y éste es un asunto del que aquí no querría hablar, pero que constituye la trama invisible de este relato, de aquella tarde, y que por así decirlo había sido en medio de aquellos años de aburrimiento infinito la única épica posible, la única lírica posible también), en los cenáculos de aquella conspiración, como decía, a aquel muñeco descoyuntado que yo ahora dejaba hundiéndose lentamente en el reino silencioso y extático de las cosas se lo conocía por el nombre sin duda extraño y original de Abbé Vérum. Él mismo se hacía llamar así y firmaba así. Supongo que le hacía gracia que el nombre tuviera resonancias eclesiásticas o litúrgicas, porque Vérum siempre había sido una persona muy dada a los rituales de la infatuación espiritual; en cambio, eso debía decirse a su favor, era completamente indiferente a los rituales propios de las intrigas y las tramas, que eran los que a mí más me motivaban. La gente solía decirle Avevérum. Pero sus admiradores y admiradoras decían, de hecho: «Ave, Vérum». Se podía distinguir qué tipo de relación tenía alguien con el personaje en función de si decían: «¿Has visto a Ave, Vérum? ¿Ha venido Ave, Vérum?». O bien: «¿Has visto a Avevérum? ¿Ha venido Avevérum?». En la pausa casi imperceptible de la coma notabas quiénes vivían fascinados por aquella petulancia y aquella soberbia infinitas y eran adeptos a la causa del personaje (a la causa de su falso plumaje, por así decir) y quiénes no. «¿Has visto a Ave, Vérum? ¿Ha venido Ave, Vérum?» Quien hablaba así no estaría nada dispuesto a ironizar sobre el personaje, un tipo que a medida que se había hecho mayor, y a medida que había dejado de ser amigo mío también, se había vuelto más y más desmesuradamente ambicioso, y por lo tanto se fue exponiendo más y más al ridículo. Pero, realmente, la gramática tiene reglas que generan una capacidad de significación propia, y al cabo de cierto tiempo fue al revés, fueron los adeptos y los que estaban fascinados con él los que comenzaron a prescindir de la coma, porque debían de intuir que quería decir más cosas de las que ellos mismos controlaban, y en cambio los escépticos, o los que lo habían calado, recurrían ahora ellos al uso de la coma con una intención inequívocamente irónica y teatral. «¿Has visto a Avevérum?» «¿Querrás decir a ¡Ave! Vérum?»

Realmente no sé a quién se le ocurrió aquel apodo. Fue alguien, de eso estoy seguro, que sabía quién era Stendhal. Digo esto porque en cierta ocasión el viejo Clotas me dijo que, leyendo *El rojo y el negro* (y en su caso re-re-re-releyendo), se había encontrado con un *abbé* que perdía el culo por cenar en casa de las mejores familias. Bueno, Clotas no me lo dijo así, él sabía perfectamente quién era aquel *abbé*, y yo también lo sabía, pero Clotas tenía esa manera cauta y suave de plantear ciertos asuntos, que parecía hecha aposta para no poner nunca en evidencia una laguna o la franca ignorancia de su interlocutor, y yo, él sé que lo agradecía, yo no iba a ponerlo a él en evidencia agitándome en el sillón y diciendo, como si fuera un aspirante a primero de la clase: «Ya sé quién es este *abbé*, ya sé quién es este *abbé*». A quien se le ocurriera aquel sobrenombre es posible que tuviera presente a aquel *abbé* de Stendhal, según Clotas, porque Vérum también perdía completamente el sentido de la mesura y la discreción cuando se trataba de hacerse abrir ciertas puertas de la ciudad, puertas que todos nosotros (es decir, el resto del círculo en torno a Clotas) podíamos considerar como una condena al aburrimiento el tener que traspasarlas. Él, en cambio, en su infatuación de advenedizo y de arribista, consideraba siempre, indefectiblemente, un honor lo que nosotros (el resto) hubiéramos considerado, igual de indefectiblemente, un castigo y una maldición. Vérum se relamía ante aquel «honor» y mostraba su vertiente encantadora, hasta que obtenía de aquella mesa y de aquellos anfitriones lo que buscaba, nunca gran cosa, posiblemente sólo el billete para sentarse en una mesa más elevada donde redibujar su sonrisa de buen chico que sólo aspira a flirtear con la hija de la casa. Pensé si no había sido Clotas el inventor de aquel sobrenombre, que el mismo Vérum rápidamente adoptó con un entusiasmo extraño, por lo menos para los que considerábamos que llamarse Clotas, Martínez, Claró, Puig, Tous, Vives, Valverde, Iturralde o Vilaró no era un deshonor tan grande como llamarse de otro modo. Pero puesto que el pobre Vérum arrastraba un notable complejo de familia insignificante, que él disfrazaba y al mismo tiempo ponía en evidencia hablando siempre que podía de su familia, de un modo del todo exagerado e inconveniente, como de una estirpe venida a menos pero emparentada con la realeza (sí, Vérum no tenía límites cuando se trataba de dejar volar la imaginación), es posible que aquel nombre, en lugar de avergonzarlo, le pareciera lo suficientemente extraño, antiguo y clásico (por el latín, supongo) para adoptarlo con plena y ciega autocomplacencia.

Por otra parte, aquel Vérum tenía algo y al mismo tiempo no tenía nada que ver con el Vere de *Billy Budd* de Melville. Era una resonancia fonética, sólo esto. Pero si se piensa en la doble pasión nunca disimulada de Clotas por Melville (que consiguió contagiarme) y por Britten (que sólo consiguió contagiarme a medias), entonces Clotas aparece como un notable candidato para ser la fuente de aquel apodo malicioso que Vérum, comoquiera que se llamase en realidad, aceptó sin darse cuenta del regalo envenenado que se le endosaba. Vérum era (también según Clotas) un wittgensteiniano sin saberlo, porque (según Clotas, yo a duras penas sé algo de Wittgenstein) «siempre se deshace de las escaleras que utiliza para subir». De hecho, Vérum era muchas cosas sin saberlo, porque su indocumentación, que él camuflaba astutamente con un soberbio desprecio a la cultura, era proverbial. «Eres más ignorante que Vérum», decíamos a veces, y yo me avergonzaba un poco de haber sido en otros tiempos amigo suyo, porque un signo de mal gusto y de poco criterio es no saber escoger bien a los amigos.

Un día Clotas me hizo una disección temible de Vérum: «Vérum», me dijo, «es un animal trepador y hambriento. Su hambre, que es antigua e insaciable, sólo puede compararse con su inmenso resentimiento hacia el mundo. El origen de este resentimiento es lo de menos. Lo que importa es que tal resentimiento le produce una profunda inseguridad, que él reviste de soberbia y de desprecio hacia todo lo que no le sirve para alcanzar el peldaño siguiente hacia la nada, pues en su ascensión hacia la propia inanidad siempre hay un nuevo peldaño, un peldaño más. Bajo esta soberbia late un corazón herido, hay un pecho resfriado, un estómago encogido y un cerebro inseguro. Hay un orgullo y una susceptibilidad enfermizos», decía Clotas, «Vérum, con el fin de no vivir hundido en su odio contra el mundo, se ha creado una imagen delirante y demencial de un mundo sublime en el que hay señores y siervos por naturaleza, un mundo arcaico, premoderno, ridículo e irracional. Él, evidentemente, y con todas las inseguridades que esto comporta en un don nadie, en un advenedizo, en un arribista de tres al cuarto, procura hacer vida de señor en ese mundo ideal de castas y ordenanzas cínicas y desvergonzadas hechas a medida de sí mismo y de su desvarío. Pero su compulsión a pelearse con los camareros demuestra que no está seguro del papel que le ha tocado desempeñar (y era verdad; Clotas y yo habíamos pasado una vergüenza horrible a cuenta de la enfermiza y sospechosa irritabilidad de Vérum con los camareros). Teme que lo calen como lo que en el fondo él mismo se siente, como alguien permanentemente indigno de estar donde está, como un sirviente camuflado, alguien permanentemente en falso y ansioso por demostrar la pretendida clase, la pretendida superioridad que en realidad, y eso se ve en cuanto rascas un poco, no tiene. Este miedo a ser desenmascarado le hace tirar constantemente y de una patada las distintas escaleras que ha ido utilizando para ascender. Vérum es un trepador que, como suele pasar con los trepadores, borra pistas y arrastra un pequeño montón de cadáveres en el armario. Vérum es, como si dijéramos», dijo Clotas, «un pequeño Tom Ripley cotidiano, nuestro Ripley de cada día, un pequeño farsante que si ve en ti algo que le interese y pueda aprovechar estás perdido, porque como seductor puede ser temible. Pero luego ya está. Es un tipo que no tiene nada dentro, aparte de sus propias pesadillas.»

Nuestro Ripley de cada día. Realmente, Clotas tenía una forma de ver las cosas sorprendentes. Pero sí, ése era, efectivamente, Vérum, su retrato y él mismo en persona. No hace falta decir que Clotas, yo, y tantos otros, habíamos sido cadáveres, escalones, piezas anodinas del pequeño juego de aquel Ripley cotidiano. Pero la buena fe siempre me ha parecido una virtud valiosa, y con Vérum estoy muy orgulloso de haberla perdido de un modo discreto, de un modo casi secreto. Fue Clotas quien me hizo ver la gran suerte que había sido quedar fuera del juego de aquel pequeño Ripley de cada día, la liberación, el descanso, la redignificación que eso suponía. En ocasiones yo le decía: «¿No te gustaría poner a otro Ripley en tu vida?». La verdad es que sin Vérum casi nos aburríamos. Y Clotas me respondía siempre, casi invariablemente: «Pero esta vez que sea un Ripley de verdad. No le temo a la sangre ni al crimen, pero sí a la mezquindad, a la cobardía y a la mediocridad». Y realmente yo *sabía* que la sangre y el crimen a Clotas no le daban ningún miedo.

Un Ripley vulgarmente inocente, éste había sido Vérum antes de convertirse en aquel amasijo inane sobre el asfalto de su calle preferida. El gran Clotas, siempre tan insoportablemente moralista desde la atalaya de sus años incontables, seguro que se frotaría las manos y se echaría a reír cuando supiera la *terrible* coincidencia. Pero estuve seguro también de que Clotas, en cuanto supiera que Vérum acababa de largarse de este mundo como quien dice *en mi presencia* (y no creo que tardase ni media hora en saberlo, en esta ciudad las noticias corren muy deprisa), pensaría que yo iba a ser de las pocas personas de la ciudad que sentirían aquella muerte, que la sentirían (es como si estuviera oyendo a Clotas) como un trabajo que queda a medias, como un asunto cerrado en falso, como algo que se queda pudriéndose en el fondo de un cajón. Y por millonésima vez me diría: «No entiendo cómo puedes sentir algo, un vínculo emocional con este Ripley de cada día, con este *Alltagsripley* (Clotas tenía sus momentos de germanista juguetón). El pasado es el pasado. Preocúpate de encontrarme un Ripley de verdad, otra Félix Montes, alguien que nos alegre la vida de verdad, no como este petimetre comeviejas y anoréxico». Cuando Clotas, instalado siempre al fondo de aquel despacho forrado de madera, como una medalla a un mérito ya olvidado, convertido él mismo en una condecoración a sí mismo, a toda su vida inextinguible e inmortal y elevado a la categoría de la sonrisa más fina de esta ciudad, una especie de sonrisa entre volteriana y maquiavélica, cuando Clotas, como digo, aquel cavernícola de la hipercivilización, *invocaba* a Félix Montes, eso significaba que la pipa de la paz estaba a punto de ser guardada, que el tomahawk estaba a punto de ser arrancado del viejo roble, que los tambores de guerra estaban a punto de ponerse a retumbar. Pero Clotas se había vuelto tan viejo que ahora todo se quedaba en esta especie de *a punto de* imposible de concretar. Un nuevo Ripley, una nueva Félix Montes, una verdadera bestia sin escrúpulos. Esto era lo que me reclamaba, lo que me pedía *a mí*, y yo sólo podía incorporarme un poco en el sofá donde solía espachurrarme en su casa y servirme, o servirle a él, otro whisky. Resultaba tan conmovedor ver cómo Clotas reclamaba un *Ripley de verdad*, o incluso *otra Félix Montes*.

Algún día hablaré de Félix Montes. Pero no hoy. Hoy tengo que hablar de aquella tarde de septiembre descendiendo por Rambla Cataluña, y que estaba resultando ser la tarde de los fantasmas (empezando por mí mismo). A ver si otro día tenía más suerte, posiblemente no en *esta calle*, es evidente, y podía dedicar una tarde a hombres y mujeres de verdad y mostrarme a mí mismo un aspecto más consistente y más tangible de la vida. Nada de náufragos, nada de fantasmas. Hombres y mujeres mirándote a los ojos, mirándose a los ojos. Eché un vistazo a mi alrededor. Aquella calle comenzaba a cargarme. Si alguien me hubiera visto, y supongo que un montón de gente me miraba sin verme, si alguien me hubiera visto *realmente*, habría pensado que yo era como un gran simio considerando con toda la melancolía posible los límites infames de su jaula, el abismo que lo separa de los niños y los padres que lo miran y se burlan o apiadan de su impotencia, así me sentía yo. Intenté reírme pensando que Clotas ni en sueños se podía imaginar que *yo estaba allí delante,* que *yo pasaba por allí* en el momento preciso en que Vérum emprendía su último vuelo gallináceo hacia la nada, como el *tuffatore* de Pesto pero al revés. En el momento en el que yo aquella tarde había comenzado a pensar en el *tuffatore* de Pesto como en un indicio de mi propia resurrección, en aquel preciso instante aparecía él, Vérum, para mostrarme la sórdida literalidad de un salto a la muerte. Y ahora que yo había empezado a pensar, ahora que alguna parte de mi cerebro había comenzado a elucubrar sobre las líneas de la vida en términos de amor por las cosas, que es lo que al fin y al cabo era el *eso* de las visiones que me asaltaban aquella tarde, ahora llegaba él, Vérum, para recordarme la sordidez del odio, la vulgaridad del resentimiento, el vacío del desengaño. ¿Cómo vivir sobreponiéndose a eso? ¿Cómo deshacerse de esa infame telaraña de estupidez? Sí, yo también comenzaba a pedir un Ripley de verdad.

En cualquier caso, aquella horrible coincidencia me había sumido en un estado como de catalepsia o sonambulismo, estaba como hipnotizado, y aquel espantoso cruce de hilos de vidas que ya hacía demasiado tiempo que se enredaban entre sí como si fueran serpentinas en alguna fiesta de idiotas, no dejaba de ser un golpe bajo, más que un golpe fuerte, e incluso más que un golpe bajo un aviso, un aviso terrible. Pero ¿acaso no había decidido aquella tarde en la Rambla Cataluña ir hasta el final, hasta el fondo de todo, aunque fuera hasta el fondo de la fantasmagoría que yo compartía con aquella calle, con esta ciudad? Vérum, en ese sentido, no había sido una aparición inoportuna, sino todo lo contrario. Había sido la figura lógica que explicaba una tendencia decisiva en mi propio dibujo de las líneas de la vida. Así pues, y según toda la lógica delirante que yo estaba en aquel entonces en condiciones de aplicar a semejante asunto, yo mismo tenía que ser atropellado una o dos travesías más abajo. O por lo menos había elevadas posibilidades de que así fuera. De modo que pensé: el último cigarrillo, el ultimo whisky, un papel en el que hacer balance, un lápiz para escribir el balance, todo esto casi con ansia por tirarme bajo las ruedas del primer coche que pasara. Y me senté en una de las terrazas del tramo que hay entre Consejo de Ciento y Diputación, no me hagan decir cuál, porque yo ya no me fijaba en las cosas, nunca me he fijado demasiado en ellas, la verdad, y menos entonces, en el estado en el que me encontraba. Pensaba en Clotas. Clotas se convirtió de pronto en mi gran subterfugio para no pensar en Vérum o en aquella coincidencia o, mejor dicho, en aquella *otra* coincidencia que yo creo que me había tragado sin masticar, y que iba haciendo de las suyas en mi interior mientras yo me retorcía con unas ganas espantosas de vomitar, porque allí no sólo estaba la horrible posibilidad de asistir a la muerte de un viejo amigo muy venido a menos mentalmente, sí, pero amigo al fin y al cabo (como si yo, por otra parte, pudiera tirar la primera piedra, todo hay que decirlo), sino que en el mismo instante que aquel ex amigo se iba de este mundo para siempre, en aquel mismo instante, como digo, *también* se cruzaba en mi camino aquel antiguo amor, no diré inoportunamente, sino casi premonitoriamente, si es que una premonición y el hecho de premonizar pueden coincidir tanto en el tiempo. Vérum volando por los aires como un muñeco ascendente y aquel antiguo amor mío cruzándoseme por el camino en el mismo instante si bien en línea descendente (Rambla Cataluña abajo), ése es uno de los momentos de mi vida que nunca lograré contemplar en otro estado de ánimo que no sea el de una irreductible perplejidad, y que en cualquier caso me costará borrar de mi cabeza. Se trata de un momento que constituye mi antialgarrobo, si es que puedo expresarme así, quiero decir así de catastróficamente. Ya lo decía Aristóteles (creo): el instante no pertenece al tiempo, pero lo modifica. Yo me quedé modificado, no sólo alterado, sino básicamente modificado, así es como me quedé. Aquel antiguo amor mío no tenía nada que ver con Vérum, ni Vérum tenía nada que ver con aquel amor mío. Pertenecían a épocas diferentes, a territorios diferentes de mi vida demasiado compartimentada, demasiado subdividida en un montón de vidas vividas sólo a medias. De hecho, he llegado a preguntarme, y todavía me pregunto, hasta qué punto fue una casualidad que Vérum, a quien no era difícil encontrarse por Rambla Cataluña a la caza de una ninfa silvestre, volara por los aires en el instante mismo en el que yo veía y ya no veía a aquel antiguo amor mío, aquel amor intrigante que ciertamente ya no era ninguna ninfa silvestre pero que en algunos aspectos todavía debía de ninfear, la verdad es que no tengo ni idea, ni ganas. Pero aquel *ya no* ver más a un antiguo amor en el momento en el que un antiguo amigo se iba al otro barrio y se convertía en otra cosa, otra cosa aplastada contra el suelo, como una fruta blanda y fofa caída de un árbol invisible, aquello reconozco que me obsesionó un poco aquel mismo día, mientras tomaba lo que yo allí mismo denominé mi último whisky, en aquella terraza de Rambla Cataluña, convencido de que yo sería el siguiente, de que yo tenía que hacer también aquella misma tarde mi vuelo gallináceo hacia la nada, porque la cuerda que nos sujetaba, a Vérum y a mí, tiraría de mí en algún momento y con fuerza desde el otro mundo, desde la otra dimensión. Y mientras bebía a sorbos largos mi *último* whisky, presa de un extraño asco interior, pensaba en el *eso* que aquella espantosa, estremecedora casualidad, una tarde en la cual yo me estaba dedicando a la tarea de estudiar las líneas del azar o del destino, las líneas de la vida, en definitiva, me había puesto enfrente para que me tragara mi personal copa de cicuta, mi anzuelo hecho a medida. Y pensé en la voz femenina que me había preguntado si yo conocía al muerto. Ni siquiera me había dado la vuelta para mirarla. Era una voz de mujer, no de muchacha, no de ninfa. En aquel momento cualquier voz me hubiera parecido una voz lejana y como venida de otro mundo. Pero ahora aquel whisky me abría de nuevo las compuertas de la curiosidad y del arrepentimiento, y también del entorpecimiento moral, todo hay que decirlo. A ratos intentaba retomar el hilo de mis disquisiciones. Pero reaparecía la imagen de Vérum volando por los aires, como si fuera el muñeco de los golpes en una representación de títeres. Y aquella representación, esto lo pensé mientras encendía un cigarrillo, aquella representación grotesca era la de mi propia vida, un verdadero galimatías, para qué negarlo: un verdadero embrollo de gestos inconstantes y patosos en la búsqueda del absoluto.

En un momento dado sentí como si las aguas tibias y aceitosas de la depresión me recubriesen, yo era un cuerpo abandonado en una playa, yo era yo mismo en el fin del mundo, un yo lanzado a la deriva en un mar muerto. Miré a mi alrededor. La calle, la gente, los árboles y los coches, todo había quedado cubierto otra vez del polvillo de la normalidad y de la indiferencia. Vérum ya no pertenecía al mundo de los vivos. Perder a un enemigo y un amigo a la vez mientras un antiguo amor pasa para recordarte tus miserias, tus maldades, tus iniquidades y tus fracasos, precisamente el día en que parecía que ibas a repensarlo todo, el día en que la imagen de los hombres buenos como Jordi Sendra y el padre Amadeo, separados por el filo de la miseria humana, venían por así decirlo para iluminarte, todo esto constituye una experiencia absolutamente devastadora. Pero hice un esfuerzo para reconciliarme póstumamente con mi enemigo más entrañable. Hice un esfuerzo para ubicar en la lógica del tiempo humano y de las acciones y decisiones humanas a aquel antiguo amor no como una pérdida o un fracaso, sino como algo que formaba parte de mi vida, igual que mis ojos, igual que mis manos, o igual que mi voz, que a ratos me sorprendía, como todavía me sorprende ahora, brotando desde el fondo de mi garganta sin que yo quisiera, como una entidad aparte, una voz para no decir nada pero para ser algo, para ser consciente de lo que yo era, aquella tarde de septiembre que ya declinaba y me iluminaba crepuscularmente en la mitad de mi segundo whisky, mientras hablaba solo, mientras hablaba y hablaba y hablaba.

Todo acaba ocupando su lugar. Así que volví a pensar en Clotas, pensé en llamarlo para cenar juntos aquella misma noche. Pensé: cenarás con Clotas, dejarás que se ría de ti un buen rato, y te reirás con él, porque todo esto es rematadamente cómico, y también la muerte puede ser un asunto irrisorio, una escena de polichinelas. Pensé: cenaremos en la terraza junto a su despacho, en la antesala de su caverna llena de libros y de madera crujiente; y pensé en aquel olor a cera, en aquella luz de pantalla verde que a veces me había dado la sensación de que éramos como dos peces olvidados al fondo de un acuario que ya nadie limpia. Siempre me ha intrigado extraordinariamente el tipo de vida que deben de hacer los peces olvidados en un acuario invadido por las algas y que nadie se preocupa por mantener. No me atrae la vida de los peces en los acuarios limpios, transparentes, con el pH en orden y toda la pesca, no, prefiero los otros, quiero decir los peces que sobreviven en acuarios que la gente ya ha decidido como quien dice desenchufar y vaciar en cuanto se muera el último pez, que luego resulta que no hay modo de que se muera y se pone a aguantar con una tenacidad inesperada. Clotas y yo éramos este último pez, a pesar de que él era un pez cincuenta años mayor que yo, como mínimo. Clotas era más viejo que Matusalén. Y pensé que Clotas se hacía servir la misma cena de siempre, el mismo vino de siempre, la misma sopa de pepino si era verano (o el mismo caldo si era invierno, todo siempre igual). Clotas había decidido redimirse de todos sus pecados mediante una rutina drástica. Y pensé que me miraría con la misma mirada de siempre. Y también pensé: coronarás el día (pensé) con una cena que siempre podría haber sido más brillante de lo que acabará siendo, que siempre podría haber sido otra cosa, piensas, a pesar de que la compañía de Clotas, a veces una compañía estrictamente silenciosa, y otras reveladoramente parlanchina, la cosa iba como iba, la compañía de Clotas nunca fue una compañía que se pudiera considerar de segunda, sino siempre de primera. Clotas, con sus silencios, podía ser más elocuente e interesante que mucha gente que habla y habla por los codos y al final no te ha dicho nada interesante, nada con pies y cabeza. Y saliendo luego de la cena con Clotas te dirás, pensé, imaginándome que la cena a la que había decidido ir ya había pasado, siempre viviendo con la cabeza en otra parte, pensé que pensaría:

«Pobre Clotas, se está haciendo mayor». Pero enseguida añadiría (pensé, y casi dije en voz alta): Pobre de ti, que desgranas tus días en cenas silenciosas, con grandes peces olvidados al margen de la corriente dominante, cenas que ni son divertidas, que ni siquiera se puede decir que sean una vida social agradable, sino el ejercicio de una especie de vida de sociedad secreta, con Clotas en el centro mismo de la constelación, como un viejo brujo, como un tótem ancestral, con Xavier Claró muy de vez en cuando, con todos los demás sean quienes sean, de qué sirven los nombres si nosotros a duras penas somos nombres, los nombres que Félix Montes consiguió electrificar, todavía no sabemos cómo, ni siquiera Clotas lo sabe, él menos que nadie, él que siempre reclama *otro Félix Montes,* otro *Ripley de verdad,* él que siempre negó las evidencias, sí, ahora ya sólo somos como islotes de un archipiélago invisible que se hunde lentamente, que lentamente se va volviendo más y más inoperante, ahora que nuestra apuesta especulativa por el poder sólo ha servido para afilar todavía más los labios del viejo Clotas que yo creo que nos acoge (y digo *nos* porque supongo que no soy el único que va en peregrinaje a visitarlo de vez en cuando, *muy* de vez en cuando) para rejuvenecerse, él que nos lleva casi cuarenta, a algunos casi cincuenta años de ventaja, con nuestro fracaso, un archipiélago sin horizonte, pensé o dije casi en voz alta. Yo creo que ya había llegado a la fase penosa en la que uno habla en voz alta. Un archipiélago en medio del más solitario de los océanos, eso mismo es lo que somos Clotas, yo, y cuatro gatos más, quién sabe quién ya exactamente.

Siempre que digo la palabra «archipiélago» acabo pensando que Clotas nos calificó un buen día de archipiélago sin horizonte. Clotas no se tomó nunca la molestia de descubrir la imagen electrificante que Félix Montes había llegado a formar con todos nosotros, como si fuéramos meros puntos flotando en el espacio mental de esta ciudad y su *hinterland,* con nuestros deseos de cambiar la vida y todas estas cosas. Y hablo de cuando el espacio era un espacio social, no una nebulosa como lo es ahora. Sí, Clotas y el archipiélago y nosotros, como estrellitas fugaces en medio de una gran noche, y él como el astrónomo que está al loro de todo, de nuestra fugacidad y de nuestros destellos. Pero la verdad es que siempre que digo archipiélago en lo que pienso de verdad y a fondo es en Hölderlin. Clotas lo sabía: «Tú dices archipiélago y piensas en Hölderlin», me decía, «y así no irás a ninguna parte». Y tenía razón. Luego solía añadir: «Querías cambiar la vida y más te hubiera valido fijarte en Vérum, que se conformó con cambiar su vida». Clotas podía ser lo suficientemente cerdo y cabrón para decir ese tipo de cosas que duelen y se te clavan como las insidias que tocan puntos demasiado vulnerables para ser *sólo* insidias, y el arte de ser invulnerable es la piedra de toque de la política y de las intrigas, en el cual el viejo Clotas era un maestro absoluto, eso hay que reconocerlo. Pero yo, en cualquier caso, sigo sin poder decir archipiélago y no pensar en el *Archipelagus* de Hölderlin. Y lo pensé, como ahora, aquella tarde de septiembre, acabándome ya el *último* whisky y esperando que el camarero se fijara en mí para pedir un segundo *último* whisky antes de tirarme bajo las ruedas de cualquier coche y dejar así que el orden del mundo siguiera crujiendo y avanzando y vociferando y atropellándonos a todos, triturándonos a todos, convirtiendo la materia blanda en serrín, en cenizas, en alimento para más materia blanda. Y lo pensé mientras sentía que se me pasaban las ganas de ir a ver a Clotas y cenar con él. Me traía sin cuidado lo que dijera la gente, lo que mañana dijeran de mí y de Vérum, ahora que Vérum subiría a los altares y yo seguramente pasaría una temporada de ostracismo más compacto (a menos que realmente pusiera fin a mis días allí mismo, ¿y no sería esto una forma triste y boba de autoinculpación?), más confortable todavía que los últimos meses de callejeo y de exilio errante. Podía ir o no ir a cenar con Clotas, tirarme o no tirarme bajo las ruedas de un coche cualquiera, pero en realidad lo que me hacía falta, pensé, era ser consecuente con los hilos que se me habían revelado aquella tarde, la visión de aquel algarrobo, del padre Amadeo y del padre Juan, para que fuera tirando de ellos, como las cuerdas de unas campanas capaces de anunciar en mi interior el propósito de una vida nueva. Pero en realidad, pensé de inmediato, no puede haber vida nueva sin la aceptación consecuente de las deudas acumuladas en la vida antigua. Y pensé, levantándome para irme, para proseguir mi descenso (un momento: ¿había pagado o no? Sí: había pagado, mis penúltimos euros para mi último whisky), pensé en el pobre Hölderlin con la cabeza completamente ofuscada en su torre de Tubinga, en la *Turrrrm* junto al Neckar. Siempre que pienso en Hölderlin me digo aquellos versos de las líneas de la vida, que si son diferentes, que si son como caminos, como los confines en la montaña, aquellos que dicen que *was hier wir sind,* lo que somos aquí, *kann dort ein Gott ergänzen:* un dios puede completarlo *dort,* allí, en el cielo, o donde sea, pero no aquí, *nicht hier.* De ningún modo aquí.

Es algo que me digo en silencio, como una de las muchas oraciones cotidianas que me mantienen en pie. Y pensé en el poeta noqueado por el ala de la locura al que alguien fue a comunicarle la muerte de su amigo de juventud Hegel, el gran filósofo. «Hegel ha muerto», le dijeron. Y Hölderlin, que a menudo ni siquiera reaccionaba ante lo que le decían, o bien reaccionaba como si le hablasen de muy lejos y él también se encontrase muy lejos *(dort, nicht hier),* respirando el aire de otro planeta, como si dijéramos, esta vez fijó de inmediato los ojos en la persona que le acababa de comunicar la muerte de Hegel, sí señor, en esta ocasión Hölderlin se fijó en la cosa, esta noticia no le pasó por alto. Y yo pensé en mí y en Vérum, en alguna de nuestras farras. También Hölderlin y Hegel habían tenido sus farras, a su manera, y de jóvenes también ellos habían bailado alrededor de un árbol de la libertad, igual que yo podía haber bailado con Vérum alrededor de una muchacha contorsionista, pues cada época trae sus propias músicas e ídolos, y todo es incomparable y diferente. Pero ahora, ¿qué les unía? ¿Qué *nos* unía?, pensé, me temo que quieto y de pie junto a la mesa de la terraza, un poco como un sabio despistado que se queda colgado de una idea. Sí, ¿qué les unía? Pues eso: la noticia de la muerte de uno recibida por el otro. Y al parecer Hölderlin dejó aquí de hacerse el loco durante un par de minutos, debieron de ser un par de minutos tremendos, o quién sabe si no fue más que un minuto. En cualquier caso debieron de ser unos segundos de lucidez estremecedora. Y de hecho incluso dijo algo. Después de un rato de silencio reflexivo dijo, y en qué tono, eso es algo que nos lo podemos imaginar, pero en cualquier caso dijo: «Ah, Hegel. Ah, el Absoluto». Yo también, en honor a Hölderlin, en honor al pobre Vérum, que siempre vivió alargando el cuello más de la cuenta (y supongo que por eso vino a morir en esta calle, bajo el signo de la jirafa y no bajo el signo del buey, hacia el cual yo peregrinaba *huyendo de la jirafa* por así decirlo, pobrecito Vérum, haber vivido en el fondo toda su vida con aquella horrible, lamentable ansiedad de demostrarse quién sabe qué, quién sabe qué concepto más sórdido y horrible del hombre, qué lástima de muchacho, esa manía de alargar el cuello más que el vientre, de sacar más pecho que corazón, aquello estropeó sus pocas pero concretas cualidades como persona), yo también dije, en honor incluso a aquel antiguo amigo que ahora volvía a hundirse como un Ícaro remoto y trivial cayendo en las aguas negras y burbujeantes de mi conciencia, dije, de pie ya pero todavía sin moverme de mi mesa en aquella terraza, dije: «El absoluto». Y lo dije en voz bien alta, porque a mi alrededor se produjo un silencio como de alarma, la gente dejó las tazas, los vasos, todo el mundo calló y se volvió para mirarme, los que andaban se detuvieron, los coches aminoraron la marcha, las hojas de los tilos de Rambla Cataluña se pusieron rígidas como si fueran de porcelana, y durante una fracción de segundo el mundo se convirtió en una burbuja de silencio dorado. «El absoluto», repetí con una voz ahora ya apenas audible incluso para mí mismo, mientras suavemente, casi lentamente, suponiendo que la lentitud se pudiera percibir en centésimas de segundo, el mundo volvió a su actividad, a sus quehaceres, a sus amores y desamores.

El absoluto, sí. Y la hostia. Y de pronto pensé que por qué no, que qué caramba, que aquella noche iría a cenar con Clotas, que le llamaría y le diría: «Espero que no tengas ninguna cena, porque me muero de hambre, y más exactamente de ganas de cenar contigo, de tomar contigo tu repulsiva sopa de pepino». Era verdad que ahora empezaba a tener hambre, todos aquellos whiskies y la caminata me habían abierto el apetito. Me tomaría todavía otro whisky, un último whisky solamente, y me metería en un taxi que me llevara para arriba, a la casa de Clotas. Y el viejo Clotas, a sus solitarios e inmorales ochenta años, no podría resistirse a este tipo de ofrecimientos. «La juventud viene esta noche a cenar», diría. Y quizá recitaría a aquel poeta amigo suyo: «¿A qué vienes ahora, juventud, encanto descarado de la vida?». Pero después, mirándome mejor, como un viejo papa moribundo, quizá diría: «Of all the barbarous middle ages, that which is most barbarous is the middle age of man...». Realmente, me estaba dando una importancia desvergonzada. También es posible que Clotas sencillamente pensara (y dijera): «Ya volvemos a tener aquí a este tontainas, que viene a amargarme la cena y la vejez». Sí, bien mirado, Clotas podía pensar tanto una cosa como la otra, o quizá las dos a la vez. Y una vez en su casa, bebiendo una manzanilla o un gin fizz, que suelen ser las opciones previas a la sopa de pepino, le diría: «Clotas, esta tarde he visto morir a Vérum delante de mis propias narices». Y no sé si Clotas entonces me respondería riéndose de mí, el muy bribón: «Ah, Vérum... *Das Absolute!*». O quizá solamente me diría: «No olvides que todo en la vida se reduce a esto». O incluso, puesto que Clotas es capaz de todo, quizá me diría: «Piensa, oh Jordi, que el mundo gira alrededor del amor». O quizá más posiblemente me diría: «Vérum se conformó con querer cambiar su vida, y tú todavía vives en el laberinto de los que creen que pueden cambiar la vida». La verdad es que era capaz también de decirme una cosa así, perfectamente capaz de eso y de más. Decidí apostarme algo conmigo mismo. A ver qué me diría Clotas cuando le explicase que Vérum había muerto ante mis narices. De modo que saqué el móvil del bolsillo, lo conecté y llamé al viejo para quedar. Obviamente no respondió él, Clotas nunca descuelga el teléfono. Se puso Pepe, su chófer, mayordomo, secretario, guardaespaldas, amante perpetuo, amigo insustituible y en definitiva factótum.

—Pepe, ¿cena con alguien hoy el señor Clotas? —le pregunté.

—Hombre, señor Martínez, qué sorpresa más agradable —dijo, pero no con un «hombre» seco, sino con un «hooooombre» alargado y que a mí me pareció cargado de ternura—. El señor Clotas está solo esta noche. ¿Quiere que le diga alguna cosa?

—Pepe, pregúntale si me considera lo suficientemente digno para cenar con él esta noche.

Pepe tardó cuarenta y dos segundos contados en mi reloj para darme la respuesta:

—¿Señor Martínez?

—Estoy aquí, Pepe. Dígame: ¿soy lo bastante digno para cenar con el señor Clotas esta noche?

—El señor Clotas me ha dicho que venga aquí a las ocho y media.

—Pero ¿le ha dicho si soy lo suficiente digno para cenar con él o no?

Pepe era el tipo más inteligente que jamás he conocido. Buena parte de su inteligencia radicaba en sus silencios. Dominaba como nadie el arte de retardar las respuestas o directamente de escamotearlas.

–Mire, señor Martínez, usted venga, y si el señor Clotas considera que usted no es lo bastante digno para cenar con él, entonces ya cenaremos usted y yo aparte, si no le parece mal. Y eso suponiendo que yo sea lo suficientemente digno para cenar con usted. Por lo que respecta al menú, no se preocupe, será el mismo para todos: sopa fría de pepino y pescado al horno.

–Pepe, si usted no fuera homosexual y yo fuera una mujer, le aseguro que le propondría que nos casásemos ahora mismo.

–Señor Martínez, el matrimonio es una cosa muy complicada. Yo prefiero el amor libre. Recuerde: sopa de pepino y pescado al horno. La sopa puede esperar, pero ni al señor Clotas ni al pescado les gusta esperar.

–De acuerdo, a las ocho y media.

–No se olvide de llamar tres veces al timbre de abajo.

Siempre las consignas esotéricas para acceder al señor Clotas, siempre este aire misterioso, como si el viejo corriera peligro de muerte, o como si el Goya que tienen en el comedor (el *falso* Goya, todo hay que decirlo) pudiera atraer a algún ladrón dispuesto a entrar por la puerta después de llamar. Todos aquellos hábitos estrambóticos me excitaban y me ponían de buen humor, lo confieso. Me iba esta marcha, por así decirlo.

–¿Cómo está el viejo? –quise saber antes de colgar.

–Si él le considera a usted digno para cenar con él, usted deberá considerarlo en suficiente buena forma para cenar con usted.

Y colgó. Esta llamada la hice acabando de andar el tramo que me quedaba de Rambla Cataluña antes de llegar al buey pensador o *pensativo,* así, decidido a acabar de descender suavemente por aquel trozo de calle como quien acaba un ritual sin ningún significado concreto, pero de pronto convertido en indispensable, en crucial, en la cosa más determinante de este

220

mundo. Llegué junto al buey meditabundo, ese monumento a la filosofía de verdad, al arte de rumiar *en vano*. Seguía sin recordar el nombre del escultor, mi vecino del metro de cuando yo era pequeño. Acaricié las patas del buey. «Acógeme en tu mundo, en tu religión», le dije con lágrimas en los ojos. Estuve un buen rato admirándolo. Cantaba interiormente o medio canturreaba aquella canción salvaje y terrible de Wolf: «Wie lange schon war immer mein Verlangen; ach, wäre doch ein Musikus mir gut...».* La cantaba con lágrimas en los ojos. Debía de producir el efecto de alguien que se ha dejado las llaves o ha perdido el norte o tiene los ojos llenos de polvo. Y allí, frente a aquel buey que ni decía que sí ni que no a mi conversión, a mi desconversión de la jirafa presumida y a mi reconversión al buey pensador, a la *voz* que brotaba de mi interior («Da kommt er eben her mit sanfter Miene, und senkt den Kopf, und spielt die Violine...»),** allí pensé en Vérum, en su vuelo hacia las nubes y en mi descenso, y pensé en lo que yo quería ser, ya sé que no estaba en la edad en la que la gente suele pensar estas cosas, pero hay preguntas que según de qué modo te las plantees son intemporales. Intemporales, sí. Y pensé en lo que vivifica las líneas, las rayas, los garabatos que hace la vida. Pensé que lo que yo quería ser era ritmo, que todo es ritmo, qué leches, me dije. Ritmo y voz, y música. Que no hay líneas sin una especie de ritmo interno, que no hay formas por así decirlo fuera del tiempo. Y que el destino entero del hombre es un solo ritmo terrestre y celeste, que gira como dos inmensas ruedas de molino, la rueda del cielo y la rueda de la tierra, igual que la obra de arte es un único ritmo, igual que la política y los negocios, igual que la justicia y la in-

* «Ah, cuánto tiempo he anhelado que un músico me amara...», del *Italienisches Liederbuch. (N. del E.)*
** «Y ahí llega, con suave ademán, inclina la cabeza y toca su violín», *ibidem. (N. del E.)*

justicia, todo el mismo ritmo que hace que giren la rueda terrestre y la rueda celeste como dos bocas que se besan. Sentí en mi interior una pulsión rítmica, una especie de trote significativo, de trote constante y prolongado, pero no era como si me encontrase en medio de un ataque de algo, más bien era como si me sintiera como lo que soy y basta, como lo que era y nada más. Y me acordé de haber leído en alguna parte lo que se oye en una cámara anacústica o como se llame, quiero decir en una cámara totalmente insonorizada. Había leído algo sobre eso no hacía mucho, sí. Una cámara con un silencio de tumba y puesta en el fondo de una especie de búnker, y encima encojinada o tapizada con corcho, no sabría cómo decirlo. Sólo sé que había leído en alguna parte que estas cámaras existen y que no es muy agradable pasar un rato en ellas. Se ve que sólo oyes la circulación de tu propia sangre, el trueno demencial de tu propia respiración, el crujido espantoso de tus cabellos, de tus cejas. Y eso suponiendo que estés solo, claro. Si estás con otra persona, con otro cuerpo vivo, debe de ser una especie de música de lo más excitante, el rumor líquido de los cuerpos el uno junto al otro. Parece un cuento de Poe, pero no lo es. Me acordé de haber oído una vez en la radio, una emisora que por las mañanas tenía una sección que se llamaba los sonidos de la vida o algo así, recuerdo haber oído la grabación del latido del corazón de un feto humano de tres meses, y puedo jurar que no he oído nunca nada igual, es algo que casi corta la respiración, parece un corazón a punto de tener un infarto por culpa de algún susto descomunal. La vida es un gran susto, y supongo que los padres que escuchan los latidos de los fetos de sus hijos de tres meses (no sé si en las visitas al ginecólogo les hacen partícipes de este tipo de cosas), los padres y las madres que escuchan esto deben de quedarse helados ante la responsabilidad que supone haber puesto en marcha este latido ansioso, esta furia, este *sound and fury*, eso mismo, me dije, *the sound and the fury* de un *foolish heart*. Y es que quizás ahora en algún sentido comenzaba a saber por dónde iba y hacia dónde. Tocar fondo tiene esas cosas: sabes hacia dónde hay que subir. Y volví a acariciarle las patas al buey filosófico, profundamente agradecido.

5

Di media vuelta y comencé a desandar el camino andado. Quizá se trataba de una manera de no acabar nada, o de tener la sensación de no haber comenzado nada, ir Rambla Cataluña arriba y abajo, arriba y abajo, arriba y abajo hasta caer como quien dice exhausto, hasta convertirme en uno más de estos ciudadanos mudos que se han acabado transformando en árboles, en tilos (la transfiguración de ciertos árboles en ciertos viandantes, y de ciertos viandantes en ciertos árboles, es, por lo que respecta a esta calle y a sus tilos y a sus viandantes, proverbial, como todo el mundo sabe). Yo ya me imaginaba convertido en un náufrago de la calle, de la pérdida total del sentido de la vida, y del arriba y del abajo, con mis harapos y mi larga barba, larga de verdad, no una barbita recortada de mequetrefe, no una barbita *velazqueña* como la de Serratoni, y todavía menos una barba de cantante de ópera o de glotón, sino una barba de eremita radical que llegara hasta las rodillas por lo menos. Yo ya me imaginaba como aquel personaje de *La estrella misteriosa* de Tintín, aquel viejo enloquecido que en medio de una horrible ola de calor estival iba anunciando el fin del mundo, me imaginaba exactamente así, *viviendo* en la calle, en la Rambla Cataluña, y creo que incluso me eché a reír, los idiotas dirían: buena señal, señal de que te estás curando, de que vuelves a reír, hombre. Y me darían una palmadita en la espalda, para que me atragantara. Pero los idiotas, como su nombre indica, no saben nada ni de la vida ni de las líneas ni de los dibujos que hace la vida, ni del padre Amadeo y todo lo que su llanto y su dolor podrían significar, ni del padre Juan y de lo que todos sus errores y toda su desesperación podían significar, ni de los hombres y las mujeres que saben, y sin embargo se equivocan, ni de los árboles en general, ni de los algarrobos en concreto, ni de los tilos, quiero decir de *estos* tilos, ni de la enfermedad llamada vanidad de ideas, ni de la otra enfermedad llamada política, ni mucho menos de esta ciudad enferma que saca pecho cada mañana diciéndose a sí misma que es el mejor sitio del mundo, con lo cual, ante tamaña pérdida del principio de realidad, lo que hace es agravar cada mañana su mal, su pérdida de suelo bajo los pies. Pero que nadie se crea que me había dado un nuevo ataque de furia contra todo y contra todos, o que me había vuelto a poner llorica. De hecho me estaba riendo, de verdad que me reía, porque me imaginaba disfrazado como el viejo apocalíptico de aquel Tintín yendo Rambla Cataluña arriba y Rambla Cataluña abajo, arriba y abajo, vestido con una sábana y con un gran tambor anunciando el fin del mundo, realmente me partía de risa al pensar que acababa de descubrir lo que más me apetecía en este mundo: hacer una barbaridad de ese calibre. Más de una vez me he quitado el mal humor imaginando alguna especie de broma salvaje, como por ejemplo sacar una pistola de juguete en un vagón de metro rebosando de gente y gritar como un loco: «¡Os mataré a tooooooodos!». Tendría que ser un grito terrorífico, estremecedor, el único miedo eficaz es el que proviene de lo que es radicalmente incontrolable; a veces, solo en casa, me entrenaba practicando este grito: «¡Os mataré a tooooooodos!». Había llegado a darme miedo incluso a mí mismo. Pensaba en esta especie de barbaridades, en estas barrabasadas de loco profesional, y me echaba a reír yo solo imaginándome a la gente amontonada a un lado del vagón y yo al otro lado poniendo cara de bestia feroz, de loco enfurecido. Cuando todavía iba en metro (ahora ya hace tiempo que me he pasado a los autobuses, esto me parece que ya lo he dicho), a menudo me miraba a la gente y analizaba cuáles serían sus reacciones en circunstancias como éstas, sopesaba los efectos, los peligros. Estoy loco de atar, pero no lo suficiente para llevar a cabo mis locuras. Siempre pienso que puede haber por ahí suelto un loco peor que yo con una pistola de verdad y que decida mandarme al otro mundo en medio de mi *performance*, y esto me retiene. Mi sentido del humor topa con la falta de sentido del humor del mundo en general. Quizás a causa de la sospecha de que pudiera salirme el tiro por la culata me había ido sosegando, quiero decir que la poesía de mis delirios fantasiosos se había ido refinando, porque ahora no me veía aterrorizando a los viandantes con una pistola de juguete, sino simplemente inquietándolos vestido con una sábana, equipado con un gran tambor y anunciando el fin del mundo: «Preparaaaaaos, que esto se acaaaaabaaaa...». Yo creo que a la altura de Diputación mi risa ya resultaba incluso indiscreta, teniendo en cuenta que me reía solo, lo cual aquí está muy mal visto.

Sí, decididamente, eso tenía que acabar, aquel deambular *sin rumba*, como dijo no sé cuál de nuestros políticos más ilustrados y más prodigiosamente dotados para el idioma. ¡Hay que cambiar *el rumba!* Si no cambiamos de *rumba* nos vamos todos a pique. Catástrofe total. Pero antes de degenerar como se degenera en estas situaciones, con demasiadas copas encima y con un ataque de risa solitaria, pensé que todavía tenía una especie de cuarto de hora (porción de tiempo engañosísima, nada dura realmente un cuarto de hora) para coger un taxi y decirle: «Oh, señor taxista: vamos a can Clotas». Pensé que todavía me quedaba, por lo tanto, y sumando aquel falso cuarto de hora al trayecto en taxi, casi una hora o por lo menos tres cuartos de hora para el whisky *en agradable compañía* que mi alma y mi cerebro necesitaban después de todos los whiskies solitarios o con malas compañías que me había tomado aquella tarde.

Pero los viajes nunca los acabas cuando tú quieres. De hecho, sucede a menudo que alguien los acaba en tu lugar, lo digo porque en el momento preciso en que acababa de cruzar la calle Diputación y desandaba la Rambla Cataluña hacia arriba, oí una música que me produjo al instante una especie de angustia eufórica, como de felicidad casi asfixiante, y que convirtió mi cabeza en una provincia alegre y jovial sometida al imperio de mis pies. No sabría decir por qué fue así. Supongo que el hecho de que se tratara de una música totalmente inesperada tuvo que ver con aquella sensación de euforia y felicidad repentina. Pero no era una música exactamente alegre, sino de una melancolía casi rabiosa, casi diabólica y decididamente tan enloquecida como yo mismo. Si no hubiera estado en mi ciudad, con este idiótico temor a poner cara de bobalicón, me hubiera detenido a escuchar aquella música formidable, me hubiera incluso puesto a bailar en medio de la calle. El origen de la música era un hombre equipado con un acordeón, un simple acordeón del que extraía el mismo sonido que podrían hacer doce o veinte músicos tocando a la vez. Con la mano izquierda obtenía un ritmo repetitivo, como el latido agitado de una banda de instrumentos de viento tocando perfectamente conjuntados. Y con la derecha en el teclado iba enlazando melodías más o menos conocidas, valses, polcas, tangos, boleros. Pasaba de la euforia a la tristeza mezclándolo todo y luego de repente se dejaba llevar por un ritmo diabólico. Nunca pensé que una música tan clara pudiera producir sensaciones tan confusas. En cierto modo me sentí (¿cómo lo diría?), me sentí directamente interpelado por aquel músico callejero, porque yo también vivía con un demonio interior por lo menos tan frenético como aquella música, tan enloquecido como aquel modo de tocar el acordeón.

El acordeonista era un tipo de edad indefinida. Tenía un aspecto oscuro como la tierra, pero aquella oscuridad un poco sucia estaba provista de toda la elegancia imaginable. Gary

Cooper entrando con un smoking blanco en Chez Maxim's no creo que resultara más luminoso que aquel músico callejero ennegrecido por los aires del mundo. Llevaba con un indudable estilo un largo pañuelo de seda de color burdeos anudado al cuello. A pesar del calor, vestía un traje gris completo (con su americana y sus pantalones), y llevaba unos zapatones como zuecos, perfectos para el oficio de trotamundos. Iba completamente afeitado y con el cabello largo muy negro peinado hacia atrás y bien engominado o sencillamente bien sucio. Hacía tiempo que había dejado de ser un muchacho, aunque en realidad tanto podía tener algo menos de cuarenta como algo más de cincuenta. El hombre tocaba con un arte y una energía realmente extraordinarios. Parecía muy concentrado en lo que hacía. No tocaba con los aires rutinarios con que a veces tocan los músicos callejeros. Fuera como fuese, sus ojos de buitre no se perdían ningún detalle de lo que sucedía a su alrededor. El músico callejero estaba tocando delante de la terraza donde yo me había sentado para recuperarme del horror del atropello de Vérum. Antes ni me había fijado, pero la terraza estaba llena de gente tostada por las vacaciones. Era una terraza que formaba una especie de diagonal como si dijéramos con la camisería Windsor y el Hostal Neutral, mi refugio preferido en otros tiempos de mi vida, cuando lo de la neutralidad ni siquiera sabía cómo se escribía. Desde la camisería Windsor se puede trazar una línea que va hasta un estanco en el que he comprado más tabaco del que podría soñar haberme fumado de verdad, para luego hacerla subir hacia la Sennacheribbo, aquella tienda de marcos y libros italianos, y de la puerta de la Sennacheribbo se hace salir otra línea hasta el quinto tilo comenzando a contar por Diputación, lado norte, como si dijéramos. Pues bien: en el punto donde la diagonal terraza-Windsor corta la diagonal Sennacheribbo-tilo número 5, en este punto exacto, y no en otro, estaba mi músico callejero. Si alguien pasa por allí algún día, y lleva un trozo de tiza en la mano, puede marcarlo con una cruz en el suelo en recuerdo de aquella tarde y de mi músico callejero. Y en cierto modo de mí, eso también, claro. Es un punto que tiene su importancia en una calle no del todo insignificante, al fin y al cabo. Un punto en el que un hombre de una pieza hizo música, como si dijéramos, no como yo o como los que habían salido a airear su tedio tardoestival y se habían dejado caer en las sillas de aquella terraza. Porque el hecho es que el público de aquella terraza ponía una cara de circunstancias muy característicamente ciudadana. Era un público que todavía no había aprendido a divertirse, y se puede decir que llevaba así un montón de años. Evidentemente, ante la música y el músico miraba hacia otro lado, hablaba o hacía ver que no oía nada. Cuando estuve a la altura del músico callejero pasé de largo, lo reconozco. No me detuve, no me atreví a detenerme. Quizás a lo sumo aminoré el paso, meciéndome en aquella oleada de euforia que transmitía la música y que me preparaba para el tipo de euforia que requerían las cenas con Clotas. Porque lo cierto es que Clotas no soporta a los comensales mustios. Él puede estar mudo como una momia egipcia (de hecho, Clotas parece una momia egipcia, lo que encaja con su afición al desierto), pero no soporta que nadie le deprima. Él puede estar mudo durante horas y horas, pero pobre de ti que le hagas sentir culpable de sus silencios. De modo que, pensé, debo dejar que esta música se me meta dentro, y es mejor esta música que no aquel lied de Wolf que me zumbaba en la cabeza y que yo canturreaba hasta que me llegaron los primeros sonidos del acordeón, pensé. Así podré hacerle a Clotas un resumen *zíngaro* de esta tarde tan exasperantemente catalana, me dije.

A Clotas una música semejante lo perturbaría hasta el infarto, pensé. Y a mí me estaba provocando una ansiedad que casi me cortaba la respiración y me hacía desear a la vez una aceleración total del tiempo y una detención absoluta del instante, deseos que, huelga decirlo, se anulaban recíprocamente y me provocaban aquella especie de ansiedad asfixiante en la boca del estómago. Aunque, ¿cómo explicar el efecto que produce una música? ¿Qué sentido tendría si dijera que me provocó un deseo casi feroz de bailar sobre todas las líneas posibles de la vida, sobre todas las vidas posibles, y barrerlas, borrarlas con mis pies, como si fuera un piel roja bailando sobre un dibujo hecho con arena de colores, como si fuera una especie de mandala? Basta, basta de laberintos, basta de pasos siguiendo las líneas de una escritura ajena, celeste o no, qué importa. Abajo la idea misma de línea. Sentí dentro de mí un deseo ardiente de grandes manchas, de grandes agujeros en el suelo producidos por una danza devastadora, definitiva y total. Serían las siete y media o las ocho menos cuarto. No miré el reloj, es un cálculo que hago ahora recordando la luz que había en la calle, mis cálculos suelen ser así. De hecho el reloj, de llevarlo, suelo tenerlo siempre parado. Al pasar por delante del músico busqué su mirada, y el hombre me sonrió. Pero ahora viene el gesto típico de mi propia idiotez ciudadana y cobarde, no diré calculadora, sino simplemente cobarde y perezosa. Pensé: no sé si llevo suficientes monedas. Pensé: cómo sacar ahora la cartera y buscar dinero, qué complicación. Sentí que era humillante sacar dinero, pensé que yo no era digno de pagarle a un músico tan extraordinario, y seguí andando mientras él no apartaba de mí sus ojos sonrientes y burlones, aunque su mirada fuera volviéndose cada vez más muda, como si la sonrisa visual se fuera endureciendo y afilando ante mi pereza y mi avaricia. Yo creo que estuve cerca de cincuenta metros, o fueron quizá cien o quizá dos cientos, diciéndome que «si yo no pago por la música quién narices voy a esperar que pague; si yo no lo hago quién narices puedo esperar que lo haga por mí; ese tío toca por dinero, quién narices soy yo para convertir su arte en otra cosa». Y de pronto sentí que toda aquella tarde extraña y densa y sobre todo estrambótica y delirante no habría servido de nada, todo lo que había pensado aquella tarde, todo lo que había vivido y me hubiera gustado ahorrarme no serviría de nada si yo no era capaz de darle unas monedas a aquel músico callejero, a aquel ave de paso. Si yo no era capaz de contribuir a la prolongación de su vuelo, nada de lo que había vivido aquella tarde tendría sentido alguno. Y miré qué monedas tenía, y vi que no tenía ninguna, cuatro céntimos irrisorios y un billete de veinte. Éste era todo mi capital, y *rien ne va plus*. «Típico», me dije, «típico, típico, típico.» De pronto me acordé de la tarjeta de crédito del Pesadillas, todavía la llevaba en el bolsillo. Se la podía dar a mi músico callejero, él seguro que sabría hacer un buen uso de aquella tarjeta *oro*. Me sentí como si yo fuera una resistencia en un circuito vastísimo, como un elemento cortocircuitador del dibujo más luminoso del mundo, y me eché a correr para desandar el camino andado y dejar de ser un obstáculo y convertirme en material conductor, para hacer que la iluminación del mundo, por lo menos en la ínfima parte que allí mismo, a modo de prueba, me había sido encomendada, no se detuviera.

Pero naturalmente, como suele decirse, y como suele suceder, y como estaba previsto que sucediera, cuando volví el pájaro ya había volado. Es posible que pensara que si aquellos a los que les gustaba su música no pagaban, qué narices estaba haciendo allí tocando gratis para los sordos. Yo en su lugar hubiera pensado lo mismo, porque yo tampoco sabía qué diablos estaba haciendo aquí, en aquel *aquí* que me asfixiaba, siempre esperando un contacto, una chispa que encendiera mi larga, larguísima, inacabable cola de paja.

Volví a la terraza que estaba delante de la Sennacheribbo. Miré a mi alrededor. Me acerqué a unos conciudadanos sentados alrededor de una mesa que me miraban con curiosidad. Les pregunté si habían visto hacia dónde había ido, si sabían si hacía mucho que se había ido, aunque en realidad no podía hacer mucho rato, no podía hacer más de diez segundos, dos minutos como máximo. Me dijeron: «Hacia arriba».

–Ha ido hacia arriba. *Cap amunt.*

–¿Cómo hacia arriba? ¿Rambla Cataluña arriba? –pregunté.

–Sí, Rambla Cataluña *amunt* –respondieron. Comencé a rehacer mi camino al revés, temeroso y aterrorizado ante la idea de tener que pasar otra vez por donde había muerto Vérum. A la altura de Consejo de Ciento pregunté en otra terraza. No, no habían visto a nadie con acordeón y con un pañuelo de color burdeos. De hecho, cuando dije «color burdeos» pusieron cara de haber oído por primera vez aquella expresión, de modo que aunque hubieran visto pasar cien músicos como el mío lo más probable es que ni siquiera los hubieran visto. Pero no, yo sabía que hacia arriba era imposible, que no podía haber ido por aquel camino. Me habría cruzado con él, ¿no? Porque yo sí que había ido hacia arriba y después de doscientos o trescientos metros había dado media vuelta para ir a buscarlo.

¿Qué otro camino podía haber tomado? Hacia la zona del Escorxador era totalmente absurdo, excepto que mi músico viviera en aquella zona, quizás en Sants, pero esto me extrañaría muchísimo. Hacia las Ramblas me parecía todavía más improbable, aunque no lo podía descartar, desde un punto de vista lógico se trataba de una posibilidad como cualquier otra, era de hecho la posibilidad más lógica de todas, pero sólo con imaginarme el gentío que suele deambular delante del Zurich se me revolvió el estómago y decidí que no, *que no podía haber ido hacia abajo.* «Demasiado bueno para ir a tocar a la plaza Cataluña o a las Ramblas», me dije. Y eso sí lo consideré de una lógica de lo más sólida. Decidí que no podría haber ido ni Rambla Cataluña arriba (porque me lo habría cruzado), ni hacia abajo (porque era demasiado bueno), ni hacia el Escorxador (porque eso era imposible). Tenía que haber ido hacia el Paseo de Gracia. Era una decisión idiota, pero hice como los aventureros en medio de una situación difícil: decisión tomada, decisión buena. Así evitaba el lugar del salto mortal de Vérum y evitaba las Ramblas. Hay que reconocer que como rastreador de pistas seguía una lógica absolutamente perezosa, eso no se puede negar. Así que eché a correr por Consejo de Ciento en dirección al Paseo de Gracia. Corría sin demasiada convicción, por así decirlo para eliminar esta posibilidad, la menos desagradable o la que menos pereza me daba, antes de decidir que irremisiblemente había perdido su pista. Corrí hasta llegar al Paseo de Gracia. Una vez allí subí hasta Aragón, volví a bajar hasta Diputación, entré en las bocas de metro de la línea verde y después de la línea amarilla, y a quienquiera que preguntara, nadie, ni los empleados de las taquillas de metro ni los quiosqueros, lo habían visto. En realidad tampoco creía que hubiera ido en esta dirección. El Paseo de Gracia era tan absurdo como el Escorxador. A efectos de mi músico, ir hacia el norte era tan absurdo como ir hacia el sur. Era totalmente absurdo, en efecto. El trabajo lo tenía en Rambla Cataluña, y no tenía sentido que abandonase a aquella hora el trabajo, cuando las terrazas se llenan con gente ociosa y dispuesta quizás a dejar caer alguna moneda.

Pensé que lo que tenía que hacer era volver al lugar de donde había partido, quizá los idiotas que me habían dicho «hacia arriba» simplemente no sabían qué significa hacia arriba, o simplemente me habían tomado por el pito del sereno. Las dos posibilidades, la ignorancia más flagrante y la mala fe más idiota, eran completamente verosímiles, teniendo en cuenta el tipo de gente que había visto en aquella terraza. Mientras volvía sobre mis pasos fui entrando por si acaso en todos los bares donde mi hombre hubiera podido ir a tomar un café o a orinar. Finalmente llegué a la terraza donde lo había visto tocar. Y, en efecto, aquella intuición, aquella aplicación de la lógica elemental a un asunto de lo más elemental, había sido la buena. Me había dado una paliza absurda corriendo de un lado para otro sin ton ni son, pero bien está lo que bien acaba. El hombre estaba allí, sentado en un banco, con cara de hacer tiempo. Me acerqué, no negaré que superando la vergüenza que suponía mi aspecto sofocado y alterado. Seguro que se me notaba que llevaba un buen rato corriendo como un poseso por la calle. Al verme sonrió de nuevo, pero esta vez fue una sonrisa como para marcar las distancias. Me dirigí a él en castellano. Me respondió en un idioma que era como una mezcla densa y compacta de sonidos a la búsqueda de fonemas, a ratos con alguna palabra italiana reconocible aquí y allá, y con una inclinación de fondo hacia una lengua que yo no acababa de distinguir, pensé que podía tratarse del húngaro o del rumano, aunque también podía haber sido el francés o el inglés, tengo un oído fatal para los idiomas. Le dije que me había gustado mucho su música, que me había sentido muy mal por no tener monedas y haber sufrido un ataque de avaricia. Es evidente que no se lo dije exactamente así, pero me hice entender. Yo también hablaba en una mezcla de idiomas. Le dije que después todavía me había sentido peor por no ser capaz de transmitirle mi agradecimiento por su música maravillosa de la única forma razonable en que podía hacerlo. Le puse delante de sus narices la visa *oro* del Pesadillas. El hombre, de entrada, se quedó como de piedra. Sus ojos, rápidos, miraron alrededor, como si sopesara qué estaba pasando exactamente y si convenía que aquello que estaba pasando, fuera lo que fuese, lo viera otra gente. Después comenzó a agitar las manos.

–*Non, non. Grasias.* Ah, *non,* de ningún modo.

Rechazó la tarjeta del Pesadillas con decisión. Le dije:

–No, por favor, soy yo quien debe darle las gracias. *C'est moi, sono io, you know? It's me who has to remercier you for your playing music here.*

Los idiomas, aunque parezca lo contrario, no son mi fuerte. Y de hecho yo tenía la esperanza secreta de que en el fondo no entendiera aquella tontería espantosa que acababa de decirle. Su modo de hablar se volvió todavía más ininteligible, se atragantaba en un caudal de lenguas que fluían y fluían sin control. Yo insistía absurdamente en darle las gracias, y no apartaba la visa *oro* de sus narices, lo cual le provocaba una especie de estrabismo bastante cómico, como cuando se te pone una abeja en la nariz y piensas si te va a picar o no y mientras tanto no te mueves por si acaso. Pero de pronto, con un manotazo ligero y casi imperceptible, se apoderó de la tarjeta y se la guardó en un bolsillo de la americana. Sonrió. De su boca comenzaron a burbujear una serie de palabras ininteligibles, hasta que de pronto, no sabría decir cómo, me di cuenta de que en realidad entendía bastante bien lo que me decía, que comenzaba a reconocer, como suele decirse, palabras y estructuras, y sobre todo significados, eso es lo más importante, captar los significados. Aquel parloteo se había vuelto para mí tan claro como el agua clara. Creo que no sería capaz de percibir en ningún otro idioma aquella concreción y aquella condensación de significados. El parloteo de mi músico callejero era para mí la lengua más transparente de todas. Intentar transcribir aquel lenguaje sería completamente ridículo. Parecería un poema dadaísta o la transcripción fonética de un lenguaje amazónico. En algún momento pensé que mi músico callejero era un gitano de Perpiñán. Pero realmente no, o seguro que no, porque el catalán de Perpiñán, así como la simple palabra «Perpiñán», me producen un ataque como de salivación resinosa (es una sensación de aspereza feliz), y aquel modo de hablar en cambio me hacía pensar en una boca llena de gusanos de seda, llena de capullos de seda. Era una sensación sedosa, dulzona y bastante sorprendente, pero muy exacta, muy precisa.

Estábamos sentados en un banco delante de la terraza donde yo lo había oído tocar, y él venga a parlotear. Parecía un pájaro explicando la construcción de su nido. Yo creo que por el mero hecho de imaginar los gusanos deshaciéndose en mi boca tuve un momento de vaga, de lejana excitación, y pensé que mi vida se había convertido en algo decididamente absurdo, que después de haber visto a Vérum volando por los aires a la vez que me cruzaba con un antiguo amor quizá ya únicamente me quedaran los gusanos de seda y las arañas para tener una vida sexual digna, eso es lo que pensé entonces y así lo escribo ahora, por muy estrambótico que parezca. En cualquier caso, hubo un momento en que el parloteo se detuvo. Después de haber estado en aquel banco parloteando a propósito de todo y de nada, nos quedamos unos segundos en silencio, quizás unos minutos, para recuperar el aliento mental y saborear la favorable inclinación que nuestro encuentro parecía estar ofreciendo. Finalmente le dije que para mí era muy importante que hubiera aceptado aquella visa *oro*, que a él le sería más útil que a mí. Me miró y me respondió, en aquel idioma estrambótico que ahora me limito a transcribir como si fuera cualquiera de nuestras lenguas ordinarias, a pesar de que no lo era:

–Usted debe de ser rico, o en cualquier caso más rico que yo, que nada tengo y que vivo del dinero que me da la gente en la calle. Soy un pobre músico callejero, y que yo sepa no hay músicos callejeros ricos. ¿Me conoce usted de algo? ¿Me había visto antes alguna vez? Yo por lo menos a usted no lo había visto nunca antes. Pero tengo mi propio sentido de la proporción, y su regalo, esta tarjeta de crédito, es demasiado. No he entendido nada de lo que usted me ha explicado. –Al parecer yo también había parloteado lo mío–. Todavía no sé si esta tarjeta es suya y usted está loco, o se trata de una tarjeta encontrada o quién sabe si robada, y en ese caso el loco soy yo, por fiarme de usted. No sé en qué historia estará usted metido. Me gustan mucho las historias, pero no me gusta salir en las historias de los otros, ¿comprende? Usted debe de querer algo a cambio de esta tarjeta

–dijo, y se apartó un poco para mirarme, igual que un pintor se apartaría de la tela para considerar el efecto de la última pincelada en su cuadro. Yo meneé la cabeza para decirle que no, que se equivocaba–. Da lo mismo. Podría tocar dos horas para usted, pero estoy cansado y, al fin y al cabo, usted también se cansaría de mi pobre música. Pero me dejo invitar a una cerveza y le contaré una historia que, ésta sí, quizá valga lo que vale su regalo.

Me pareció una idea magnífica. Le propuse tomar juntos la cerveza allí mismo y sentarnos en aquella terraza.

–¿Aquí? –me dijo, levantando mucho las cejas.

Ah no. Él no podía tomar nada en una terraza en la que hubiera tocado, no podía sentarse «entre sus clientes», como llamaba a la gente para la que había tocado.

–De ningún modo.

Intenté convencerlo de ir adentro, a la barra.

–No –me respondió–. Mejor vamos allá.

Señaló en dirección a la cervecería D'Or.

–¿A la cervecería D'Or? –le dije.

–Sí, sí, allá –me respondió.

Nos dirigimos a aquella cervecería. Una vez instalados dentro, en la barra, pedimos dos jarras de cerveza y él me ofreció un cigarrillo. Fumamos en silencio, esperando a que nos sirvieran las cervezas. Estábamos sedientos, de modo que cuando tuvimos las jarras ante nosotros nos limitamos a brindar con un mínimo movimiento de ceja y nos pusimos a beber sin más protocolo. No teníamos gran cosa más que decirnos, excepto la historia que me había prometido. La verdad es que todo aquel parloteo me había producido un efecto sedante, además de haberme encendido la sed, aquella maldita sed. De vez en cuando él me miraba con el rabillo del ojo y sonreía, burlón, con la autoridad que su condición de pájaro del bosque le otorgaba por encima de un canario enmudecido como yo. Yo no sonreía, me limitaba a torcer los labios con un rictus de satisfactoria resignación, de comprensión semiconsciente. Pero sabía que estaba cerca de algo, de algo importante, que lo que me estaba sucediendo valía la pena y que, vistas retrospectivamente, todas mis preguntas y mis dudas estaban cayendo como las piezas de un dominó, y que ahora ya podía andar por encima, mis preguntas y mis dudas se habían convertido en un camino llano, eran la gran cuadrícula para comprender mejor la precariedad de todas las respuestas. «Beati cui in domino moriuntur.» Me valía Rabelais también en eso, también aquí. Eso pensé, y recuerdo que lo pensé, y me eché a reír. Mi músico callejero me miró sonriendo y sorprendido, porque no sabía por qué me había echado a reír. Pero habría sido demasiado largo de explicar aquel juego de palabras de Rabelais, vestido de arlequín en su lecho de muerte y aclarando que lo hacía por aquello de que «beati cui in domino moriuntur». Me miró. Él también se echó a reír. Callamos de nuevo. Bebimos. No quería preguntarle qué tipo de vida hacía, ni qué era lo que él esperaba que yo hiciera, porque su vida no me interesaba en absoluto, ésta es la verdad, ni me apetecía tener que contarle nada de la mía. Prefería que me tomara más por un tímido que no por un indiferente. Y de pronto pensé en el pobre Vérum. Me asaltaron unas repentinas ganas de llorar. Pero no por Vérum, sino por culpa de todos los whiskies ingeridos aquella tarde. Tanta bebida produce una especie de tendencia al llanto fácil que te ataca cuando menos te lo esperas.

Nos habíamos acabado la cerveza en un tiempo récord. Se puso vagamente serio. Contempló mi jarra vacía. Me miró a mí.

–¿Tomamos otra? –me dijo.

Pedimos dos cervezas más.

–He aquí mi historia –dijo, dando una especie de cabezazo. Y comenzó su historia, que me transmitió como si fuera una historia anónima a pesar de que yo ya la conocía, y realmente cuánto la conocía ya. Me quedé completamente patidifuso al ver que me contaba *aquella* historia. Y por mucho que yo ya me la supiera de memoria, no podía haber esperado, ahora que lo pienso, que nadie más que él me explicara en un momento como aquél otra historia que no fuera aquélla. Era la historia *por excelencia* para aquel momento y para aquel narrador. Una historia más que conocida, sí, por lo menos para mí. La he oído contar no menos de media docena de veces, una par de ellas a Clotas, que por eso suele decir aquello de que *el mundo gira alrededor del amor*. Y la he oído contar también en un reportaje de la televisión a su propio protagonista.

Las líneas de la vida y las líneas que hacen las historias, pensé, mantienen una especie de relación como de eco, son como los dibujos de la arena sobre la piel del tambor. Lo que aquí somos puede completarlo un cuento en otra parte, me dije. Y aquel día, después de mis hebras de antiestrategia mental, sentí que ésa era la historia que me merecía, la que me iba *como anillo al dedo* o *como anillo al agua*, da lo mismo. Y del mismo modo que ahora me doy cuenta de que, después de un trayecto tan en línea recta, aquellas idas y venidas en busca del músico habían dibujado la forma, vista desde el cielo, de los pétalos de una eterna rosa abriéndose; y del mismo modo que yo, al querer borrar unas líneas, hacía que aflorasen otras, una rosa con la que pincharme, con la que decir o, mejor, con la que *ver* que había ido al centro del milagro, sí, como en la canción, hacia el centro mismo de la invisibilidad; de la misma manera, pues, ahora venía aquel hombre con aquella vieja y conocida historia a decirme qué hacía yo aquí, y cómo yo en el centro mismo de mi propio nudo y en el fondo de mi propio galimatías vital, atrapado *in fraganti* en el ojo miope de mi huracán personal, podía ver una sombra al menos del dibujo que mi pobre existencia había formado hasta entonces, un verdadero garabato, un auténtico chafarrinón, si se me permite acudir a esta palabra.

Aquélla era una vieja historia, completamente verídica, conmovedora y estremecedora. Y sé en qué libros puede encontrarse, sé quién es el protagonista de esta historia, y quien sepa quién es Viktor Frankl, aquel generoso infatigable, es probable que también conozca esta historia. Me consta que el mismo Frankl la cuenta en su autobiografía, pero nunca la he leído allí. Como ya he dicho, una vez se la oí contar al mismo Frankl en un reportaje de la televisión austriaca, rehaciendo en tren *el trayecto* de la historia, y digamos que aquella visión ya fue insuperable, cómo se le quiebra la voz en el momento culminante de la historia de su vida. «Erwarten Sie von mir kein Wort des Hasses.» No esperen de mí ninguna palabra de odio. Quien sepa quién es Frankl sabe lo que eso significa. Y, realmente, oír cómo se le rompe la voz, cómo la musicalidad maravillosa de su vienés sutil y atenuado pasa durante una fracción de segundo por la tormenta del recuerdo más doloroso, *y sin renunciar a la voz,* ver cómo se le desdibuja durante esa misma fracción de segundo el rostro, cómo se le arruga la barbilla por el llanto contenido, todo al más puro nivel de la insinuación sutil de una emoción que, teniendo en cuenta qué está explicando, debería convertirse en puro llanto, en el mayor de los llantos, en el máximo aullido, no en una especie de ligerísima torcedura de boca, no en una sutilísima rotura de voz; bien, pues haber visto esto convierte en superflua cualquier escritura, cualquier explicación. Hay que haberlo visto y nada más. Ésta es la clase de cosas que ayudan a vivir, quiero decir que ver estas cosas de verdad, esta claridad de lo humano, dignifica la propia existencia, y el resto son bagatelas. Clotas, por ejemplo, siempre se negó a ver esta filmación, siempre se negó a ver cómo Frankl explicaba él mismo la historia. Clotas es a veces, por no decir muy a menudo, una auténtica bestia torda, o directamente *parda.* En cambio yo creo que no me cansaría nunca de contemplar aquel rostro humano explicando *aquello,* nunca de contemplar y escuchar cómo explica el encuen-

241

tro con lo inhumano y sin embargo no renuncia a la voz, no renuncia a la palabra, no deja que el llanto o el sonido mudo de las palabras lo venza.

De modo que para mí la historia de Frankl es, en realidad, una historia de estricta tradición oral que alguien, no sé si incluso fue el mismísimo Clotas, introdujo en nuestros círculos. Él siempre tan horrorizado por el exceso de humanidad. En cualquier caso, yo ya la tenía perfectamente incorporada al repertorio de las historias inolvidables. Para nosotros, quiero decir para Clotas & Co., llegó a ser un relato más de aquellas sobremesas en las que, después de haber quedado anegados de geoestrategias y licores, alguien explicaba la historia perfecta que lo sellaba todo, que ponía el punto y final a la fiesta. Disponíamos de todo un repertorio de esta clase de historias, todas ellas verídicas, todas aleccionadoras de un modo elíptico y sutil, como la historia de la casa de Jerusalén, o la historia de la cena de las cenizas, o la historia del primer espejo de la China. No sé si alguien las conoce, podría ser que sí o que no. Las historias no vienen nunca de ninguna parte, pero han estado en todas partes. Como es natural, me dejó de piedra que un gitano músico callejero me la volviera a explicar y que me la ofreciera a cambio de una visa *oro* robada a un cabrón como Alberto Pesadillas. ¿Quién, ante estas casualidades, podía evitar sentirse conmovido ante las líneas de la vida? ¿Y quién ante todas estas coincidencias hubiera podido *no* echarse a llorar silenciosamente? Yo, como es evidente, rompí a llorar. Mis ojos eran dos fuentes que manaban silenciosas, y no dejaron de manar mientras mi músico callejero estuvo hablando.

–Para mi historia hay que situarse en Viena, Austria –comenzó a decir–. Estamos en mil novecientos cuarenta, en la Viena de los nazis, ya sabe. Los judíos, los gitanos, todos perseguidos, todo el mundo que no fuera nazi o cómplice era perseguido. Y mucha gente haciendo las maletas o bien para largarse o bien para ser deportada a los campos de concentración. Las deportaciones en el año cuarenta todavía se hacían en cierto modo escalonadas y dentro de cierto orden, un orden nauseabundo, pero no por ello exento de cierta lógica. Primero deportaron digamos que a la población inútil, a los viejos, a los enfermos, a todos a los que los nazis consideraban una carga para la sociedad y a los que la misma comunidad judía podía tachar de prescindibles desde el punto de vista cínico y bestial de lo que ha de ser una sociedad organizada y productiva. Naturalmente, y en esta situación, gente como los médicos, los ingenieros, los trabajadores jóvenes, todos los judíos que de un modo u otro podían servir, y no únicamente para su comunidad, gozaban de una especie de trato deferente. Es decir, no estaban en los primeros puestos de la lista.

»Mi historia –prosiguió después de haber bebido un poco de cerveza– es la de un médico judío, un psiquiatra joven, de unos treinta años, soltero, y a quien acababan de conceder un visado para irse a Estados Unidos, para huir de aquel infierno. Pero este visado sólo servía para él, no podía llevarse a sus padres, sólo podía irse él y salvarse él. Aquel visado implicaba marchar solo y abandonar a sus padres ancianos, dejarlos sin el escudo protector que el hijo psiquiatra suponía de cara a una deportación que en otras circunstancias posiblemente ya se habría producido. Este médico se vio confrontado a un dilema terrible. O bien se salvaba él solo, y precipitaba así a sus padres a una deportación y una muerte seguras, porque estaba muy claro que los dos ancianos serían deportados al día siguiente de su partida, o bien se quedaba y se condenaba a sí mismo a morir tarde o temprano en aquel infierno. Todavía había quien se quería engañar sobre la suerte que corrían los deportados, pero también había quien ya no se dejaba engañar. Aquel hombre, aquel psiquiatra, no era de los que se dejaban engañar, y posiblemente sus padres tampoco.

El narrador bebió un largo trago de cerveza. Yo tenía los ojos inundados de lágrimas y no veía, como quien dice, ni siquiera dónde estaba mi jarra.

–Fíjese bien –me dijo el hombre del acordeón–. Realmente no era una cuestión que se pudiera resolver en quince minutos. Estaba la legítima necesidad de salvar el propio pellejo. Pero también estaba la no menos legítima necesidad de quedarse al lado de los padres en medio de una catástrofe, de una desgracia de dimensiones brutales e inhumanas. Dos leyes, la de la propia supervivencia, y la del amor filial, entraban en conflicto. El hombre tuvo que pasar en soledad el aturdimiento y la desesperación que le provocaba aquel dilema, tuvo que guardárselo para él, ya que no quería ni podía hablarlo con sus padres. Él sabía que ellos le ordenarían que se fuera y que por lo menos se salvara él. ¿Qué padres no reaccionarían así? Por lo tanto, no podía discutir con ellos ni con nadie aquella decisión tan difícil. Así fueron pasando los días hasta que llegó la fecha en que su visado iba a caducar. Fue a visitar a sus padres hundido por el peso de la indecisión. Sus padres vivían en el barrio judío de Viena, muy cerca de la sinagoga principal. Actualmente es uno de los barrios con más vida nocturna de Viena. Pero hace sesenta años la vida allí estaba sumida en otro tipo de nocturnidad. Era una vida que vivía en medio de una noche perpetua. La sinagoga principal de Viena ya había sido saqueada por los nazis. Pero habían decidido no quemarla ni arrasarla para no poner en peligro los edificios que la rodeaban. En algún momento se había prohibido que los judíos tuvieran un edificio propio para su templo, de manera que aquella sinagoga estaba encajonada entre viviendas de gentiles. Fue eso lo que en cierto modo la salvó. La sinagoga había sobrevivido como edificio, pero no como templo, claro. Había quedado convertida en una guarida de indeseables, donde podía entrar quien quisiera para saquearla y profanar su interior. Pero a veces eran los propios judíos quienes muy discretamente entraban en ella y se llevaban piedras o trozos de madera a sus casas, como si fueran reliquias. Pues bien, nuestro médico, hundido por el peso de su dilema insoluble, fue a ver a sus padres con el visado en el bolsillo, completamente hundido. Con el visado estrujado y el alma estrujada, eso es.

Tomó otro trago de cerveza.

–Su padre le abrió la puerta, lo hizo pasar con una animación especial, casi contento, vistas las circunstancias. Le dijo que había ido a dar una vuelta por la sinagoga y que había hecho un hallazgo. «Bueno, ¿y qué has encontrado?», le preguntó su hijo. «Mira», le dijo el padre al tiempo que le mostraba un trozo de mármol con una letra del alfabeto hebreo grabada en oro. «¿Sabes lo que es esto?», le dijo. El hijo le respondió que sólo podía proceder de la gran lápida de mármol que coronaba el altar, con los diez mandamientos de las tablas de la ley grabados en oro. «Exactamente», le respondió su padre, entusiasmado por haber conseguido salvar aquella piedra sagrada del olvido y de la demolición. «Y aún te diré más», le dijo. «Te puedo decir a qué mandamiento pertenece ese trozo de mármol, porque es el único donde aparece esta letra en forma de mayúscula.» El hijo, ansioso, le pidió que le dijera cuál era aquel mandamiento. Y el padre respondió: «Honrarás a tu padre y a tu madre para vivir en paz en esta tierra».

El músico guardó silencio durante unos segundos. Éste es el primer momento culminante de la historia, y hay que guardar un silencio adecuado ante la intensidad del momento. Yo lloraba también en silencio, venga a llorar, venga a llorar. Lloraba a mares, pero mis lágrimas podían pasar por sudor. El músico callejero creo que me miró (yo lo veía todo como tras una capa de niebla) y meneó la cabeza. Enseguida retomó su historia:

–Eso, quiero decir aquel mandamiento, ya se lo puede imaginar, fue para el joven psiquiatra como un rayo caído del cielo. Ante sí tenía, en forma de piedra, una respuesta exacta a su pregunta sobre qué hacer. En aquel preciso instante el hijo sintió que su grandísimo dilema se había resuelto de repente, sintió que todas sus dudas se habían fundido ante aquella respuesta venida de otra parte, y supo que tenía que quedarse, o mejor dicho, que *quería* quedarse, ¿comprende? Cuando supo la respuesta también supo que *eso* era lo que quería hacer. Se habían acabado sus dudas entre el sentido del deber en abstracto y el sentido de la supervivencia en concreto. Ahora el deber se había vuelto concreto, y el sentido de la supervivencia se había vuelto más relativo. Pero la historia no se acaba aquí.

Ahora venía la segunda parte de la historia, más terrible aún, si cabe, que la primera. Me agarré con fuerza a la barra del bar para no caer de rodillas allí mismo. Estaba borrachísimo, de repente me sentí mareado hasta morir. Pero el narrador prosiguió imperturbable.

–El médico se quedó, rompió el visado y lo tiró a la estufa sin que sus padres se dieran cuenta. Hay que vivir en paz en esta tierra y, si hace falta, conviene aceptar también que esto supone vivir menos tiempo en esta tierra, más vale una vida breve y digna que una vida larga e indigna. De pronto, todo esto era muy evidente. Aquel médico siguió haciendo su trabajo sabiendo que para salvarse había tenido que condenarse. Al cabo de escasamente unas semanas de haber tomado la decisión de honrar a sus padres y vivir en paz en esta tierra, conoció a una mujer. Alguien podría pensar que éste era el premio que el destino le brindaba por su sacrificio de hijo obediente. Pero bueno, a mí no me gustan estas interpretaciones que lo mezclan todo. La muchacha en cuestión era una enfermera que trabajaba en el mismo hospital que él. Un hospital para judíos, al que llegaban casos de gente desesperada que había intentado quitarse la vida. Aquel médico, imagínese, los salvaba si podía y después se esforzaba en ayudarles a encontrar un sentido a sus vidas, incluso en aquellas circunstancias, imagínese, en aquellas circunstancias completamente desesperadas. Aquel médico era un tipo que amaba la vida sin condiciones, pero no a cualquier precio, supongo que entenderá que el precio de la vida es algo que sólo con mucha dificultad logra calibrarse.

El músico calló un momento y volvió a menear la cabeza. Yo debía de estar blanco como el papel. Me sentía completamente bañado por el sudor y las lágrimas. La historia era terrible. Yo sabía lo que venía ahora, y era algo espantoso. Tenía un nudo en la garganta que me impedía beber o decir nada. A duras penas podía respirar.

–Él y la enfermera se enamoraron locamente. Era una época cruel, pero el amor por lo menos no estaba prohibido, el amor triunfa siempre, en las peores circunstancias. Es la hierba que nace en las grietas, la vegetación que se abre paso entre las ruinas. El amor hace que la vida siempre rebrote y siempre florezca de nuevo. Sólo hay que tener ojos para verlo. Pero había que hacer las cosas deprisa, el amor a veces impone un ritmo a la vida que no admite ni dilaciones ni cálculos.

La voz del narrador se iba oscureciendo.

–Se casaron al cabo de muy poco tiempo de haberse conocido. Él le hizo un regalo de bodas, algo sencillo pero cargado de significado. Era una pequeña bola del mundo hecha de cristal azul con un pequeño anillo dorado alrededor como si fuera el ecuador en el que estaba inscrita la siguiente leyenda: «El mundo gira alrededor del amor» –dijo.

Y ahora creo que por muy buen narrador que fuera, él también tenía un nudo en la garganta. Los dos hicimos ver que bebíamos más cerveza, pero yo sólo logré mojarme los labios.

–Sí –prosiguió su historia–. Pero eso de que el mundo gira alrededor del amor desgraciadamente no todo el mundo lo sabe, no todo el mundo se ha enterado de ello, de este eterno triunfo del amor. Y a veces hay que dar un gran rodeo por los caminos más amargos del odio y del amor hasta que te das cuenta. Los nazis, en cualquier caso, no lo sabían. La pareja todavía gozó de unos pocos meses de felicidad, hasta que le llegó la orden de presentarse en un lugar que suponía la deportación para toda la familia, la deportación y el exterminio, las cámaras de gas. Para el médico, para sus padres, para su joven esposa. Los médicos judíos ya no eran necesarios, porque cada vez había menos enfermos judíos que tratar. El hecho es que todos, los padres del médico, su esposa, todos, fueron a parar a Auschwitz, donde fueron separados en la entrada. Me figuro que ya debe de saber cómo iba eso. –Me miró atentamente, y yo asentí, claro–. Los que debían morir directamente iban a una hilera, los que debían matarse trabajando iban a otra. Los hombres aquí, las mujeres allí. La familia fue disgregada, separada, y el médico nunca volvió a ver a su esposa ni a sus padres. Le robaron los padres, la mujer, con un simple golpe en el hombro, tú hacia aquí, ellos hacia allí. Hay que ser capaz de imaginarse esto, esta separación para siempre convertida en un gesto rutinario y sometida a un sentido gélido de la organización que administraba en aquellos campos la muerte igual que se administraría en una fábrica la organización o la productividad. El hombre pasó casi un año entero en aquella fábrica del horror. Él fue de los pocos que sobrevivieron. Finalmente, cuando los alemanes abandonaron Auschwitz, pudo reemprender el largo camino del regreso, aquel viaje desesperante y tortuoso de campo en campo, porque aunque parezca mentira el regreso a casa no era nada que se diera por supuesto. Supongo que ya debe de saber a lo que me refiero. Los supervivientes no regresaban como víctimas a las que hubiera que restablecer rápidamente la dignidad perdida, sino como criaturas avergonzadas por haber sobrevivido, como testigos indeseables del dolor, como testigos vergonzosos de toda la vergüenza que la modernidad burguesa y europea tenía que tragarse sobre sí misma, sobre su propia barbarie y toda la mierda con que había emborronado el mundo de las luces, del progreso, de la democracia y todas esas farsas, todas esas patrañas que tan a menudo sólo parecen servir para mofarse de la gente en el momento de su muerte y de su aniquilación.

Me miró. Durante su relato había estado hablando como si yo no estuviera allí, y aunque me interpelaba lo hacía de una manera impersonal. Clavó sus ojos limpios y profundos en los míos, que estaban llenos de lágrimas.

–¿No le parece?

–¿El qué? –dije.

–Que la democracia es como un teatro de marionetas.

Asentí con la cabeza. Pero me daba mucha pereza, de hecho me producía literalmente náuseas tener que pensar en la democracia en aquel momento. Por suerte, la pregunta del músico callejero era una pregunta retórica, propia de un filósofo callejero. Apuró la cerveza de un trago y lo hizo no como quien quiere bebérsela, sino como si fuera a tirársela por la cabeza o a echarse el líquido en la cara. Pero a pesar de la brusquedad del gesto no derramó ni una gota. Eructó con la boca cerrada y continuó su historia.

–El hecho es que el médico, un buen día, en uno de aquellos campos de refugiados en los que los supervivientes se alojaban durante el largo camino del regreso, vio a un trabajador que jugaba con un colgante que le llamó extraordinariamente la atención. Se le acercó y casi sin atreverse a comprobar que se trataba de lo que se temía le propuso canjeárselo a cambio de unos cigarrillos.

Aquí el narrador se detuvo para ofrecerme sin ninguna teatralidad un cigarrillo. Íbamos a fumar un cigarrillo que repetía una escena terrible ocurrida sesenta años atrás.

–El trabajador aceptó el trato, y el médico volvió a tener en sus manos, volvió a acariciar con sus dedos aquella pequeña bola del mundo de cristal azul, con el ecuador dorado y con la inscripción «El mundo gira alrededor del amor». Sabía que su mujer había muerto. Y al ver aquella pequeña bola de cristal azul estuvo completamente seguro de ello, aunque le hubieran robado el colgante y ella hubiera podido sobrevivir al principio, él tenía la completa certeza de que su joven esposa no había podido salir con vida del infierno de los campos. Y ahora la vida le devolvía el colgante como si fuera un mensaje procedente de otro mundo, como unas palabras de despedida, para que no se olvidara de que, a pesar de todo, el mundo siempre gira alrededor del amor.

Miré hacia la calle. Estaba oscureciendo. Debían de ser cerca de las nueve. Por mucho que me apresurara, iba a llegar tarde a la cena con Clotas. A Clotas no le gustaban los retrasos, pero quizá todavía me ofreciera algo de comer, un resto de sopa de pepino, o de pescado al horno. La verdad es que ahora me era totalmente indiferente si en casa de Clotas me darían algo de comer o no. Me sentía exhausto, y también extrañamente aliviado, aunque no sabría decir de qué pesadumbres en concreto. Quizá simplemente estaba aliviado *por todo* y *de todo*. Ya no sentía náuseas, los ojos se me habían secado. Nunca me había causado tanta impresión aquella historia, una impresión completamente desvinculada de cualquier sentimentalismo, de cualquier moralidad. Nunca había visto con tanta transparencia lo que significa aquello de que el mundo gira alrededor del amor y el carácter poderoso, demencial, estremecedor y también salvador de la frase vista como un mensaje metido en una botella de náufrago, como un mensaje de los muertos dirigidos a los vivos. El típico mensaje que Vérum jamás mandaría, pero que yo, o una parte de mí en un ataque de benevolencia sentimental (ojo: un ataque pasajero, que nadie se confunda al respecto), le mandaba ahora a Vérum estuviera donde estuviese. Lo mandé a la nada en que se había convertido aquel viejo enemigo. Me metí la mano en el bolsillo para pagar las cervezas y me encontré con el billete de veinte. Me volví hacia el narrador y, al no verlo, pensé que otra vez se había volatilizado. Pero reapareció de inmediato.

–La cerveza, ya sabe... –me dijo.

Pagué y recogí la vuelta. Pensé que todavía me quedaba suficiente dinero para el taxi.

–Es una historia triste, ¿no le parece? Pero está llena de sentido.

Le respondí que sí, que era exactamente así, aunque para mis adentros me sentí incómodo con la idea de que aquello tuviera algún sentido. Inexplicablemente me habían vuelto a subir las lágrimas a los ojos, y me los sequé con una servilleta de papel.

–Hay mucha esperanza en este mundo, incluso aquí mismo, disponible para quien quiera alargar la mano, para quien quiera sentir su presencia –dijo, pero yo ya no lo escuchaba. Pensé en Frankl, en aquella escena impresionante en la Plaza del Ayuntamiento de Viena, en el año ochenta y ocho, cuando proclamó aquello delante de la gente que estaba allí congregada para manifestarse contra el fascismo, cuando les dijo aquello de que no esperasen de él ninguna palabra de odio. «Erwarten Sie von mir kein Wort des Hasses, nur des Gedenkens.» No esperen de mí ninguna palabra de odio, sólo de recuerdo. Y la multitud se quedó muda, completamente descolocada. Era el cincuentenario de la anexión de Austria al Reich de los nazis, y Frankl les salió con ésa, cero odio, memoria infinita. Hay actitudes que cuesta mucho entender, y eso es así porque no son fáciles, porque, con independencia de que sean correctas en algún sentido, o de que sean inadecuadas, lo que son es profundas, complejas, demasiado profundas y demasiado complejas para que la gente que vive, para entendernos, en la comodidad de las ideas recibidas y de la inmediatez emocional, puedan encontrar acomodo en ellas. Y sin embargo es así: no hay paz en el odio, en el resentimiento, en el ansia de venganza. Sólo el que perdona vive en paz en esta tierra. Pero... *Tout le monde n'est pas Frankl...* Y, en un orden incluso más modesto de posibilidades, pensé que era una lástima que no hubiera más

251

Flauberts. Él, que escribió su diccionario de las ideas recibidas para ofrecer un repertorio de la imbecilidad capaz de impedirle a la gente seguir produciendo más estupidez logorreica. Él, que tenía todavía la ingenua convicción de que poniendo por escrito la estupidez ésta se quedaría pasmada ante su propia imagen y enmudecería. Él, que... Pero no, me dije. No. Más bien vivimos en la apoteosis del anti-Flaubert. El sueño de la escritura perfecta ha sido conjurado por la pesadilla de la logorrea. Quizá será necesario esperar el delirio de la logorrea perfecta para volver a pensar en el retorno de la escritura a secas. Quizás en el fondo es una situación tan interesante, incluso tan apasionante, como cualquier otra, me dije. De todos modos, qué horror ser Flaubert. Y qué horror ser tú mismo, me dije, y me eché a reír. El músico callejero también se rió y alargó su mano para despedirse.

Nos dimos un buen apretón de manos, y después desapareció, rápido como una sombra que se desvanece en la noche incipiente. Así fue como lo perdí de vista, a él, a su acordeón, a la visa *oro* del Pesadillas, que quién sabe si a aquellas alturas de la tarde ya había logrado que lanzasen una orden de búsqueda y captura contra mí.

Me quedé un momento solo en aquella barra para recuperarme de tantas emociones juntas. De pronto, volví a tener un ataque de nostalgia de Clotas. Cómo echaba de menos a Clotas. Ver a Clotas me parecía la cosa más urgente, la cosa más básica de este mundo. Todo aquello lo divertiría extraordinariamente, estaba del todo seguro, aunque la mitad de las cosas no se las iba a creer. Pero me daba lo mismo. La línea entre la verdad y la mentira es tan confusa... Se lo creyera o no, tendría la ocasión para decirme una vez más, como sólo él era capaz de decirlo, con aquel tono helado y sublime desde la casi inmortalidad de sus ochenta años, que «el mundo gira siempre alrededor del amor». Y después añadiría, magnánimo, simulando una especie de sorpresa grotesca: «Pero ¿es posible que todavía no te hayas enterado, chaval?». Y yo me echaría a reír a gusto, a mi costa, qué más daba. Y pensaría dónde había empezado todo, con un árbol que ahora proyectaba una claridad completamente nueva sobre mi vida confusa, pero en cierto modo renacida, reordenada interiormente. Quizás incluso me ofrecería uno de sus habanos, o me dejaría tomar un poco de helado, porque la sopa de pepino y el pescado al horno, particularmente el pescado, ya me los podía ir quitando de la cabeza. Quién sabe si llegaría a tener el honor de un plato de sopa de pepino pasado de contrabando por Pepe. Pero dudo que hubiera ninguna espina de pescado que raspar. Vaya un hambre de fiera feroz que me estaba entrando. Creo que la sopa de pepino liga muy bien con el whisky. Clotas solía tener unos maltas que literalmente daban ganas de llorar de tan buenos, y nunca estaba pendiente de si le vacías mucho la botella. Clotas era un potentado y un hombre generoso, un auténtico campeón de la amistad y la generosidad. Y si me volvía a dar un ataque de llanto como el que acababa de tener y como los que aquella tarde me estaban asaltando de manera casi crónica, le diría: «Es este malta, Clotas, es este malta que me has servido, que es tan bueno que me hace llorar de lo bueno que es». Y él me diría: «Veo que comienzas a descubrir que, aunque todos los indicios parecen indicar lo contrario, el mundo gira alrededor del amor». Quizás incluso me diría que me quedara a dormir aquella noche en su casa, él, que vive convencido de que en las calles de esta ciudad, a partir de las ocho de la noche, y no digamos ya a partir de las doce de la noche, sólo puedes encontrarte a malhechores y gente de mal vivir. Y entonces yo le respondería: «Pero Clotas, ¿a ti se te ocurre algún malhechor más villano y más malhechor que nosotros?». Y él se echaría a reír, y me pediría que le volviera a describir el vuelo gallináceo del pobre Vérum, los gritos de la mujer del coche, la cara de malsana curiosidad de los mirones, o el azar espantoso de haberme cruzado con un antiguo amor en el momento mismo en que Vérum volaba por los aires, o la cara de merluzo atontado que se le quedó al Pesadillas después de haberle roto la nariz, o el gesto sublime de la muchacha del Capitán Cook alargándome la visa *oro* de aquel tipo asqueroso, o mis teorías demenciales y delirantes sobre la imagen del algarrobo y sobre los milagros y la resurrección de Lázaro y toda la mandanga de aquella tarde de septiembre, que ahora (acababa de salir de la cervecería D'Or, me parece recordar) ya declinaba y se enrojecía y se inundaba de una luz violácea, mientras un cielo romántico y psicodélico que ahora no tengo palabras para describir se desplegaba sobre el horizonte lejano de la calle Consejo de Ciento como una cabalgata de las valquirias, silenciosa y majestuosa. Era una tarde insólita, porque ya se sabe que septiembre es un mes, por lo menos en la ciudad, de crepúsculos escamoteados, de crepúsculos de engañifa. Sí, tenía muchas ganas de hacer reír un rato al viejo Clotas, de pronto me había dado por ahí, después de aquella tarde espantosa. Empezaba a estar harto de lloriqueos. Era fundamental reírse un rato, aunque fuera a costa de lo más triste y lo más terrible. Y yo sería lo suficientemente cerdo, sería lo suficientemente rata asquerosa para escoger unos adverbios de una crueldad nueva a costa de Vérum, del Pesadillas, de mí mismo, sólo para entretener al viejo Clotas, sólo para reírnos un rato. Sería su payaso particular sólo para que no me echara de su casa diciendo: «Son las doce, cenicienta. Largo de aquí, que hoy me aburres». No tenía adónde ir aquella noche, y la verdad es que ya no tenía adónde ir ninguna noche. Me daba cuenta de que mi vida dependía del hilo gastado e imprevisible del humor de aquel viejo. Ya me veía expulsado de su casa con una señora patada en el trasero por parte de Pepe, que por mucho que me quisiera (y Pepe yo pensaba que me quería incluso más que Clotas, aunque a su manera), en estas cuestiones era de una profesionalidad impecable. Sí, por muy alto que sea el trono en el que te sientas, siempre lo haces con el culo, y siempre te acabas cayendo, tarde o temprano. Eso Clotas lo decía a menudo, no sé muy bien por qué, no creo que fuera ninguna indirecta contra mí, porque yo más bien he sido siempre un culo de mal asiento.

De pronto retumbaron unos truenos en la lejanía. Ya ha estallado la guerra, pensé. «Ya nos atacan», me dije. Qué pereza, una guerra, ahora. Aquel cielo que hacía un minuto parecía de cine y que ahora ya se oscurecía del todo (parece mentira la cantidad de cosas que pueden pasar en un minuto cuando te despistas un poco) se iluminó con una serie de explosiones y palmeras luminosas. En aquel momento pasó una muchacha a mi lado y hubo algo en ella que me recordó a la chica maravillosa del Capitán Cook.

–Oiga, oiga. ¿Ya ha estallado la guerra? ¿Ya nos atacan?

Me miró con cara de susto, pero después de fijarse mejor y sin apenas detenerse me dijo, con una voz que parecía un riachuelo de alta montaña, fresca y risueña, me dijo:

–Que es el Fórum, idiota.

Y aquel idiota sonó tan irresistible y tan enamorador como si me hubiera dicho «¡bésame, idiota!», cosa que realmente no había dicho, pero que yo interpreté como si lo hubiera dicho. Y cuando alargué los brazos para darle ese beso ya se había esfumado. Qué volátil e insustancial me parecía todo. Me sentía como en el fondo de una niebla espesa. ¡El Fórum! Qué horror. Sólo me faltaba eso. De pronto el cielo se iluminó como una naranja abierta, enmohecida por fuera y roja por dentro. Cracracracracracrac. Una traca de rayos y truenos retumbó por encima de los coches, de los edificios, del murmullo del atardecer en la Rambla de Cataluña, que ahora me producía el efecto de una especie de Rambla de Catatonia, con tanto relámpago y tantos ciudadanos boquiabiertos mirando hacia el cielo. Mi niebla se encendió, pero no se dispersó. Aquello parecía directamente la traca final de una fiesta que yo me había perdido, el puro sálvese quien pueda global. Y aquel contraste entre la celebración como si dijéramos colectiva (por muy pequeño-burguesa que fuera, que lo era, muy de papás-con-niños que van desorientados a desorientarse aún más entre miles de papás-con-niños) y la tristeza desesperada de mi tarde (por muy sublime y aristocrática que hubiera sido, que *no* lo fue) me produjo un efecto instantáneo como de aclaración mental, fue un ataque repentino de lucidez que casi me tiró por los suelos, como un arañazo o una bofetada de algún ángel del final de los tiempos que pasara muy cerca de mí en un vuelo rasante. Di unos pasos hacia la nada, como una peonza entre la gente. Yo ya andaba entre sombras. De repente, todo se había vuelto completamente oscuro. Avanzaba a tientas, como un Orfeo que todavía no sabe dónde está exactamente su Eurídice, que todavía no ha encontrado ni siquiera la puerta del infierno, hasta que una luz verde, demasiado pequeña para ser un semáforo y demasiado verde para ser una luciérnaga, se me puso enfrente. Alargué la mano, encontré una cosa donde cogerme, un asidero del que tirar hacia mí, como si fuera la argolla de una puerta misteriosa. Pensé: «Es la palanca que lo hará saltar todo por los aires, la palanca que me ha de permitir salir de aquí.» Era un tacto parecido a una manilla de puerta, y tiré hacia mí con fuerza. Entonces, efectivamente, aquella especie de puerta cedió, sentí que algo se abría ante mí, todo siempre en la más absoluta oscuridad. ¿Sería posible que todos aquellos whiskies me hubieran dejado totalmente ciego? Pero en el fondo no estaba asustado. Todavía veía luces, veía grandes manchas de oscuridad, como icebergs de carbón y ceniza desplazándose y hundiéndose delante de mí.

–¿Oiga, esto es un taxi? –pregunté.

–¿Qué quiere que sea? ¿La carroza de los Reyes Magos? –dijo una voz ronca que salía del otro lado de la portezuela que yo acababa de abrir.

–Ah, ¿y está libre?

–Hombre, pues claro que está libre. ¿Adónde quiere ir?

Me dejé caer en lo que parecía el asiento trasero.

–Voy a casa del señor Clotas.

–¿Y dónde vive este señor, si puede saberse?

Qué suerte. Había encontrado a un taxista amable y educado. De manera que acabé de acomodarme, pensando: «Éste es mi taxi». Cerré la puerta suavemente, porque los taxistas se ponen hechos una furia si das un portazo en su taxi, y recité, porque es una cosa larga de decir primero y de explicar después, la dirección del viejo Clotas.

Temía marearme, porque estaba recuperando la vista y en parte me sentía como el cordero ciego de Randall Jarrell (aquel que, viendo cómo está el mundo, prefirió seguir ciego). Pero en parte me alegraba. Mi vida de ciego hubiera sido aún más desastrosa que mi vida de mirón. En cualquier caso, la recuperación de la visión hacía que lo viera todo desenfocado y temía marearme.

–Oiga, ¿le importa si voy con la ventanilla abierta? –le pregunté cortésmente a mi taxista.

–Haga lo que usted crea más conveniente.

La respuesta me desconcertó un poco, pero bajé el cristal de la ventanilla.

–¿Se encuentra bien? –me preguntó. Pensé en el mal aspecto que debía de tener.

–Perfectamente. Oiga, por cierto –procuraba hablar con normalidad, articulando bien cada sílaba–, ¿sabe usted cómo se llama el escultor que hizo la jirafa que está arriba de la Rambla Cataluña y el buey de abajo?

Vino un semáforo en rojo y mi taxista frenó haciendo chirriar las ruedas. Conducía de una manera un tanto brusca. Se volvió y me miró a los ojos. Tenía una cara que daba un poco de miedo, ahora que la veía bien. Él también debía de querer verme bien, porque encendió la luz del techo del coche. Hasta el momento había sido de una amabilidad exquisita (dentro de los parámetros propios de su género), pero con aquella cara ahora me imaginaba que era un tipo capaz de todo. Pensé: «¿A que me manda a la mierda?».

–Granyer –dijo.

–¡Granyer! –exclamé. Claro, Josep Granyer. Me venía Granero, Granell. Todo el rato, toda la tarde con la cabeza yéndome de Granero a Granell. ¡Y resulta que era Granyer! ¡Granyer, Granyer y mil veces Granyer! ¡Vaya con Granyer! Me había acercado mucho, la verdad. Josep Granyer, eso es. ¿Cómo podía haber olvidado el nombre de mi vecino de metro, de mi escultor compañero de metro?–. Mire –le quise explicar–, es que me he pasado la tarde intentando recordar este nombre y ya me estaba encontrando mal porque es que no había manera. Ya sabe a qué me refiero. Cuando tienes un nombre en la punta de la lengua y no te sale –le dije en un castellano que parecía de broma, porque supongo que articulaba demasiado las sílabas y hablaba como si tuviera una manzana metida en la boca. Pero cuando he bebido demasiado no hay manera, me sale un castellano fatal.

De todos modos, aunque le hubiera hablado como Lázaro Carreter mi taxista no me hubiera hecho más caso. Aquel hombre ya no me escuchaba. Volvió a apagar la luz del techo y me dio otra vez la espalda (aunque a través del retrovisor me lanzara alguna que otra mirada como queriendo decir: «Hay que ver, qué gente me toca a veces...»). El semáforo se puso verde y arrancamos a una velocidad que hizo que mi cabeza casi chocara con el cristal trasero. ¿Qué hora debía de ser? Quizá no hacía falta que corriera tanto.

Alargué el cuello con cautela, no fuera a ser que me lo rompiera con un frenazo. Eran las nueve y veintidós minutos, por lo que logré descifrar en el reloj del taxi después de fijarme mucho (mis ojos funcionaban a ratos sí, a ratos no). «Tampoco es tan tarde», pensé. «De hecho, es una hora excelente para un whisky con Clotas y Pepe», me dije. En cierto modo me parecía divertido remontar con luz artificial lo que había descendido con luz natural. Pensé que al revés hubiera resultado de lo más deprimente.

Pero ahora ya volábamos por la Diagonal en dirección a Francesc Macià. Realmente había dado con un taxista singular: mudo, veloz y documentado. El taxi iba a una velocidad tan endiablada que parecía que se me llevasen todos los demonios que me habían estado acechando por la Rambla Cataluña. Quizás aquella tarde tan delirante se estaba convirtiendo en una noche de balada romántica tipo Comte Arnau (yo haciendo de monja, qué horror). O quizá me estaba secuestrando un espíritu del bosque, como al niño del rey de los elfos. Me puse, naturalmente, a cantar en falsete: «Mein Vaaaaaater, mein Vateeeer...», hasta que sentí por el retrovisor, en cuestión de décimas de segundo, los ojos penetrantes de mi singular taxista clavándose en los míos. Buf, pensé. Y me callé en seco. Casi no podía ni respirar del viento que entraba por la ventana. Aquel tío iba realmente a una velocidad completamente inverosímil, pero el aire, o más exactamente *el viento* en la cara, la verdad es que me iba muy bien. La ciudad me parecía tan conmovedoramente hermosa, tan espléndida y enigmática y maravillosamente desconocida. La verdad es que no me hacía falta pensar en ninguna balada de Schubert ni en ningún poema de Maragall para ponerme yo también un poco romántico. Aquellas luces disparaban mi imaginación, y a aquella velocidad, *volando* por la Diagonal en dirección sur, jamás hubiera dicho que estábamos en Barcelona. Me encanta sentirme extranjero aquí. Es la única manera de mirármelo todo con curiosidad y simpatía. Zzzzmmmmmmm. Cómo corríamos. Yo creo que íbamos a cien o más. De pronto ya estábamos subiendo por Pedralbes o por Sarriá. Ni siquiera había tenido tiempo de darme cuenta de que ya no estábamos en la Diagonal. Dios mío, pensé. Quizá sí que a esta velocidad de locos lleguemos antes de que Clotas se haga encender su habano de después de la cena. Quizá sí que todavía consiga que Pepe me arañe una patata del fondo de la bandeja del pescado al horno, me dije. Quizá sí que no tenga que llorar mucho por un poco de sopa de pepino. Zzzzmmmmmmm. Venga a chirriar los neumáticos. Cómo cogía las curvas que suben y serpentean por Pedralbes. Quizá sí que en el fondo aquella tarde no había sido tan malograda. Y qué ganas feroces de ver a Clotas, de abrazar a Pepe. Quizá sí que no iba a llegar a una hora tan indecente, al fin y al cabo. Aunque todo eso (me dije), suponiendo que lleguemos vivos, suponiendo que al bajar del taxi todo siga en su sitio, porque hay veces en que parece que vives al margen de todo y da miedo volver. Da miedo pensar que, mientras tanto, el mundo se habrá movido de sitio y ya no girará alrededor del amor.